ELLE KENNEDY

ROMPIENDO EL HIELO: UN AMOR INESPERADO

Editado por Harlequin Ibérica.
Una división de HarperCollins Ibérica, S. A.
Avenida de Burgos, 8B - Planta 18
28036 Madrid

© 2009, Elle Kennedy
© 2024, Elle Kennedy, nueva edición revisada
© 2024 Harlequin Ibérica, una división de HarperCollins Ibérica, S. A.
Rompiendo el hielo: un amor inesperado, n.º 303 - 11.9.24
Título original: Body Check
Publicada originalmente por Harlequin Enterprises, Ltd.

Diseño de cubierta: Vi-An Nguyen

I.S.B.N.: 978-84-1062-885-4
Depósito legal: M-13148-2024
Impreso en España por: BLACK PRINT
Fecha impresión Argentina: 10.3.25
Distribuidor exclusivo para España: LOGISTA
Distribuidor para México: Distibuidora Intermex, S.A. de C.V.
Distribuidores para Argentina: Interior, DGP, S.A. Alvarado 2118.
Cap. Fed./Buenos Aires y Gran Buenos Aires, VACCARO HNOS.

Nota de la autora

Escribí este libro cuando tenía poco más de veinte años y créanme cuando digo que nunca había sentido tanta alegría como el día que una editora de Harlequin Blaze me llamó y me dijo que quería comprar mi libro. Y leerlo de nuevo casi veinte años después ha sido una experiencia surrealista para mí. Como autora, estoy perfeccionando mi oficio cada día. Tal vez, si mirase un libro que escribí el año pasado o, aún más, durante esta última década, podría pensar que he mejorado mucho.

Sin embargo, lo que convierte a *Rompiendo el hielo: un amor inesperado* en algo especial es que se trata de mi primera novela romántica contemporánea y, además, de mi primera novela romántica ambientada en el mundo del hockey.

Si ha leído mis otros libros, sabrá que una de mis series más vendidas se desarrolla en el mundo del hockey universitario. Adoro los libros románticos y deportivos, y me hace muy feliz que mi primera novela romántica publicada al modo tradicional fuera una historia de hockey. Cuando me pidieron que añadiera unas palabras a un libro que se publicó hace tanto tiempo fue una sorpresa muy agradable y, a la vez, sobrecogedora, pero era un desafío que me emocionaba y quería aceptar. Hayden y Brody siempre tendrán un lugar especial en mi corazón, y estoy muy agradecida de que me hayan dado la oportunidad de hacer este viaje por los recuerdos. Espero que disfruten de esta versión actualizada y ampliada de *Rompiendo el hielo: un amor inesperado*.

¡Feliz lectura!

Elle

Capítulo 1

—Verdaderamente, necesito darme un buen revolcón —dijo Hayden Houston, con un suspiro. Tomó el vaso de vino tinto que había sobre la mesa de caoba y dio un sorbo. El líquido ligeramente amargo calmó su sed, pero no su frustración.

Las fotografías que la rodeaban desde las paredes del Ice House Bar tampoco eran de ayuda. Eran imágenes de acción en las que aparecían jugadores de hockey a medio *slap shot*, tarjetas de novatos enmarcadas, fotografías del equipo de los Chicago Warriors... Parecía que el deporte la perseguía allá donde fuera. Sí, claro, ella era hija del propietario de un equipo, pero, de vez en cuando, estaría bien concentrarse en otra cosa que no fuera el hockey.

Como el sexo.

Darcy White, que estaba frente a ella, sonrió.

—Hace dos años que no nos vemos y, ¿eso es lo único que tienes que decir? Vamos, profesora, ¿no tienes ninguna anécdota sobre la vida en Berkeley? ¿Ninguna disertación sesuda sobre el arte impresionista?

—Las disertaciones interesantes las reservo para mis alumnos. En cuanto a las anécdotas, ninguna incluye el sexo, así que no perdamos el tiempo con eso.

Se pasó la mano por el pelo y descubrió que todo el

volumen que había intentado darle al peinado antes de ir al Ice House Bar se había desinflado. ¿Espuma para dar volumen? Sí, claro. No parecía que hubiera nada capaz de conseguir que su pelo castaño y liso dejara de ser tan lacio.

—Está bien, voy a picar en el anzuelo —dijo Darcy—. ¿Por qué tienes el sexo en mente?

—Porque no lo practico en absoluto.

Darcy tomó un poco de vino.

—¿No estabas saliendo con alguien en California? ¿Dan, o Drake?

—Doug —la corrigió Hayden.

—¿Cuánto tiempo lleváis juntos?

—Dos meses.

—¿Y todavía no os habéis acostado?

—No.

—¿Lo dices en serio? ¿Es que él no quiere?

—Sí, sí, pero dice, en palabras textuales, que «prefiere que nos conozcamos bien antes de cruzar el puente de la intimidad».

A su amiga se le escapó una risotada.

—¿El puente de la intimidad? Chica, parece un idiota. Déjalo ya. Antes de que vuelva a decir lo del puente de la intimidad.

—En realidad, ahora estamos en un momento de descanso.

—¿Después de dos meses?

—Sí. Antes de marcharme le dije que necesitaba algo de espacio.

—¿Espacio? Um, um. Creo que lo que necesitas tú es un novio nuevo.

Dios, eso era lo último que quería. ¿Echar la caña en su estanque de citas y empezar a pescar de nuevo? No, gracias. Después de tres relaciones fallidas en cinco años, había decidido dejar de enamorarse de los chicos malos y centrarse en los buenos. Doug Lloyd era uno de los buenos. Daba un curso sobre el Renacimiento en Berkeley, era inteligente e ingenioso y valoraba el amor y el compromiso tanto como ella. Como Hayden se había criado con un padre viudo, siempre había querido un compañero con quien pudiera formar un hogar y con quien pudiera envejecer.

Cuando su madre murió en un accidente de tráfico, siendo ella un bebé, su padre había renunciado a enamorarse de nuevo y había optado por pasar más de veinte años dedicado a su profesión de entrenador de hockey. Había vuelto a casarse hacía tres años, pero ella sospechaba que lo había hecho por evitar la soledad más que por amor. De otro modo, no le habría pedido a una mujer que se casara con él después de haber salido con ella solo cuatro meses. Una mujer que tenía veintinueve años menos que él y de la que ya se estaba divorciando, nada más y nada menos.

Ella no tenía la intención de seguir el ejemplo de su padre. No iba a pasarse décadas sola para luego casarse con alguien totalmente inadecuado. Y Doug tenía la misma mentalidad. Era muy conservador y creía que la gente debía valorar el matrimonio y no casarse apresuradamente. Además, tenía un cuerpo duro como una piedra, y a ella se le hacía la boca agua. Incluso le había permitido que lo tocara... una vez. Estaban besándose en el sofá de su casa de San Francisco y ella había deslizado las manos por debajo de su camisa. Mientras pasaba los dedos por su pecho musculoso, murmuró:

—Vamos al dormitorio.

Entonces fue cuando él le dejó caer la bomba sobre la intimidad. Le aseguró que se sentía muy atraído por ella, pero que, como en el caso del matrimonio, no creía que hubiera que apresurarse con las relaciones sexuales. Quería que su primera vez fuera algo especial. Y, por mucho que le acariciara el pecho, no hubo manera de convencerlo de que abandonara sus caballerosas intenciones.

Y ahí estaba el problema. Doug era demasiado amable. Al principio, a ella le había parecido que su punto de vista sobre las relaciones sexuales era muy dulce. Pero dos meses, unidos a los ocho meses de celibato que había pasado antes de conocerlo, le habían causado una frustración sexual extrema. Le encantaba que Doug fuera un caballero, pero... demonios. A veces, lo que necesitaba una chica era un hombre, no solo amabilidad.

—En serio, ese tal Damian parece un memo —le dijo Darcy, sacándola de su ensimismamiento.

—Doug.

—Como sea —dijo Darcy. Movió una mano con desdén y se echó el pelo pelirrojo hacia atrás—. Al cuerno la intimidad. Si Dustin no quiere acostarse contigo, busca a alguien que sí quiera.

—Créeme, tengo la tentación de hacerlo.

En realidad, era más que una tentación. Los siguientes dos meses iban a ser un infierno. Cuando terminara el semestre iba a volver a casa para apoyar a su padre durante su complicado proceso de divorcio, para ser una buena hija, pero eso no significaba que le gustara la situación.

—¿Te has vuelto ninfómana desde que te marchaste del pueblo? —le preguntó Darcy.

—No. Lo único que pasa es que estoy estresada y necesito relajarme. ¿Me lo reprochas?

—No, claro que no. La madrastra malvada está arrojando manzanas envenenadas por todas partes, ¿no?

—¿Tú también has visto el periódico de esta mañana?

—Oh, sí. Bastante cutre.

Hayden se pasó los dedos entre el pelo.

—¿Cutre? Es un desastre.

—¿Y hay algo de cierto?

—¡Pues claro que no! Mi padre nunca haría las cosas de las que ella le está acusando —dijo Hayden, tratando de controlar el tono de frustración de su voz—. Prefiero no hablar de esto. Esta noche solo quiero olvidarme de mi padre, de Sheila y de todo este asunto.

—De acuerdo. ¿Quieres que hablemos otra vez de sexo?

Ella sonrió.

—No. Preferiría practicarlo.

—Pues hazlo. Hay muchos hombres en este sitio. Elige uno y vete a casa con él.

—¿Te refieres a una noche?

—Pues claro.

—No sé. Me parece un poco sórdido meterme en la cama con alguien y no volver a verlo nunca más.

—¿Por qué va a ser sórdido? Yo lo hago todo el rato.

—Pero porque tienes fobia al compromiso.

Darcy usaba a los hombres como si fueran calcetines, y algunos detalles que le refirió a Hayden la dejaron con la boca abierta. Ella no recordaba haber tenido jamás siete orgasmos en una noche, ni haberse dado el gusto de participar en un trío con dos bomberos que había conocido, de todos los lugares posibles, en una hoguera ilegal que se celebraba en el Parque Lincoln de Chicago.

Darcy enarcó las cejas, y sus ojos azules brillaron con una mirada de desafío.

—Y ahora te pregunto una cosa: ¿qué suena más divertido, tener unos cuantos orgasmos increíbles con un hombre al que quizá vuelvas o no a ver, o cruzar el puente de la intimidad con Don?

—Doug.

Darcy se encogió de hombros.

—Creo que las dos sabemos que mi camino es mejor que el puente de la intimidad.

Hayden no respondió. Se quedó pensando en la

sugerencia de Darcy. Nunca había tenido una aventura de una noche porque, para ella, el sexo llegaba con
otras cosas. Con cosas de una relación, como salir a
cenar, pasar una velada agradable en casa, decir «te
quiero» por primera vez. Pero ¿por qué el sexo tenía
que estar siempre relacionado con el amor? ¿No podía
ser una cuestión de placer, meramente, sin nada de
cenas, ni de «te quiero», ni de expectativas?

—No lo sé —dijo, lentamente—. ¿Acostarme con alguien cuando la semana pasada todavía estaba con
Doug? No me siento cómoda.

—Si le pediste que os dierais espacio el uno al otro,
ha sido por algún motivo —dijo Darcy—. Aprovéchalo.

—Acostándome con otra persona —dijo ella. Le dio
un sorbito a su vino, entre pensativa y dudosa.

—¿Por qué no? Ya te has pasado años buscando a un
hombre para construir una vida, así que a lo mejor
deberías empezar a busca uno que ponga en marcha
tu libido. En mi opinión, ya es hora de que empieces a
divertirte un poco, nena. Creo que lo que necesitas
es diversión.

Ella suspiró.

—Sí, yo también lo creo.

Darcy sonrió.

—Te lo estás pensando de verdad, ¿eh?

—Si veo a un chico que me guste, puede que lo
haga.

Ella misma se quedó sorprendida por lo que había
dicho, pero tenía sentido. ¿Qué tenía de malo ligarse a
un desconocido en un bar? La gente lo hacía continua-
mente. Y, quizá, ella necesitara ser un poco salvaje en
aquel momento.

Darcy se reclinó en su asiento pensativa.

—¿Cuál va a ser tu pseudónimo?

—¿Mi pseudónimo? —preguntó ella.

—Sí. Si vas a hacerlo bien, necesitas anonimato.

Tienes que ser otra persona por una noche. Por ejemplo, Yolanda.

—Ni hablar —dijo Hayden, riéndose—. Prefiero ser yo misma.

—De acuerdo —respondió Darcy, aunque se le encorvaron los hombros.

—Nos estamos adelantando. ¿No debería elegir antes al hombre?

Darcy volvió a entusiasmarse.

—Sí, bien pensado. De acuerdo. Vamos a girar la ruleta de los hombres y a ver quién toca.

Hayden reprimió una carcajada y, siguiendo el ejemplo de su amiga, recorrió con la mirada el bar, que estaba lleno de gente. En todas partes vio hombres, altos, bajos, guapos, calvos. Ninguno de ellos le llamó la atención.

Y, entonces, lo vio.

Estaba en la barra, de espaldas a ellas, y fue el afortunado ganador de la ruleta de los hombres. Ella veía una cabeza de pelo castaño, un torso ancho, un jersey azul marino y unas piernas largas en unos pantalones vaqueros. Ah, y el trasero. Era difícil no fijarse en aquel trasero apretado.

—Excelente selección —bromeó Darcy, siguiendo su mirada.

—No puedo verle la cara —dijo ella, intentando no estirar el cuello.

—Paciencia, pequeño saltamontes.

Hayden vio que el hombre dejaba unos billetes sobre la barra y tomaba la pinta de cerveza que le había servido el camarero. Cuando él se dio la vuelta, ella tomó aire de la impresión. El tipo tenía la cara de un dios griego. Rasgos marcados, curtidos. Los ojos de un azul tan intenso y una boca tan sensual que a Hayden se le aceleró el corazón y sintió un cosquilleo en los labios. Y era grande. Medía más de un metro ochenta y tenía un pecho en el que una mujer querría descansar la cabeza. Se notaban los planos musculosos de su torso incluso a través del jersey.

—Vaya —murmuró, más para sí misma que para Darcy.

Sintió un escalofrío al imaginarse cómo sería pasar una noche con él...

El hombre, cerveza en mano, fue hacia la mesa de billar, tomó uno de los tacos y colocó las bolas sobre el fieltro verde. Un segundo más tarde, un chico que tenía edad de ser universitario, alto y desgarbado, se acercó y habló con él. El niño tomó uno de los tacos y se unió al juego del señor Delicioso.

Hayden se giró hacia Darcy y vio que su amiga ponía los ojos en blanco como si estuviera pidiéndole paciencia al cielo.

—¿Qué pasa? —preguntó ella, con un sentimiento defensivo.

—¿A qué estás esperando? —le preguntó Darcy.

Ella volvió a mirar al dios del sexo.

—¿Tengo que ir hasta allí?

—Si has dicho en serio lo de darte un buen revolcón esta noche, sí.

—¿Y qué hago?

—Juega un poco al billar. Habla. Coquetea. Ya sabes, mira debajo del capó antes de comprometerte a comprar el coche.

—No es un coche, Darce.

—No, pero si lo fuera, sería algo peligrosamente atractivo, como un Hummer.

Hayden se echó a reír. Realmente, Darcy era única en su especie.

—Venga, ve para allá.

Ella tragó saliva.

—¿Ya?

—No, la semana que viene.

A Hayden se le secó la garganta. Apuró su copa de vino.

—Estás nerviosa, ¿eh? —le dijo Darcy, abriendo mucho los ojos—. ¿Desde cuándo eres tan tímida? Das clase a cientos de personas. Él solo es un hombre, Hayden.

Ella miró en dirección al tipo. Se fijó en los músculos contraídos de su espalda mientras estaba apoyado con los codos en la mesa de billar, y en que su trasero era prácticamente comestible bajo aquellos pantalones vaqueros descoloridos. «Es solo un hombre», se dijo, tratando de calmarse los nervios.

Sí, claro.

Solo un hombre alto y sexy que irradiaba una masculinidad pura.

Aquello iba a ser pan comido.

Capítulo 2

Brody Croft dio una vuelta alrededor de la mesa de billar, evaluando sus opciones con una mirada de halcón. Asintió rápidamente, señaló y dijo:

—Trece, agujero lateral.

Su joven compañero, cuya camiseta hawaiana de color rojo fuerte le producía dolor en los ojos a Brody, enarcó las cejas.

—¿De verdad? Es un tiro difícil, tío.

—Puedo arreglármelas.

Y se las arregló. La bola entró limpiamente en la tronera, y el chico dio un gruñido.

—Bueno, tío. Bueno.

—Gracias —dijo él. Se movió para preparar su siguiente tiro y se dio cuenta de que el chico se había quedado mirándolo fijamente—. ¿Ocurre algo?

—No, no... nada. ¿Eres... Brody Croft? —le preguntó el chico, con cara de avergonzado.

Brody contuvo una carcajada. Se estaba preguntando cuánto tiempo iba a tardar el chico en darse cuenta. No porque fuese un engreído y pensara que todo el planeta tenía que saber quién era, pero los propietarios de aquel bar eran Luke Stevens y Jeff Wolinski, dos compañeros de los Warriors, así que era lógico pensar que la mayoría de los parroquianos eran aficionados al hockey.

—A tu servicio —le dijo, tendiéndole la mano.

El chico se la estrechó con fuerza y respondió:

—¡Esto es increíble! Por cierto, me llamo Mike.

La mirada de pura adoración de Mike le produjo incomodidad. A él siempre le gustaba conocer a sus fans, pero, algunas veces, la adoración por el héroe iba un poco demasiado lejos.

—¿Y si seguimos jugando? —le sugirió, señalando la mesa de billar.

—Sí... ¡Sí, claro! ¡Vamos a jugar! Estoy deseando decirles a mis amigos que he jugado una partida de billar con Brody Croft.

Brody no pudo dar con una respuesta que no pareciera una estupidez, así que empezó a ponerle tiza al taco de billar. El próximo tiro sería más difícil que el anterior, pero también podría arreglárselas. Había trabajado en un bar como aquel cuando jugaba para el equipo de la granja y casi no ganaba lo suficiente para comer. Después de su turno se quedaba a jugar al billar con los otros camareros y, al final, había terminado por tomarle el gusto al juego. Con su horario actual, ya casi nunca tenía tiempo para jugar.

Pero con los rumores sobre una posible investigación sobre la liga, debido a las acusaciones que había hecho en una reciente entrevista la futura exmujer del dueño del equipo, cabía la posibilidad de que tuviera más tiempo libre del que quería. Aparentemente, la señora Houston tenía pruebas de que su marido había sobornado al menos a dos jugadores para que propiciaran derrotas de su equipo. Y de que había hecho grandes apuestas, ilegales, por supuesto, con relación a esos partidos amañados.

Aunque lo más probable era que todo fuese mentira, él estaba cada vez más preocupado por aquellos rumores. Hacía cinco años, el Colorado Kodiaks había sufrido un escándalo semejante. Aunque solo tres de los jugadores estaban implicados, muchos otros habían sufrido y su reputación había quedado destruida, arrastrada por el barro.

Él nunca iba a aceptar un soborno y no estaba dispuesto a que lo relacionaran con el resto de los jugadores que hubiera podido hacerlo. Su agente estaba en mitad del proceso de renegociación de su contrato, ya que el actual vencía a final de temporada. Entonces quedaría disponible para posibles fichajes, y eso significaba que tenía que permanecer impecablemente limpio si quería firmar con un equipo nuevo o permanecer con los Warriors.

Se recordó que los titulares de aquella mañana no eran más que rumores. Se preocuparía de las declaraciones de Sheila Houston si se demostraba que lo que decía era cierto. En aquel momento, necesitaba concentrarse en jugar bien para que los Warriors pudieran ganar la primera ronda de eliminatorias y pasar a la siguiente.

Tomó el taco entre el pulgar y el índice y se colocó para golpear una bola. Tiró del taco hacia atrás y, por el rabillo del ojo, vio una figura curvilínea que lo distrajo justo cuando empujaba el taco hacia delante. Aquella breve distracción hizo que se le resbalaran los dedos. La bola blanca recorrió el fieltro sin tocar ni una sola de las demás y entró directamente por la tronera más alejada.

Demonios.

Con el ceño fruncido, alzó la cabeza mientras la causa de su distracción se acercaba.

—Podrías volver a hacerlo —dijo Mike, rápidamente, mientras sacaba la bola blanca y la ponía en la mesa de nuevo—. Se llama *mulligan*, o algo así.

—Eso es en el golf —murmuró Brody, sin poder apartar la vista de la mujer morena que se aproximaba.

Hacía unos años, un entrevistador de *Sports Illustrated*

le había pedido que describiera el tipo de mujer que lo atraía.

—Las rubias de piernas largas —respondió él, rápidamente.

Era más o menos todo lo contrario a la mujer que se había detenido a medio metro de él. Y, sin embargo, se le secó la boca al verla, y su cuerpo respondió hasta al más pequeño detalle. Tenía el pelo del color del chocolate y los ojos verdes como una selva tropical, y un cuerpo menudo con más curvas de las que podía asimilar su cerebro. Cuando sus miradas se encontraron, a él se le cortó la respiración. Y la ligera sonrisa de incertidumbre que tiraba de sus labios carnosos le envió una sacudida a la ingle. No recordaba cuándo le había causado una reacción tan intensa la sonrisa de una mujer.

—Se me ha ocurrido que podría jugar contra el ganador —dijo ella.

Su voz era suave y ronca y, al oírla, Brody sintió otra oleada de excitación. Intentó recordarse a sí mismo que ya no era un adolescente, sino un hombre de veintinueve años que sabía controlarse. Si podía controlar el disco mientras esquivaba los codazos y los ataques de los contrincantes, controlar sus hormonas debería ser pan comido.

—Tenga, ocupe mi lugar ahora mismo —le dijo Mike a la mujer, mientras le ponía el taco en las manos. Después, se giró hacia él y le guiñó un ojo—. Que te diviertas, tío.

Brody tragó saliva y miró a la mujer que había conseguido excitarlo con una sola sonrisa.

No parecía el tipo de mujer a la que uno encontraría en un bar con temática de deportes, aunque fuera tan exclusivo como aquel. Tenía un cuerpo increíble, pero también tenía un aura de inocencia. Tal vez fuera por las pecas que le cubrían el puente de la nariz, o por su forma de morderse el labio.

Antes de que pudiera detenerla, apareció en su cerebro la imagen de aquellos labios rojos y carnosos mordisqueando cierta parte de su anatomía. Su miembro se hinchó y empujó la tela de la bragueta de su pantalón.

Claramente, no era capaz de controlar sus hormonas.

—Supongo que me toca —dijo ella, con una sonrisa encantadora—. Después de ver que has fallado tu tiro.

Él carraspeó.

—Eh... sí.

«Vamos, tío, despierta», se dijo.

Tenía que dominarse. Aunque había jugado al hockey, ya no era jugador, y sus días de mujeriego habían pasado. Además, estaba harto de que las mujeres lo acosaran por su carrera deportiva. En aquel momento de su vida, en cuanto entraba en un club, o en un bar, o en una biblioteca pública, aparecía una mujer solícita y dispuesta a abalanzarse sobre él. Eso había terminado ya. Se había divertido mucho, había tenido muchas amantes, pero ya era hora de emprender un camino nuevo. Quería que la mujer que estuviera en su cama se interesara por él y no por la estrella del hockey de la que les iba a hablar a todas sus amigas en cuanto tuviera oportunidad.

La neblina sexual que había inundado su cerebro se disipó, y recuperó la serenidad. Se fijó en el rubor de las mejillas de la mujer morena y en su mirada de atracción. Sí, aquella mujer quería anotarse un punto con el señor Hockey, pero podía ir abandonando la idea.

—Me llamo Hayden —dijo su nueva oponente, con incertidumbre. Tenía los ojos verdes como un bosque.

—Body Croft —dijo él, con frialdad, esperando a que lo reconociera. Sin embargo, su expresión no cambió.

—Me alegro de conocerte, Brody —respondió ella.

Después, miró la mesa de billar y señaló la bola que él no había conseguido meter en la tronera.

Bien... ¿se suponía que él tenía que creerse que ella no tenía ni idea de quién era? ¿Que había entrado en un bar de temática deportiva y, al azar, había decidido ligarse al único jugador de hockey que había en el local?

—Bueno, y... ¿viste el partido de anoche? —le preguntó, inclinando levemente la cabeza.

Ella lo miró como si no entendiera la pregunta.

—¿Qué partido?

—El primer partido de la eliminatoria —dijo él—. Warriors contra Vipers. Buen hockey, en mi opinión.

Ella frunció el ceño.

—Ah. Para ser sincera, no soy muy aficionada.

—¿No te gustan los Warriors?

—No me gusta el hockey. En realidad, no me gusta ningún deporte. Bueno, ¿quizá la gimnasia rítmica de las Olimpíadas?

Él sonrió.

—¿Me lo estás preguntando o me lo estás contando?

Ella le devolvió la sonrisa.

—Te lo estoy contando. Y creo que es muy revelador que solo vea un evento deportivo una vez cada cuatro años, ¿no?

Él descubrió que le gustaba su tono irónico al reconocer su desinterés por los deportes. Aquella sinceridad era algo raro. La mayoría de las mujeres a las que conocía decían que les encantaba su deporte, el hockey. Y, si no les gustaba de verdad, fingían que sí, como si el hecho de compartir aquel interés los convirtiera en almas gemelas.

—Pero me encanta este juego —añadió Hayden, alzando el taco de billar—. Cuenta como deporte, ¿no?

—En mi opinión, sí.

Ella asintió y se fijó en las bolas de billar que estaban en la mesa. Se inclinó hacia delante para hacer su jugada. Entonces, él obtuvo una buena visión de su escote, que era una tentadora expansión de piel blanca derramándose por el borde de su blusa. Admiró sus pechos sujetos por un sostén del que solo veía el contorno.

Ella dio un golpe con el taco y él enarcó las cejas al ver que la bola desaparecía por la tronera.

Era buena.

Más que buena, en realidad, pensó él, mientras la chica rodeaba la mesa e iba metiendo bola tras bola.

—¿Dónde has aprendido a jugar así? —le preguntó, cuando, por fin, pudo hablar.

Ella lo miró un segundo a los ojos antes de meter otra de las bolas.

—Con mi padre —dijo ella—. Me compró una mesa cuando tenía nueve años y la puso junto a la suya. Jugábamos juntos en el sótano todas las noches antes de que me fuera a la cama.

—¿Y él sigue jugando?

A ella se le ensombreció la mirada.

—No. Está demasiado ocupado con su trabajo como para relajarse alguna vez —dijo ella. Irguió la espalda y anunció—: Bola ocho, tronera de la esquina.

A aquellas alturas, a él ni siquiera le importaba ya la partida, que iba a ganar Hayden. Su perfume suave flotaba en el aire y le hacía sentir un deseo implacable. No recordaba la última vez que se había sentido tan atraído por una mujer.

Después de meter la bola ocho, ella se le acercó. Se pasó los dedos entre el cabello moreno y a él se le llenó la nariz de un nuevo aroma. Fresas. Coco.

De repente, tenía mucha, mucha hambre.

—Buena partida —le dijo, sonriendo.

Él frunció los labios con ironía.

—Yo ni siquiera he podido jugar.

—Lo siento. ¿Te gusta jugar?

¿Se refería al billar o a un juego distinto? Tal vez a los juegos que se jugaban en la cama, desnudos.

—Al billar, me refiero —dijo ella, rápidamente.

—Claro, me gusta el billar. Entre otras cosas.

Ella se ruborizó.

—A mí también. Quiero decir que también me gustan otras cosas.

Él sintió una gran curiosidad por el enigma que tenía delante. Tenía la impresión de que estaba coqueteando con él, o intentándolo, al menos. Sin embargo, aunque intentara transmitir seguridad, le temblaban ligeramente las manos y estaba ruborizada.

¿Coqueteaba a menudo con hombres desconocidos en un bar? No lo parecía. No iba vestida para seducir. Su blusa tenía escote, pero la cubría perfectamente, y no llevaba los pantalones vaqueros ajustados, como otras mujeres de aquel bar. Y, por muy guapa que fuera, no parecía que fuera consciente de su propio atractivo.

—Eso está bien. Hay cosas que pueden ser muy divertidas —le dijo.

Sus miradas se conectaron. Brody tuvo la sensación de que el aire crepitaba y chisporroteaba de tensión sexual. Tal vez solo fueran imaginaciones suyas, porque se sentía tremendamente excitado y, quizá, estuviera solo en aquella situación. Era difícil descifrar a Hayden.

—Bueno, Brody —dijo ella.

Solo oír cómo pronunciaba su nombre hizo que tuviera una erección. La quería en su cama.

Vaya.

Cinco minutos antes, se estaba diciendo a sí mismo que ya era hora de dejar de acostarse con mujeres a las que no les importaba y buscar algo con más significado. Entonces, ¿por qué se sentía impaciente por acostarse con una mujer a la que acababa de conocer?

«Porque ella es diferente».

Aquella observación salió de la nada y le causó un remolino de emoción. Era cierto que aquella mujer le provocaba una lujuria irracional y que tenía un cuerpo diseñado para volver loco a un hombre. Sin embargo, también tenía algo que le intrigaba. Sus preciosas pecas, la sonrisa tímida, su mirada que, claramente, decía «quiero irme a la cama contigo, pero siento aprensión»... Era la combinación de sensualidad y timidez, excitación y cautela, lo que le atraía tanto de ella.

Abrió la boca para decir algo, cualquier cosa, pero la cerró rápidamente cuando Hayden le tocó el brazo y lo miró fijamente con sus ojos verdes y profundos.

—Mira, sé que esto te va a parecer... atrevido. Y no pienses que lo hago a menudo; en realidad, nunca lo había hecho, pero... —dijo, y tomó aire—. ¿Te gustaría venir a mi hotel?

Ah, su hotel. Era de fuera de la ciudad, y eso explicaba por qué no lo había reconocido. Sin embargo, él tuvo la sensación de que, aunque ella supiera a qué se dedicaba, no le habría importado. Y eso le gustó.

—¿Bien? —preguntó Hayden, mirándolo con expectación.

Sin poder evitarlo, él respondió en un tono juguetón.

—¿Y qué haríamos en tu habitación de hotel?

Un atisbo de sonrisa.

—Podríamos tomar una copa.

—Una copa —repitió él.

—O podríamos hablar. Ver la televisión. Pedir comida al servicio de habitaciones.

—¿Asaltar el minibar?

—Por supuesto.

Sus ojos volvieron a encontrarse, y el calor del deseo y la promesa del sexo llenó el espacio. Finalmente, él metió el taco en la taquera y volvió a su lado. Al demonio todo. Se había dicho a sí mismo que no volvería a los ligoteos de mala calidad en los bares, pero aquello no le parecía de mala calidad. Se sentía bien.

Casi sin poder disimular su tono de urgencia, frunció el ceño, la tomó del brazo y dijo:

—Vamos.

Capítulo 3

Dios Santo, le había dicho que sí. Había invitado a un desconocido guapísimo a su habitación de hotel para tomar una copa (traducción: sexo), y él le había dicho que sí. Hayden tuvo que hacer un esfuerzo por no abanicarse la cara con la mano. Tratando de permanecer serena, dijo:

—Nos vemos fuera, ¿de acuerdo? Solo tengo que decirle a mi amiga que me voy.

Él la observó un momento con sus ojos azules y ardientes y, después de asentir rápidamente, salió del bar.

Ella apartó la atención de su trasero, que era criminalmente sexy, y volvió junto a Darcy, esquivando a la gente por el camino. Cuando llegó a la mesa, su amiga la recibió con una sonrisa de deleite.

—Vaya, chica mala —le dijo Darcy, moviendo el dedo índice para tomarle el pelo.

Hayden se sentó en el asiento, tragó saliva e intentó calmarse.

—Dios mío. No puedo creerme que esté haciendo esto.

—Entonces, ¿ha dicho que sí?

Hayden ignoró la pregunta.

—Acabo de hacerle una proposición a un perfecto

desconocido. Es muy atractivo, pero, demonios... No sé si seré capaz de hacer esto.

—Por supuesto que sí.

—Pero si ni siquiera lo conozco. ¿Y si me corta en pedazos y esconde las partes de mi cuerpo en el sistema de aire acondicionado del hotel, o algo por el estilo?

—¿Tienes tu teléfono?

Ella asintió.

—Si percibes cualquier señal de problemas, llama a la policía. O llámame a mí y yo llamo a la policía —le dijo Darcy, y se encogió de hombros—. Pero yo no me preocuparía. No parece un asesino en serie.

Hayden exhaló un suspiro.

—Eso es lo que decían de Ted Bundy.

—Puedes echarte atrás, ¿sabes? No tienes por qué acostarte con ese tipo. Pero quieres hacerlo, ¿no?

¿Quería? Oh, sí. Cuando se le pasaron por la mente el rostro y el cuerpo de Brody, su nerviosismo disminuyó. Era el hombre más guapo que había conocido y le daba la impresión de que sabía lo que hacía en un dormitorio. Su atractivo sexual le decía que podía pasar una noche muy estimulante.

—Sí, sí quiero hacerlo —dijo, con una nueva seguridad—. Y, seguramente, no debería hacerle esperar más.

Darcy le guiñó un ojo.

—Diviértete.

—¿Vas a estar bien aquí sola?

—Por supuesto —dijo Darcy, y señaló su copa de vino—. Voy a terminarme esto y a buscar a mi ligue de una noche.

Hayden se echó a reír.

—Buena suerte.

—No la necesito.

Hayden se despidió con la mano y salió hacia la puerta. Brody estaba junto a una de las macetas de la entrada, con las manos en los bolsillos. Al ver su perfil, ella sintió un cosquilleo en el estómago. Verdaderamente, era un hombre espectacular.

—Hola —le dijo, con la voz temblorosa.

Dio un paso hacia delante justo cuando él se giraba para mirarla. Su expresión era de impaciencia, de admiración, y ella se puso nerviosa.

—¿Tu coche o el mío? —preguntó él.

—No tengo coche —dijo ella—. Vine en el coche de mi amiga.

—Mi coche está allí —dijo él, asintiendo, y comenzó a caminar hacia el aparcamiento.

No se giró a mirar si ella lo seguía o no. Simplemente, asumió que lo hacía. Aquella era su oportunidad para alejarse. Podría volver al bar y fingir que nunca le había pedido a aquel hombre que la acompañara a su hotel. Podría llamar a Doug, tener una conversación sincera con él y, tal vez, hablar de sexo por teléfono... Ja. Ni la más mínima oportunidad de eso.

Siguió a Brody con paso decidido.

—Bonito coche —dijo ella, cuando llegaron a su todoterreno BMW, negro y brillante.

—Gracias.

Él le abrió la puerta y ella se recostó en el asiento y esperó a que él entrara también. Cuando Brody se abrochó el cinturón de seguridad y arrancó el motor, se giró hacia ella y le preguntó:

—¿A dónde?

—Al Ritz-Carlton.

Él enarcó las cejas, pero no dijo nada. Salió del aparcamiento y giró hacia la izquierda.

—Entonces, ¿de dónde eres, Hayden?

—Nací en Chicago, pero llevo tres años viviendo en San Francisco.

—¿Y qué haces allí?

—Soy profesora de Berkeley. Doy clases de historia del arte, pero también estoy haciendo el doctorado.

Antes de que ella pudiera preguntarle cuál era su trabajo, él dijo:

—Parece muy emocionante.

Ella tuvo la impresión de que ya no estaba hablando de su carrera profesional. Y sus sospechas se vieron confirmadas cuando él le recorrió el rostro con la mirada y siguió bajando hasta su escote. Bajo aquella breve observación, a ella se le endurecieron los pezones bajo el sujetador de encaje. Se puso a juguetear con la manga del jersey mientras miraba la South Michigan Avenue al pasar. Temía volver a mirar a Brody. Si él la excitaba tanto con solo echarle un vistazo, ¿qué demonios iba a hacerle en la cama? Estaba impaciente por descubrirlo.

Permanecieron en silencio durante el resto del trayecto. Cuando llegaron al hotel, dejaron el coche en el aparcamiento y Hayden se vio recorriendo el vestíbulo del Ritz con el hombre más sexy que había conocido en la vida. Le latía el corazón con tanta fuerza que notaba los golpes en las costillas mientras subían en el ascensor hasta el ático. Él la miró burlonamente.

—Debes de ganar mucho dinero en Berkeley.

Ella se limitó a asentir. No quería decirle que, en realidad, aquel lujoso ático era de su padre. Él había vivido allí tres años antes de casarse con Sheila. Había conservado la vivienda para que ella tuviese un sitio donde alojarse cuando iba de visita. Sin embargo, no podía contarle aquello a Brody porque, entonces, surgirían preguntas tales como: «¿A qué se dedica tu padre?». Eso llevaría a más preguntas sobre el equipo de hockey de su padre, y aquel era un tema que quería evitar. Con la excepción de Doug, la mayoría de los hombres con los que había salido se volvían un poco locos al saber que su padre era el dueño de los Warriors.

En una ocasión, había salido con un hombre que la

acosaba constantemente para que le consiguiera abonos de temporada. Había roto con él por ese motivo, pero, incluso después de la ruptura, él había continuado rogándole que le consiguiera los abonos por mensajes de texto. Al final, había tenido que bloquearlo.

Entendía que muchos hombres tuvieran obsesión por los deportes, pero, por una vez, sería agradable ser el objeto del enamoramiento de alguno de ellos.

Las puertas del ascensor se abrieron directamente al salón. Estaba decorado en diferentes tonos de dorado y negro, y en el centro de la estancia había unos enormes sofás frente a la televisión, colgada en la pared más alejada. La suite tenía tres dormitorios grandes y una terraza privada, cubierta, en la que había un jacuzzi para diez personas. En una esquina del dormitorio principal estaba el mueble bar, y Hayden fue directamente hacia allí. No solía beber, pero estaba muy nerviosa y esperaba que un poco de alcohol la calmara.

—¿Qué te apetece tomar? —le preguntó, por encima de su hombro—. Hay cerveza, *whisky*, bourbon...

Brody se echó a reír y se acercó a ella.

—A ti.

Oh, Dios, era muy grande. Hayden tuvo que inclinar la cabeza hacia atrás para poder mirarlo. Ella medía un metro sesenta y cinco y se sentía diminuta a su lado.

Se le subió el corazón a la garganta cuando él se acercó aún más. Sintió su calor corporal, su respiración cálida en el oído, cuando él se inclinó hacia ella y le susurró:

—A esa copa te referías, ¿no?

Su voz baja y enronquecida le calentó la sangre en las venas. Al mirarlo a los ojos, vio el deseo brillando con fuerza en sus profundidades de color cobalto.

—¿Y bien? —insistió él.

—Sí —dijo ella.

Brody le puso las manos en la cintura, pero no apretó su cuerpo contra el de ella, sino que alzó una mano y le rozó el labio inferior con el dedo pulgar.

—Si quieres cambiar de opinión, ahora es el momento.

Esperó su respuesta mirándola con atención. A ella se le quedó seca la garganta mientras se le humedecía otra parte de la anatomía.

¿Quería cambiar de opinión? Tal vez debiera retirar su farol en aquel momento, antes de perder el control de la situación. Sin embargo, al observar su magnífico rostro, se dio cuenta de que no quería que se marchara. Estaba cansada y llena de frustración sexual, y quería estar con un hombre sin tener que pensar en el futuro.

—No he cambiado de opinión —murmuró ella.

—Bien.

Entonces, él le pasó una mano por la cadera y la movió hacia su espalda, rozándole el coxis. Después le miró fijamente los labios, como si reflexionara... Aquella lenta observación duró demasiado para su cuerpo palpitante, pensó Hayden. Quería que la besara en aquel mismo instante. Se le escapó un gemido de angustia.

Y en el rostro de Brody apareció un gesto de diversión.

—¿Qué? ¿Qué quieres, Hayden?

—Tu boca —dijo ella, sin poder contenerse.

—De acuerdo.

Entonces, él le besó el cuello con suavidad y le mordió ligeramente la carne tierna. Hayden volvió a gemir, y él se rio en voz baja. Le pasó la lengua por el lóbulo de la oreja y lo lamió y, después, sopló. La corriente de aire hizo que ella se estremeciera.

Su sangre comenzó a hervir a fuego lento y calentó todas las partes que ya le dolían por él. Le acarició el pelo oscuro y se deleitó con su textura sedosa. Nunca hubiera imaginado que un solo beso pudiera causar una acumulación de sensaciones tan lenta. La mayoría de los hombres con los que había estado le habían metido la lengua en la boca y, rápidamente, habían entrado también en su cuerpo.

Pero Brody... Él se tomó su tiempo. La torturó.

—Tu piel sabe a... —murmuró, y le besó la mandíbula—. A fresas. Y a miel.

Ella volvió a estremecerse.

—Quítate la ropa —le dijo él, con brusquedad.

Ella tragó saliva.

—¿Ahora?

—Ahora es un buen momento, sí.

Lentamente, ella se llevó las manos al bajo del jersey y se lo quitó y, después, se deshizo también de la blusa. Le complació oír que a él se le entrecortaba la respiración cuando vio su sujetador de encaje. Se llevó las manos al cierre para desabrochárselo, pero Brody hizo un gesto negativo.

—No, todavía no. Primero, los pantalones vaqueros.

Vaya. Autoritario, ¿eh?

Ella obedeció y se quitó los pantalones. Llevaba unas bragas negras a juego con el sujetador y, al verlas, Brody entrecerró los ojos con cara de aprobación. Ella estaba empezando a tomarle el gusto a aquello de desnudarse. Se bajó las bragas por los muslos, lentamente, inclinándose para que él pudiera verle el escote. Una vez desnuda de cintura para abajo, sostuvo su mirada.

—¿Te gusta lo que ves?

Él no perdió la expresión seria.

—Mucho. Ahora, el sujetador.

Con un movimiento lento y fluido, ella se desabrochó el sujetador y lo tiró a un lado. Le parecía extraño, pero ya no se sentía insegura.

—Me gusta... —dijo él, mientras daba un paso hacia ella. Le pasó el dedo pulgar por la parte superior de un pecho y terminó la frase—: esto. Mucho.

—Pero... ¿por qué soy yo la única que está desnuda? —se quejó Hayden—. Ahora te toca a ti. Quítate la ropa.

Él sonrió.

—¿Por qué no me la quitas tú?

La idea de desnudarlo le parecía tan apetecible que se le endurecieron los pezones. A él no se le escapó el detalle, y sonrió.

—Desnudarme te excita, ¿eh?

—Sí —confesó ella.

—Pues hazlo.

Hayden exhaló un suspiro tembloroso y le quitó el jersey. La primera visión de su pecho desnudo la dejó sin aliento. Tenía un torso duro, los pectorales definidos, los músculos abdominales ondulados, las caderas esbeltas... Ella vio una cicatriz de unos cinco centímetros debajo de una de sus clavículas y otra, en la que no se había fijado antes, debajo de su barbilla.

También tenía un tatuaje de estilo tribal en uno de los bíceps y, en el otro, un dragón en pleno vuelo. Le recordaron a su propio tatuaje, el que se había hecho para fastidiar a su padre después de que él la castigara por llegar tarde a casa una noche, cuando tenía diecisiete años. Ahora, aquella impulsividad la dejaba sorprendida. Darcy siempre le tomaba el pelo diciéndole que tenía un lado salvaje y oculto; tal vez fuera cierto, pero rara vez salía a relucir. Sin embargo, aquella noche su lado salvaje había surgido y estaba dispuesto a jugar.

—¿Te gusta lo que ves? —le preguntó Brody, imitándola y mirándola con los ojos llenos de deseo.

Ella se lamió los labios.

—Sí —respondió.

Después, le bajó los pantalones y admiró la largura de sus piernas, sus muslos fuertes y la erección que empujaba la tela de los calzoncillos. Dios Santo, aquello era una locura. Tiró de la cintura de la prenda hacia abajo y lo dejó tan desnudo como ella. Observó su impresionante erección y se echó a temblar al imaginarse aquel miembro endurecido y palpitante hundido en su cuerpo.

De repente, ya no pudo aguantar más.

—¿Me vas a besar de una puñetera vez? —le espetó.

Él se echó a reír.

—¿Te estás riendo de mí?

—Sí. Eres muy impaciente.

—A lo mejor, si no estuviéramos aquí desnudos, tendría algo de paciencia —respondió ella, señalando su cuerpo—, pero... Mírate. Eres...

—¿Qué soy? —preguntó él. Se estaba divirtiendo.

—Estás buenísimo —gruñó ella—. Buenísimo, y todavía no me has besado. Es como una nueva forma de tortura.

—Eres estupenda para el ego de un hombre.

—¡Y tú eres horrible para el mío! Vamos, bésame ya.

—Qué exigente...

Con los ojos brillantes, Brody apretó su cuerpo contra el de ella y se inclinó para atrapar su boca.

Oh, Dios Santo.

En cuanto sus labios se rozaron, Hayden sintió que una corriente eléctrica le recorría la espina dorsal. Al principio, el beso fue suave, juguetón. Y, entonces, él le pasó ligeramente la lengua por el labio inferior para pedirle la entrada a su boca. Ella gimió y él aprovechó la oportunidad para deslizar la lengua entre sus labios. A Hayden le pareció que aquel contacto y el sabor de Brody eran celestiales. Él, con habilidad, exploró su boca caliente y codiciosa. A ella se le escapó otro gemido y él interrumpió el beso para mirar su expresión.

—¿Está a la altura, profesora? —le preguntó alegremente.

—Ha estado bien, sí —respondió ella.

Eso provocó otra de las sonrisas de Brody, y a ella se le aceleró el pulso. Aquel hombre era demasiado atractivo para su bien.

Él posó la palma de la mano en una de sus mejillas y le pasó el pulgar por la mandíbula. Después, inclinó la cabeza y volvió a besarla, con tanta hambre como antes, pero en aquella ocasión, cada vez que ella trataba de hacer el beso más profundo, él se echaba hacia atrás, riéndose con suavidad.

Empezó a acariciarle los pechos y gruñó al apretárselos.

—Me encantan —murmuró.

Sus ojos, de un azul con una intensidad magnética, se clavaron en sus pezones mientras los pellizcaba. Parecía que sabía exactamente lo que tenía que hacer para excitarla de un modo que ella nunca se habría imaginado. Brody inclinó la cabeza y le lamió uno de los pezones y, después, lo succionó y lo mordisqueó hasta que Hayden gritó de placer. Casi no podía mantenerse en pie.

—Necesitamos una cama —dijo—. Ahora.

Capítulo 4

Demonios, no se esperaba que Hayden fuera así, tan deliciosamente exigente y tan hermosa. Brody sentía una lujuria y una curiosidad que lo empujaban a quedársela y a desentrañar su misterio. Había mucho que averiguar sobre aquella profesora que había iniciado una aventura al azar de una manera que, claramente, no estaba en su forma de ser.

Succionó de manera juguetona uno de sus pezones y alzó la cabeza. Al contemplar su obra, se le secó la boca. Le había irritado mucho la piel del pecho con la barba incipiente y le había dejado manchas de color rojo, y sus pezones rosados se habían vuelto oscuros y brillantes. Tuvo ganas de volver a darse un festín.

Se fijó en el vello de entre sus muslos. Era escaso y dejaba entrever su clítoris hinchado, que tenía un aspecto delicioso. Él, que ya estaba muy excitado, se sintió más endurecido y más caliente todavía.

—¿Dónde está el dormitorio? —preguntó.

Ella sonrió y se giró hacia un pasillo oscuro. Brody dio dos pasos y se detuvo al ver el tatuaje que tenía en la parte baja de la espalda. Oh, Dios. En la penumbra distinguió la forma de un pájaro. Un halcón o un águila. Oscuro, peligroso, increíblemente sexy y sorprendente. Sabía que aquella mujer era distinta a las demás. Su tatuaje era tan tentador que se acercó a ella y la tomó por la cintura con ambas manos. Hayden giró la cabeza y lo miró como si tuviera curiosidad por saber cuál iba a ser su próximo movimiento. Y su siguiente movimiento fue agacharse y lamer el tatuaje.

Ella se estremeció, pero él la sujetó por la cintura para mantenerla en equilibrio.

—¿Por qué un águila? —le preguntó, besándole la espalda.

—Me gustan las águilas.

Una respuesta muy sencilla por parte de una mujer complicada. Brody le acarició el trasero con una mano y le dio un suave mordisco en la carne blanda.

—Dormitorio —jadeó ella.

—Al cuerno el dormitorio —respondió él.

Sin soltarla con una mano, deslizó la otra entre sus piernas y le pasó un dedo por el clítoris. A ella se le escapó un siseo. Inclinó el cuerpo hacia delante y se apoyó con las palmas de las manos en la pared, elevando el trasero para que él pudiera ver su sexo brillante. Brody se acercó como si fuera un imán y lamió los pliegues húmedos desde abajo mientras seguía acariciándole el clítoris.

Hayden volvió a temblar.

—Es... asombroso —dijo, con un gemido.

—¿Y esto? ¿Qué te parece?

Él metió la lengua, directamente, en su abertura.

Y ella volvió a sisear.

Brody se echó a reír al notar su reacción y volvió a meter la lengua antes de que ella recuperara el aliento.

Los suaves gemidos de Hayden llenaron el pasillo. Entonces, él apartó la boca y la reemplazó con dos dedos.

—¿Estás intentando que me corra?

—Ese es el plan, sí.

Él exploró su calor sedoso, acariciándola con habilidad, disfrutando de sus suaves gemidos de placer al tiempo que trataba de ignorar su propia excitación. Su miembro le estaba amenazando con explotar. Sabía que, en cualquier momento, perdería el control, pero se aferró a su débil capacidad de contención y siguió aumentando la presión sobre su clítoris mientras añadía un tercer dedo a la combinación.

Entonces, ella tuvo un orgasmo.

Gritó de placer, sin inhibición alguna, moviendo el trasero hacia su mano.

—Oh, Dios mío, Brody... —balbuceó.

Después, su voz se disolvió en un suspiro de satisfacción.

Un momento más tarde, se deslizó hasta la alfombra y se sentó con la espalda apoyada en su pecho mientras él continuaba acariciándole el clítoris. Ella se giró para que estuvieran cara a cara y lo miró con los ojos verdes y ardientes de necesidad, y las mejillas enrojecidas por el clímax. Tenía un aspecto tan delicioso que él se inclinó hacia delante para volver a explorar su boca con la lengua, con desesperación por sondear cada una de las partes de aquella mujer. Sin interrumpir el beso, hizo que rodara hasta que la tendió bocarriba en el suelo y se puso sobre ella.

—Necesito estar dentro de ti —murmuró.

Se levantó y se alejó, pero volvió un momento más tarde con los preservativos que tenía en la cartera. Solo eran tres... Tal vez fuera demasiado optimista, pero, mirando a Hayden, sospechó que iba a tener que hacer un viaje a la farmacia. Era tan sexy que su miembro se movió con impaciencia.

El aire estaba cargado de tensión y el pasillo estaba en silencio salvo por su respiración agitada. Antes de que él pudiera abrir el preservativo, ella se sentó y murmuró:

—Todavía no.

Y, después, lo envolvió con los labios.

—Dios —murmuró Brody, que estuvo a punto de caerse hacia atrás.

Al notar su ansiosa boca rodeándolo, tuvo un estremecimiento inesperado. Ella lo tomó más profundamente mientras le acariciaba los testículos y el culo, lamiendo cada centímetro duro de su miembro.

Brody solo pudo soportar unos pocos momentos de aquella exquisita tortura. Por difícil que fuera renunciar a la mejor felación de su vida, le apartó suavemente su cabeza. Estaba tan cerca de explotar que no sabía cómo lograba contenerse.

Se colocó sobre ella de nuevo, y Hayden suspiró cuando él cerró la palma de su mano sobre su pecho.

—Hace tanto tiempo...

—¿Cuánto tiempo? —preguntó él.

—Demasiado.

Él le pellizcó suavemente el pezón antes de besárselo.

—Entonces, me lo tomaré con calma.

Ella le obligó a levantar la cabeza y lo besó.

—No —le dijo Hayden. Le tomó la mano y la colocó entre sus piernas—. Lo quiero rápido.

Él tragó saliva al tocar su sexo, que todavía estaba mojado por el clímax. Su cuerpo se endureció aún más y él deseó con todas sus fuerzas ponerse el maldito condón y deslizarse en su calor resbaladizo. Pero el hombre caballeroso que había en él argumentaba que debía ir despacio, probar cada centímetro de su cuerpo y llevarla al límite de nuevo antes de llegar a su propio clímax. Así que, una vez más, trató de frenar el ritmo y siguió acariciándola con el dedo pulgar.

Sus intenciones caballerosas no lo llevaron a ninguna parte.

—Estoy lista —dijo entre dientes—. No quiero lentitud. Necesito que me folles.

Su miembro se sacudió ante la malvada petición.

Sin decir más, Brody se puso el preservativo, se colocó entre sus muslos y se hundió profundamente en su cuerpo. Los dos gimieron a la vez. Él metió la cara en la curva de su cuello e inhaló su olor dulce y femenino, y se retiró lentamente, torturándola, para después embestir de nuevo antes de que ella pudiera parpadear.

—Tu cuerpo es tan ceñido —le murmuró al oído—. Y estás tan mojada...

—Ya te dije que estaba lista —respondió Hayden, entre jadeos de placer.

Acometió contra su cuerpo una y otra vez y gimió cuando ella levantó las caderas para acogerlo más profundamente. Era demasiado rápido para él y, sin embargo, se sentía como si todo se moviera a cámara lenta. Ella le clavó los dedos en el trasero para estrecharlo con fuerza contra su cuerpo húmedo y él sintió tanto deseo que se movió aún más rápidamente.

Ella tuvo otro orgasmo, tembló, se estremeció, emitió pequeños sonidos. Y él continuó hundiéndose en ella hasta que, finalmente, no pudo soportarlo más. Llegó al clímax un segundo después, y la besó con dureza mientras el placer lo sacudía con la fuerza de un huracán. Luchó por respirar, preguntándose cómo era posible que aquella mujer acabara de proporcionarle la liberación más grande de su vida.

Se quedaron inmóviles un momento, con la respiración entrecortada, con los cuerpos resbaladizos, sin separarse.

Hayden le pasó las manos por la espalda sudorosa y dijo:

—No ha estado mal.

Incluso en aquel estado de entumecimiento general, Brody consiguió fruncir el ceño.

—¿Que no ha estado mal? ¿Eso es todo lo que puedes decir?

—Bueno, ha estado tremendamente bien.

—Vaya, mejor.

Con una pequeña sonrisa, ella se desenredó y se puso en pie. Miró con algo de tristeza hacia el dormitorio, al que no habían conseguido llegar.

—Cinco pasos más y podríamos haber estado en mi cama, que es muy grande y cómoda.

Él se incorporó apoyándose en los codos y notó el picor de la alfombra en la espalda.

—No te preocupes —dijo él, con un brillo de libertino en los ojos—. La noche es joven.

Capítulo 5

Había un hombre desnudo en su cama.

Bueno, él ya estaba allí la noche anterior. Se habían quedado dormidos después de la enésima ronda de sexo caliente y alucinante. Sin embargo, era raro despertarse junto a un extraño desnudo.

«Extraño» era la palabra clave porque, a pesar de lo bien que conocía su cuerpo, Brody seguía siendo un extraño para ella. Aquella noche casi no habían intercambiado una sola frase importante, aparte de «Por favor, no pares» y «Estoy a punto de correrme, cariño». Entre rondas, la había estrechado contra su cuerpo cálido y musculoso y habían permanecido así, en silencio, o besándose perezosamente hasta que la necesidad volvía a surgir.

Aquella mañana, los susurros acalorados y los suaves gemidos de la noche casi le parecían producto de su imaginación. Hasta que el hombre desnudo que estaba a su lado comenzó a moverse y eso le recordó lo que había sucedido realmente.

—Buenos días —murmuró él. Sonrió cuando sus miradas se encontraron.

—Buenos días.

Hayden se dio la vuelta para apartarse, pero Brody

la rodeó con un brazo y la atrajo hacia sí. Ella notó una erección muy prominente presionándole el trasero.

—No te vayas todavía —le pidió él, con el cuerpo amoldado al suyo, haciendo que se sintiera delicada y segura.

—Son casi las nueve —le dijo Hayden—. Deberíamos levantarnos.

De hecho, debería haberse levantado hacía dos horas. No recordaba la última vez que había dormido hasta tan tarde.

—Todavía no.

Su mano encontró su pecho y se lo acarició suavemente.

A pesar de sí misma, se apretó contra la exploración de sus dedos. Después del maratón sexual de aquella noche, le sorprendió que todavía pudiera sentir deseo, pero así era. La necesidad estaba creciendo de nuevo, estaba empezando a palpitar entre sus piernas.

Brody le dio un beso en el hombro y sus labios le hicieron cosquillas.

—Quiero empezar el día con ese ruido que haces cuando te corres —le dijo él, con la voz enronquecida.

Ay, Dios.

Hayden respiró hondo y trató de ignorar los latidos de su corazón.

—¿Qué ruido?

—Es como un cruce entre un grito ahogado y un gemido —respondió él, y bajó la mano por su cuerpo—. Quiero escucharlo de nuevo. ¿Me vas a dejar?

¿Quién era aquel hombre? ¿Cómo era posible que tuviera tanta habilidad para volverla loca?

Debería decir que no, lo sabía, porque aquello era una aventura de una noche. Y ya era hora de que él se fuera. Pero...

—Sí —susurró.

¿Qué tenía de malo un orgasmo más?

Él deslizó la mano entre sus muslos y le demostró de nuevo que estaba en sintonía con su cuerpo. A los pocos minutos él la había llevado hasta un orgasmo que provocó un sonido desesperado y, mientras ella se estremecía contra su cuerpo, él se rio entre dientes junto a su oído y murmuró:

—Sí. Eso es lo que yo quería escuchar.

Por un momento, Hayden olvidó su nombre, olvidó dónde estaba y olvidó el motivo por el que había llevado a aquel hombre a su casa.

Sin embargo, a medida que desaparecían los efectos secundarios del placer, la realidad se abrió paso.

Ella pensaba que él iba a pedirle que le devolviera el favor, pero Brody se tumbó bocarriba, sonriendo.

—¿Estás bien? —le preguntó.

Ella logró asentir y después salió de la cama torpemente en busca de algo de ropa. Agarró lo primero que encontró... el vestido vaporoso de flores que se había puesto para comer con su padre en su primer día de regreso a la ciudad.

La tela era blanca y demasiado fina, y era necesario ponerse un sujetador. Brody, que se había sentado en la cama y estaba estirando los brazos poderosos por encima de la cabeza, miró su pecho con una sonrisa de diversión.

—Te veo los pezones.

—Lo sé.

Hayden suspiró.

Él la siguió con la mirada mientras ella caminaba hacia la cómoda donde había dejado el teléfono. Cuando revisó la pantalla se sintió más inquieta. Tenía varios mensajes de texto de Doug y dos llamadas perdidas de su padre.

—Hayden.

Oyó un crujido detrás de ella y se giró. Brody, gloriosamente desnudo, se acercaba a ella. Señor, incluso sus abdominales tenían abdominales.

—¿Seguro que estás bien?

—Estoy bien —le aseguró ella—. Pero creo que deberías irte. Tengo un montón de cosas que hacer hoy.

Él asintió lentamente.

—De acuerdo. ¿Alguna idea de dónde está mi ropa?

Ella sonrió.

—En algún sitio, por ahí —dijo, señalando con la mano hacia la puerta del dormitorio—. Cerca del bar, creo.

Él se rio y caminó hacia la puerta, y ella le miró el trasero sin poder evitarlo. ¿Por qué era tan musculoso? ¿A qué demonios se dedicaba? No se le había ocurrido preguntarlo la noche anterior porque estaba demasiado interesada en otros aspectos de aquel hombre, como su pene.

Y ya no podía preguntárselo, porque entonces Brody pensaría que estaba tratando de conocerlo y... No podía hacer eso. Se suponía que aquello era una aventura pasajera, sin ataduras. Un encuentro con un desconocido muy atractivo en un bar. Era demasiado tarde para intentar conectar a un nivel más profundo.

Lo encontró en la sala de estar del ático, subiéndose la cremallera de los pantalones. Mientras caminaba lentamente hacia él, Brody la examinó con la mirada.

—Quiero verte de nuevo —dijo, sin rodeos.

Hayden se sobresaltó.

—Oh.

—Déjame añadir tu número a mis contactos antes de marcharme.

Ella vaciló.

Él arqueó una ceja.

—¿Es un problema? —preguntó.

Después de un momento, Hayden dejó escapar un suspiro.

—Más o menos.

Eso le hizo reír.

—Mira... Brody...

—Oh. Vaya.

En aquella ocasión, enarcó ambas cejas.

—¿Qué?

—Que sé hacia dónde va esto y, bueno... —dijo él, y se encogió de hombros—. La verdad es que nunca me había pasado a mí.

Ella sonrió sin poder evitarlo.

—Entonces, ¿tú has pronunciado este discurso?

—Más veces de las que me gustaría —admitió él.

Su sinceridad era refrescante. Y resultaba completamente comestible allí de pie, con el pelo oscuro revuelto y la cara de obstinación.

Pero su atractivo no cambiaba las circunstancias. Ella no había vuelto a casa para empezar una relación con un desconocido. Había vuelto por su padre, simple y llanamente. Para apoyarlo mientras su madrastra intentaba quitarle las cosas que más le importaban.

La futura exmujer de su padre estaba decidida a quitarle hasta el último céntimo, y eso era mucho dinero. Aunque había pasado la mayor parte de su vida trabajando de entrenador, su padre siempre había soñado con ser dueño de un equipo y, finalmente, había logrado su objetivo hacía siete años. Gracias a la importante indemnización que había recibido por parte de la compañía de seguros después del accidente de su madre y a una inteligente inversión en una compañía farmacéutica, cosa que le había hecho ganar cientos de millones, había podido comprar el equipo de los Chicago Warriors. A lo largo de los años había seguido invirtiendo y aumentando su fortuna, pero su prioridad era el equipo. Solo pensaba en el equipo y, por ese motivo, volver a casa era muy difícil para ella.

Su infancia había sido caótica. Siempre viajando con su padre por todo el país a causa de los partidos fuera de casa y viviendo en Florida durante los dos años que había pasado entrenando a los Aces hasta que habían conseguido ganar los campeonatos, cinco años en Texas, tres en Oregón. Había sido duro, pero su padre tenía una relación estrecha con ella, y eso había hecho soportable la agitación. Él siempre había mostrado interés en su vida. La escuchaba mientras hablaba y hablaba de sus artistas favoritos. La había llevado a innumerables museos a lo largo de aquellos años.

Ahora que era adulta y él estaba tan ocupado con el equipo, parecía que ya no le importaba encontrar tiempo para conectar con ella fuera del campo de hockey. Sabía que los dueños de otros equipos no estaban tan involucrados como su padre, pero, en su caso, su antigua carrera de entrenador influía en su nueva posición. Participaba en todos los aspectos de la gestión de los Warriors, desde la selección de los jugadores hasta el *marketing*, y disfrutaba con todo ello sin preocuparse de que el trabajo le consumiera tanto tiempo.

Por eso, hacía tres años ella había decidido aceptar el trabajo a tiempo completo que le ofreció Berkeley, aunque eso significara trasladarse a la costa oeste. Esperaba que su padre la echara de menos y se diera cuenta de que en la vida había algo más que el hockey. Sin embargo, no fue así.

Pero, quizá, en aquella ocasión, las cosas fueran distintas. Tal vez, ahora que su vida personal se estaba desmoronando, su padre quisiera apoyarse en ella. No había vuelto a casa solo para apoyarlo durante su divorcio, sino también con la esperanza de que recuperaran su vínculo.

—Lo de anoche fue increíble —le dijo a Brody, mirándolo con timidez—. Han sido las mejores relaciones sexuales que he tenido. Pero no buscaba nada más que una noche —añadió—. Tengo demasiadas cosas que hacer los próximos meses.

Brody continuó mirándola con una expresión indescifrable.

Ella se movió con incomodidad.

—¿Qué pasa?

—Que no puedo creer que nos vayas a privar de... eso.

Señaló en dirección al pasillo, donde la noche anterior había comenzado su encuentro sexual. Hayden contuvo la sonrisa.

—Estoy segura de que encontrarás a otra persona con la que revolcarte en el suelo del pasillo y cuya alfombra te hará una raspadura en el trasero.

Su mirada se volvió ardiente.

—No deseo a nadie más. Te deseo a ti.

Hayden ya no se permitió mirar aquellos ojos. Eso podía terminar con su determinación.

—Lo siento —dijo, evitando su mirada—. Lo he pasado muy bien, pero esto no volverá a suceder. Espero que lo entiendas.

—¿De verdad no vas a darme tu número de teléfono? —preguntó él, con un deje de asombro, y Hayden tuvo la sensación de que no estaba acostumbrado al rechazo.

—Lo siento —le dijo, encogiéndose de hombros.

Después de un momento, Brody se echó a reír.

—Mierda. Esto sí que es una cura de humildad.

Riéndose en voz baja, Brody se dirigió hacia el aparador que había contra la pared del fondo del salón. Hayden lo observó con cautela mientras él tomaba un bolígrafo y garabateaba algo en un pequeño bloc de notas.

—¿Qué estás haciendo?

—Te dejo mi número —dijo él, mirando hacia atrás por encima de su hombro—. Por si acaso cambias de opinión.

Se volvió hacia ella pasándose una mano por el pelo, un gesto que atrajo la atención de Hayden hacia el movimiento de flexión de sus bíceps. Dios, ¿por qué tenía que ser tan atractivo?

—Gracias por una gran noche —dijo Brody, con la voz un poco áspera.

Se inclinó y le dio un ligero beso en la mejilla. Su olor especiado y adictivo la envolvió, y Hayden se contuvo para no inhalar aire hasta que él dio un paso atrás.

—Te acompaño a la puerta.

Capítulo 6

—¿Cuántos? —le preguntó Darcy. Su tono de curiosidad se notaba incluso a través de los altavoces del coche de alquiler.

Hayden maniobró entre el tráfico de última hora de la tarde. El centro de Chicago estaba muy concurrido. Seguramente, el partido de los Warriors de aquella noche había impulsado a mucha gente a salir temprano del trabajo. Ella, por el contrario, no podía elegir. Quisiera o no, estaba a punto de pasar la noche sentada junto a su padre en el palco del propietario, viendo un deporte que, además de parecerle deprimente y aburrido, llevaba muchos años causándole resentimiento.

Ni siquiera sabía cuántos partidos había visto durante su vida desde que su padre la había llevado al primero, a los seis años. ¿Cientos? ¿Miles? Y, a pesar de todo, a los veintiséis años no había conseguido que le gustara. Para ella, el hockey significaba desarraigo e incertidumbre.

Lo más probable era que un psiquiatra le dijese que estaba descargando su frustración con su padre en un inocente deporte, pero no podía evitarlo. Por mucho que lo hubiera intentado, no había logrado apreciar el maldito hockey.

—Yo no hablo de esas cosas —dijo, mientras paraba en un semáforo en rojo. Un tren de la vía elevada pasó zumbando sobre su cabeza, dejándola momentáneamente sorda a causa del estruendo.

—Y un cuerno que no —estaba diciendo Darcy cuando el ruido disminuyó—. ¿Cuántos, Hayden?

Reprimiendo una pequeña sonrisa, finalmente cedió.

—Cinco.

—¡Cinco! —exclamó Darcy. Después, guardó silencio un momento. Y, más tarde, profirió una obscenidad llena de asombro—. ¿Me estás diciendo que ese tipo te hizo llegar cinco veces al orgasmo anoche?

—No, anoche cuatro veces. Esta mañana, otra.

Solo con recordarlo, sintió una chispa de calor en el cuerpo aún exhausto. Todavía le dolían músculos que ni siquiera sabía que tenía, gracias a un hombre al que, claramente, Energizer Bunny no le llegaba ni a la suela de los zapatos.

—Estoy atónita. ¿Te das cuenta? Completamente atónita.

El semáforo se puso en verde y Hayden pasó la intersección. Le llamó la atención un grupo de adolescentes vestidos de azul y plata. Eran las camisetas de los Warriors y, al darse cuenta, a ella se le escapó un gemido. No estaba en absoluto de humor para ver un ruidoso partido de hockey con su padre.

—Y, ¿cómo fue la gran despedida y el agradecimiento por los cinco puntos? —le preguntó Darcy.

—Fue raro —dijo ella. Giró a la izquierda y condujo por la orilla del lago hacia el Lincoln Center, el nuevo estadio que se había construido recientemente para los Warriors—. Antes de irse, me pidió el número de teléfono.

—¿Se lo diste?

—No —respondió con un suspiro—. Pero él me dejó su número.

—¡Se suponía que iba a ser una aventura de una noche!

—Sí, pero... parecía tan consternado... Yo le dejé claro que era algo de una noche, y cualquiera pensaría que un hombre estaría encantado con eso. Sin ataduras, sin expectativas. Sin embargo, él se quedó decepcionado.

—No puedes volver a verlo. ¿Qué pasa si las cosas se ponen serias? Tú tienes que volver a la costa oeste dentro de un par de meses.

Sorprendentemente, parecía que Darcy estaba alterada. Bueno, tal vez no fuera sorprendente, ya que, para su amiga, la idea de enamorarse era más letal que un virus carnívoro.

—No se pondrá serio —le dijo ella, riéndose—. En primer lugar, no voy a volver a verlo. Y, en segundo lugar, no voy a permitirme el hecho de empezar una relación con otro hombre hasta que descubra cómo están las cosas con Doug.

Darcy gimió.

—¿Con él? ¿Por qué sigues pensando en ese hombre? Convierte tu ruptura en una ruptura antes de que él mencione otra vez el puente de intimidad y...

—Adiós, Darce —dijo ella, y colgó.

No estaba de humor para escuchar a Darcy burlarse de Doug otra vez. Era conservador y, tal vez, su comparación del sexo con un puente fuese extraña, pero Doug era una persona decente. Y ella no estaba lista para descartarlo por completo.

«Eh... Te has acostado con otro hombre», le recordó su conciencia.

Se ruborizó al recordarlo. Y, de alguna manera, las palabras «acostarse con Brody» le parecieron inadecuadas, como si describieran un evento insulso y mundano, algo como tomar el té con un abuelo. Lo que habían hecho Brody y ella no era precisamente insulso ni mundano. Había sido una locura. Algo intenso, salvaje y sucio. Sin duda, el mejor sexo de su vida.

¿Había hecho una estupidez al despedirse de él aquella mañana?

Probablemente.

Bueno, en realidad, había hecho una estupidez con toda seguridad.

Brody le había dejado claro que quería volver a verla y, por supuesto, eso sería muy agradable... O, más bien, sería increíble.

Sin embargo, el sexo no iba a resolver sus problemas con Doug, que seguirían ahí, al acecho. Y, si Brody quisiera algo más que sexo, si quisiera comenzar una relación, por improbable que fuera, ¿qué haría ella entonces? ¿Añadir una tercera complicación a su vida personal, que ya era lo suficientemente complicada?

No. La solución lógica era terminar antes de que comenzara. Mejor dejarlo como un encuentro único.

Llegó al estadio diez minutos más tarde y aparcó en el área reservada para los VIP, justo al lado del brillante Mercedes descapotable rojo de su padre. Sabía que era de su padre gracias a la lectura de la matrícula: *TM OWNR*. Propietario.

Muy sutil, papá.

¿Por qué se había molestado en volver a casa? Cuando su padre le había preguntado si podía pedir unos meses de permiso en el trabajo para estar con él durante todo aquel lío del divorcio, ella lo había visto como una señal de que valoraba su apoyo, de que quería tenerla cerca. Sin embargo, durante la semana que llevaba allí solo lo había visto una vez durante un rápido almuerzo en su oficina. El teléfono no paraba de sonar, por lo que casi no habían hablado, y era poco probable que tuvieran tiempo para hablar aquella noche. Ella sabía perfectamente lo concentrado que estaba su padre cuando veía un partido de hockey.

Con un suspiro, salió del coche y se preparó para pasar una noche viendo hombres sudorosos patinando detrás de un disco negro, mientras oía a su padre decir maravillas tales como «No hay nada mejor que esto».

Demonios, qué impaciente estaba.

—Cuidado con Valdek esta noche —advirtió Sam Becker, cuando Brody se acercaba al largo banco de madera que había a un lado del vestuario de los Warriors.

Brody se detuvo frente a su taquilla y preguntó con un gruñido:

—¿Valdek ha vuelto? ¿Qué pasó con su suspensión de tres partidos?

Becker se ajustó las espinilleras, se puso los pantalones azul marino y comenzó a atarse los cordones. Tenía treinta y seis años, pero todavía estaba en una forma física extraordinaria. Cuando él conoció al legendario delantero, se quedó asombrado. Y se quedó más impresionado aún al ver a Becker deshacerse de tres contrincantes y marcar un punto, demostrándoles a todos en la liga por qué aquel era todavía su lugar.

Pero lo que más le impresionó fue su total falta de arrogancia. A pesar de haber ganado dos campeonatos y de tener una carrera que estaba a la altura de algunos de los más grandes, Sam Becker tenía los pies en la tierra. Era el hombre al que acudían todos cuando tenían un problema, ya fuera personal o profesional, y, con el paso de los años, se había convertido en su mejor amigo.

—Se acabó la suspensión —respondió Becker—. Y va a salir a buscar sangre. No ha olvidado quién hizo que lo suspendieran, muchacho.

Brody dio un resoplido.

—Claro, porque es culpa mía que me cortara la barbilla con el palo.

Unos cuantos jugadores más entraron en el vestuario. El portero, Alexi Nicklaus, hizo un saludo militar. Junto a él llegó Derek Jones, el novato de aquella temporada, pero que ya se había convertido en uno de los mejores defensas de la liga. Derek se acercó y dijo:

—Valdek ha vuelto.

—Eso he oído —respondió Brody, mientras se quitaba la camiseta negra y la arrojaba sobre el banco.

De repente, Jones dio un grito de júbilo, y él se miró el pecho.

Lo que encontró fue un recordatorio de la experiencia sexual más apasionante de su vida: sobre el pezón izquierdo tenía un chupetón morado. Hayden le había grabado los labios carnosos a fuego en la piel.

Aquella mañana se había despertado con la visión del pelo moreno de Hayden sobre la almohada blanca, con uno de sus pechos aplastado contra el torso y una de sus piernas esbeltas enganchada en sus muslos. Normalmente, él apartaba con suavidad a su compañera de cama para tener espacio y poder dormir cómodamente. Sin embargo, a Hayden la había abrazado y la había estrechado contra sí.

«Adivina por qué».

—Recuérdame que te mantenga alejado de mi hija —dijo Becker, con un suspiro.

Jones soltó una carcajada.

—Entonces, ¿quién es la afortunada? ¿Te enteraste de cómo se llamaba?

Brody se puso a la defensiva, con la espalda rígida, pero luego se preguntó por qué le molestaba que sus compañeros de equipo todavía lo vieran como un *playboy*. Era cierto que, una vez, lo había sido. Cuando llegó a ser jugador profesional, se le subió todo a la cabeza. Para un niño que había crecido en la pobreza,

en Michigan, la súbita avalancha de riqueza y atención era como una droga. Emocionante. Adictiva. De
repente, todos querían ser sus amigos, confidentes,
amantes. A los veintiún años, había dado la bienveni-
da a todos los beneficios que acompañaban al trabajo,
especialmente al flujo interminable de mujeres haciendo cola para acostarse con él.

Pero eso perdió el brillo cuando se dio cuenta de
que al noventa por ciento de esas chicas solo les interesaba su uniforme. Y, para empeorar las cosas, de
repente encontró su rostro en todas las redes sociales
y en las páginas web de cotilleos deportivos. Fotos en
las que aparecía saliendo de un club con una mujer
diferente cada noche. Una foto comprometedora de él
con la lengua en la garganta de la responsable del *ca-
tering* en un evento del equipo.

Al final, la gente de relaciones públicas de los
Warriors lo metió en el oficina central y le advirtió que
bajara el tono o lo echarían del equipo por muy jugador estrella que fuese. Eso le asustó lo suficiente como
para ocultar sus actividades extracurriculares desde
ese momento, aunque no tanto como para dejar de li-
gar por completo.

En los últimos tiempos no le importaba ser el centro
de atención, pero ya no estaba interesado en acostarse
con mujeres que solo vieran su faceta de delantero
estrella de los Warriors.

Por desgracia, no parecía que sus compañeros de
equipo se creyeran que sus días de mujeriego hubie-
sen terminado.

Bah. Que creyeran lo que quisiesen. Tal vez ya no
fuera un casanova, pero aún podía patearles el trasero
en cualquier momento.

—Sí, me enteré de cómo se llamaba —dijo, poniendo los ojos en blanco.

Pero no consiguió su número.

Se guardó ese molesto detalle para sí mismo. Todavía no estaba seguro de por qué le había molestado que Hayden se negara a darle su número de teléfono. Y, demonios, tampoco entendía esa bomba de discurso que le había echado antes.

«Lo he pasado muy bien, pero esto no volverá a suceder. Espero que puedas entenderlo».

Las palabras soñadas de todo hombre.

—Espero que no te hayas cansado —dijo Becker—. No podemos permitirnos el lujo de fallar esta noche, en la eliminatoria.

—Eh, ¿habéis visto la página de deportes del *Tribute* esta mañana? —preguntó Jones, de repente—. Había otro artículo sobre las acusaciones de soborno que hizo la esposa de Houston —explicó con el ceño fruncido, una expresión que no encajaba con su cara de bebé. Tenía veinte años y todavía no dominaba su mirada dura de jugador de hockey—. Como si cualquiera de nosotros fuésemos a aceptar dinero para que aparezca una derrota en nuestro historial. Mierda, me dan ganas de llenarle toda la casa de papel higiénico a esa tía por todos los problemas que está causando.

Brody se echó a reír.

—Los hombres adultos no le llenan la casa de papel higiénico a otras personas.

—Venga, que a ti te gustan mis bromas —protestó Derek—. Te reíste a carcajadas cuando le cambié las espinilleras a Alexi por esas de color rosa de Hello Kitty.

Desde el otro lado de la habitación, Alexi le mostró a Jones el dedo corazón bien estirado.

—Tranquilos, niños —dijo Becker con una sonrisa. Pero, al volverse hacia Brody, se puso serio de repente—. ¿Qué es lo que piensas tú de los artículos?

Brody se encogió de hombros.

—Hasta que vea las pruebas que la señora Houston

tiene en su poder, supuestamente, me niego a creer que alguien de este equipo haya amañado un partido.

Jones asintió en señal de acuerdo.

—Presley es un buen tipo. Él nunca haría algo así —dijo, riéndose entre dientes—. Estoy más intrigado por la otra acusación. Ya sabes, la de una fuente anónima que ha afirmado que la señora Houston se está tirando a un jugador de los Warriors.

¿Qué demonios?

Brody no se había conectado a internet aquel día, así que aquello era una novedad para él. La idea de que la esposa del dueño del equipo se acostara con uno de sus compañeros le sorprendió. Le pareció absurda y, también, preocupante. No le gustaba nada pensar en que todo aquel escándalo era como una bola de nieve. Soborno, adulterio, juego ilegal.

Mierda.

Jones se volvió hacia Brody.

—Vamos, admítelo. Fuiste tú.

Sí, claro. La idea de acostarse con Sheila Houston era tan atractiva como cambiar el hockey por el patinaje artístico. Solo había tenido que encontrarse un par de veces con ella para descubrir que no tenía nada más que aire entre los oídos.

—No. Yo apuesto por Topas —dijo Brody, y sonrió a su compañero, que estaba al otro lado del vestuario. Zelig Topas, que había ganado una medalla de plata en los últimos Juegos Olímpicos con el equipo de Canadá, también era uno de los pocos jugadores abiertamente homosexuales de la liga.

—Qué gracioso —respondió Topas, poniendo los ojos en blanco.

La charla cesó cuando Craig Wyatt, el capitán del equipo, entró en la habitación con su seriedad acostumbrada. Wyatt tenía la enorme altura de dos metros, y eso, cuando llevaba zapatos. Con los patines era un auténtico monstruo. Con su torso voluminoso, los rasgos nórdicos y el pelo rubio con un *buzz cut*, no era de extrañar que Wyatt fuera uno de los jugadores más temidos de la liga.

Sin preguntar a qué se debía tanta risa, Wyatt se lanzó directamente a su habitual charla de ánimo previa al juego, que era tan alegre como una elegía. Había una razón por la que Wyatt tenía el apodo de señor Serio. Brody solo había visto al chico sonreír una vez, e incluso en aquella ocasión se trataba de una de aquellas sonrisas a medias, incómodas, que uno esbozaba cuando alguien estaba contando un chiste sin gracia.

No hacía falta decir que él nunca había tenido afinidad con el sombrío capitán del equipo. Se acercaba más a tipos relajados como Becker y Jones.

Rápidamente dejó de escuchar la voz del capitán y se le llenó la cabeza con la conversación que había mantenido aquella mañana con Hayden. Reflexionó sobre su insistencia en que dejaran las cosas tal cual, en que solo había sido una aventura de una noche. Entendía que alguien deseara terminar así un encuentro sexual, pero...

No, no iba a suceder.

Aunque Hayden no hubiera querido darle su número, sí le había entregado su tarjeta de visita al invitarlo a la suite de su hotel. Después del partido de aquella noche, Brody tenía pensado llamar a su habitación del Ritz y convencerla de que continuaran lo que habían comenzado.

¿Solo una noche?

No. Él era jugador de hockey y no se rendía tan fácilmente.

Capítulo 7

—No hay nada mejor que esto —declaró Presley Houston, con una voz que retumbaba, mientras le entregaba a su hija una botella de agua mineral y se unía a ella junto a la ventana que daba a la pista de abajo.

Aquella noche tenían el palco para ellos solos, lo que era un gran alivio. Cuando estaba rodeada de colegas de su padre, siempre se sentía como si fuera una de esas ballenas o delfines en SeaWorld, retozando, nadando, haciendo trucos, tratando todo el tiempo de encontrar la manera de romper el cristal, escapar del tanque sofocante y regresar al mundo salvaje al que pertenecía.

—¿Vas a algún partido en California? —le preguntó su padre, quitándose una pelusa imaginaria de la parte delantera de su chaqueta gris de Armani.

—No, papá.

—¿Por qué diablos no?

«¿Porque odio el hockey y siempre lo he odiado?».

—No tengo tiempo. Estuve dando tres clases el último semestre.

Su padre extendió la mano y le revolvió el pelo, algo que siempre le hacía desde que era pequeña. Aquel gesto le resultó reconfortante. Le recordó los años que habían estado tan unidos. Antes de los Warriors. Antes de Sheila. Cuando estaban solos los dos.

Sintió una punzada de dolor en el corazón cuando su padre le metió un mechón de pelo detrás de la oreja y le lanzó una de sus encantadoras sonrisas. Su padre, sin duda, tenía encanto. A pesar de la voz fuerte y retumbante, de la energía inquieta que irradiaba y del brillo astuto de sus ojos, tenía la capacidad de conseguir que todos los que estaban a su alrededor sintieran que él era su mejor amigo.

Probablemente, por eso parecía que sus jugadores lo idolatraban y, por supuesto, era el motivo por el que ella lo había idolatrado mientras crecía, aunque nunca hubiera pensado que era perfecto. La había arrastrado por todo el país durante su carrera de entrenador, pero también había estado a su lado cuando era necesario, ayudando con los deberes, permitiéndole tomar clases de arte cuando terminaba la temporada, pronunciando para ella la dolorosa charla sobre los pájaros y las abejas.

Le dolía mucho que su padre no notara la distancia que había entre ellos, no porque quisiera que fuesen los mejores amigos del mundo; ahora, ella era una adulta y tenía su propia vida. Pero sí quería mantener al menos algún tipo de amistad con su padre. Parecía algo imposible, porque él vivía y respiraba para los Warriors y era completamente ajeno al hecho de que había dejado a su única hija en un segundo plano aquellos últimos siete años.

Se dio cuenta de que comenzaban a aparecer mechones de pelo gris en sus sienes. Se habían visto en Navidad, pero le parecía que había envejecido en tan poco tiempo. Incluso tenía arrugas alrededor de la boca. Era evidente que el proceso de divorcio le estaba pasando factura.

—Cariño, sé que este no es el mejor momento para mencionar esto —dijo de repente su padre, desviando la mirada. Se centró en el partido que se desarrollaba en la pista, como si pudiera captar la energía de los jugadores y encontrar el valor para continuar. Por fin, lo hizo—. Una de las razones por las que te pedí que volvieras a casa es que... Bueno, mira... Diana quiere que hagas una declaración.

Ella levantó bruscamente la cabeza.

—¿Qué? ¿Por qué?

—Fuiste uno de los testigos el día que Sheila firmó el acuerdo prenupcial. —La voz de su padre era más suave en aquel momento que la que ella había oído desde hacía años—. ¿Te acuerdas?

¿En serio? ¿Acaso pensaba que ella lo olvidaría? El día que habían firmado el acuerdo prenupcial fue también el día de su primera reunión con su madrastra, que solo tenía dos años más que ella. La sorpresa de que su padre, de cincuenta y siete años, iba a casarse después de estar solo durante tanto tiempo no había sido tan grande como enterarse de que lo haría con una mujer muchos años menor que él.

Hayden se enorgullecía de tener la mente abierta, pero su mente siempre se cerraba de golpe en cuanto su padre estaba involucrado. Aunque Sheila había afirmado lo contrario, Hayden no estaba convencida de que su madrastra no se hubiera casado con su padre por su dinero, con o sin acuerdo prenupcial.

Sus sospechas se habían confirmado cuando, a los tres meses de casarse, Sheila convenció a su padre de que comprara un mansión multimillonaria, porque vivir en un ático estaba pasado de moda, un yate pequeño, porque el aire del mar le sentaría bien, y un guardarropa nuevo, porque la esposa del dueño de un equipo deportivo tenía que ir elegante. Hayden no quería saber cuánto dinero había gastado su padre en Sheila aquel primer año. Aunque ella trabajara hasta los noventa años, seguramente no ganaría tanto. Por supuesto, Sheila había dejado su trabajo de camarera el día después de la boda y, hasta el momento, que ella supiera, su madrastra pasaba los días de compras con el dinero de Presley.

—¿Realmente tengo que involucrarme en esto? —preguntó, suspirando.

—Es solo una declaración, cariño. Lo único que tienes que hacer es dejar constancia y afirmar que Sheila estaba en su sano juicio cuando firmó esos documentos —dijo su padre, y emitió un sonido grosero—. Ha alegado que fue coaccionada.

—Oh, papá. ¿Por qué te casaste con esa mujer?

Su padre no respondió y ella no se lo reprochó. Siempre había sido un hombre orgulloso y admitir sus fracasos no era algo natural para él.

—Esto no irá a los tribunales, ¿verdad? —preguntó. Al pensarlo, se le revolvió el estómago.

—Lo dudo —dijo él, y le revolvió el pelo otra vez—. Diana confía en que podremos llegar a un acuerdo. Sheila no puede seguir así para siempre. Tarde o temprano se rendirá.

No era probable.

Se calló sus sospechas porque no quería molestar más a su padre. Por la frustración que se reflejaba en sus ojos, se daba cuenta de que la situación hacía que se sintiera impotente, y sabía que él odiaba sentirse impotente.

Hayden le apretó el brazo para tranquilizarlo.

—Por supuesto que sí —dijo. Después, señaló la ventana—. Por cierto, el equipo juega realmente bien. —No tenía idea de si el equipo jugaba bien o no, pero sus palabras hicieron sonreír a su padre y eso era todo lo que le importaba.

—Sí, ¿verdad? Wyatt y Becker han congeniado por fin esta temporada. Stan decía que era difícil conseguir que se llevaran bien.

—¿No se caen bien? —preguntó ella, sin molestarse en mirar quiénes eran Wyatt y Becker.

Su padre se encogió de hombros.

—Ya sabes cómo son estas cosas, hija. Los machos alfa y sus enfrentamientos. La liga no es más que una asociación de egos.

—Papá... —dijo ella, buscando las palabras adecuadas—. Esas cosas que publicaron en el periódico de ayer, sobre las apuestas ilegales... No es cierto, ¿verdad?

—Por supuesto que no. Son un montón de mentiras —respondió él, frunciendo el ceño.

—¿Estás seguro de que no debería preocuparme?

Él se acercó y le apretó el hombro.

—No hay absolutamente nada de lo que preocuparse, te lo prometo.

—Bien.

Un zumbido ensordecedor seguido de un ritmo de baile cursi interrumpieron su conversación. En un instante, Presley se puso de pie y aplaudió, levantando el pulgar a la cámara que parecía flotar más allá de la ventana.

—¿Ganamos? —preguntó, sintiéndose estúpida por la pregunta e, incluso, más estúpida por no saberlo.

Su padre se rio entre dientes.

—Todavía no. Quedan cinco minutos del tercer tiempo —respondió él, y regresó a su asiento—. Cuando termine el partido, ¿qué tal si te llevo a dar un paseo rápido por el estadio? Hemos terminado muchas reformas desde la última vez que estuviste aquí. ¿Te apetece?

—Me apetece muchísimo —dijo ella, mintiendo.

Brody salió de la ducha y regresó al área principal de taquillas. Se apretó el costado con una mano e hizo una mueca de dolor. Una mirada hacia abajo confirmó lo que ya sabía: el violento *check* de Valdek al comienzo del segundo tiempo le había causado un gran hematoma. Estúpido.

—Has hecho un penalti de mierda —le espetó Wyatt a Jones justo cuando Brody llegaba al banco.

La voz normalmente tranquila del capitán tenía un tono de antagonismo y los ojos azules como el hielo le brillaban con desaprobación, algo que también era poco característico de él. Brody se preguntó qué le pasaba a Wyatt, pero prefirió mantenerse al margen de las riñas entre sus compañeros. Para empezar, los jugadores de hockey eran nerviosos, por lo que los desacuerdos menores a menudo terminaban mal.

Derek puso los ojos en blanco.

—¿De qué te quejas? Hemos ganado el dichoso partido.

—Podríamos haber terminado en un *shootout* —le espetó Wyatt—. Le has regalado un gol a Franks con ese penalti. Aunque estemos arriba por dos partidos, necesitamos ganar dos más para pasar a la siguiente ronda. No hay lugar para errores.

Todavía con el ceño fruncido, el señor Serio salió del vestuario y cerró de un portazo.

Jones lanzó una mirada de «¿Qué diablos le pasa?» en dirección a Brody, pero él se limitó a encogerse de hombros, decidido a mantenerse al margen.

Se vistió rápidamente y metió su uniforme sudado en el casillero, porque estaba ansioso por salir de allí.

—Hasta luego, chicos —gritó por encima del hombro.

Luego salió al pasillo y, al instante, chocó con una cálida pared de curvas.

—Lo siento...

La disculpa murió en su garganta cuando vio de quién se trataba.

—¿Brody?

Rápidamente, su sorpresa se transformó en una oleada de satisfacción y de placer.

—Hayden.

Mirándola de arriba abajo, Brody se quedó desconcertado, porque llevaba una blusa de seda blanca y una falda de estampado floral hasta la rodilla que se le arremolinaba en las piernas. Un gran cambio respecto a la camisa amarilla y los pantalones vaqueros descoloridos que llevaba la noche anterior. Con aquel otro atuendo se parecía más a una profesora remilgada y mucho menos a la mujer apasionada que había gritado su nombre tantas veces la noche anterior. El cambio era desconcertante.

—¿Qué estás haciend...? —preguntó Hayden, pero sus ojos se dirigieron al letrero que había en la puerta—. ¿Juegas en los Warriors?

—Sí, claro que sí —respondió él, y levantó una ceja—. Pensé que habías dicho que no te interesaba el hockey.

—No me interesa. Yo...

De repente, se quedó callada.

¿Qué estaba haciendo ella en aquella parte del estadio?, se preguntó él. Allí solo podían entrar personas con tarjeta de identificación.

—Perdón por hacerte esperar, cariño —dijo un hombre de voz grave—. ¿Continuamos con el *tour*?

En la cara de Presley Houston se dibujó una gran sonrisa al ver a Brody.

—Has jugado bien esta noche, Croft.

—Gracias, presidente.

Brody miró a Hayden y a Presley, sorprendido, preguntándose cuál era la información que le faltaba.

Entonces tuvo un arrebato de celos, porque se dio cuenta de que Presley había llamado «cariño» a Hayden.

Oh, Dios. ¿Se había acostado con la amante de Houston?

Una dosis de ira se unió a los celos. Miró a la mujer con la que había pasado la noche, con ganas de estrangularla por saltar a la cama con él cuando ya estaba comprometida con otro hombre, pero las siguientes palabras de Presley acabaron rápidamente con aquel impulso y le provocaron otro *shock*.

—Veo que has conocido a mi hija Hayden.

Capítulo 8

¿Qué estaba haciendo Brody allí? ¿Y por qué no le había dicho que jugaba en los Warriors?

Hayden pestañeó. Tal vez estuviera imaginándose su cuerpo largo y esbelto y su cara increíblemente hermosa, y el pelo que se le enroscaba por debajo de las orejas como si acabara de salir de una ducha humeante...

«No, no es una alucinación. Acéptalo».

Así pues, el hombre de su aventura de una noche estaba allí, en carne y hueso, y más sexy que nunca.

Y resultaba que era uno de los jugadores del equipo de su padre.

¿Había alguna sección en el libro de normas de la liga sobre los jugadores que se acostaban con las hijas de los dueños de sus clubes? Ella creía que no, pero, con todos los rumores que corrían sobre su padre y el equipo, no quería causarle más problemas.

Y parecía que Brody pensaba lo mismo.

—Me alegro de conocerte, Hayden —le dijo él.

Su tono de voz no revelaba nada y, menos, el hecho de que ya se conocieran.

Ella le estrechó la mano y estuvo a punto de estremecerse al notar el contacto con sus dedos encallecidos.

—Encantada —dijo.

—Hayden ha venido a vernos desde San Francisco —dijo su padre—. Da clases de Arte en Berkeley.

—De Historia del Arte, papá —dijo ella.

Presley movió una mano para quitarle importancia.

—Es lo mismo.

—¿En qué posición juegas, Brody? —le preguntó, con una voz neutral, como si estuviera hablando con un completo desconocido.

—Brody es lateral izquierdo —dijo Presley—. Es uno de nuestros mejores jugadores. Una superestrella.

—Ah, parece muy emocionante —dijo ella.

Presley intervino una vez más.

—Sí, lo es, ¿verdad, Brody?

Antes de que pudiera responder, otra persona se hizo con la atención de su padre.

—Ahí está Stan. Perdonadme un momento —dijo, y se alejó rápidamente.

Hayden sonrió con picardía.

—No le hagas caso. A menudo toma las riendas de la conversación y te deja plantado —dijo, y se puso seria—. Pero, seguramente, ya lo sabías, porque juegas en su equipo.

—¿Y eso te molesta? —preguntó Brody.

—Claro que no. ¿Por qué iba a molestarme?

—Dímelo tú.

Hayden se quedó mirándolo un momento y suspiró.

—Mira, te agradecería que no le dijeras a mi padre nada de lo que ocurrió anoche.

—Ah, de acuerdo. Entonces, te acuerdas —dijo él, con cara de diversión—. Estaba empezando a pensar que te lo habías quitado por completo de la cabeza.

Claro, como si eso fuera posible. No había podido pensar en otra cosa que en aquel hombre y su talentosa lengua durante todo el día.

—No se me ha olvidado —dijo, en voz baja—. Pero eso no significa que quiera volver a hacerlo.

—Yo creo que sí.

Su tono arrogante le encantó y, al mismo tiempo, le resultó molesto. ¿Cómo era posible que no se hubiera dado cuenta de que era un jugador de hockey? Aquel hombre tenía grabado en la frente *Atleta profesional*. Era engreído y estaba muy seguro de sí mismo, y ella tenía la sensación de que era un hombre que sabía exactamente lo que quería y que hacía todo lo que estaba en su mano por conseguirlo.

Y en aquel momento, por muy desconcertante que fuera, la quería a ella.

—Brody...

—No te molestes en negarlo. Anoche puse tu mundo patas arriba y estás deseando que lo haga de nuevo.

Ella dio un resoplido.

—No hay nada como un hombre con un ego saludable.

—Me gusta oírte resoplar. Te pones muy mona.

—No me llames «mona».

—¿Por qué no?

—Porque lo odio. Los bebés y los conejitos son monos. Yo soy una mujer adulta. Y deja de mirarme así.

—¿Cómo? —preguntó él, con inocencia.

—Como si me estuvieras imaginando desnuda.

—No puedo remediarlo. Te estoy imaginando desnuda.

A Brody se le oscurecieron los ojos con un brillo sensual y, rápidamente, ella sintió un calor que se acumuló entre sus piernas. Tuvo que hacer un esfuerzo para no apretar los muslos. No quería que él se diera cuenta de cuánto la afectaba.

—Sal a tomar una copa conmigo esta noche —dijo Brody, de repente.

La palabra «no» se le escapó a Hayden más rápido de lo que quería.

Él arrugó la frente con cara de frustración y dio un

paso hacia ella. Entonces, Hayden miró a su padre. Presley estaba al final del pasillo, absorto en su conversación con Stan Gray, el entrenador jefe de los Warriors. Aunque no parecía que hubiera captado las chispas que saltaban entre Brody y ella, se sentía incómoda manteniendo aquella discusión en su presencia.

Y no ayudaba que Brody estuviera tan guapo. Llevaba unos pantalones grises que se amoldaban a los músculos de sus piernas y una camisa negra que marcaba su pecho amplio. Y tenía el pelo húmedo... Hayden tuvo que contenerse para no imaginárselo en la ducha, desnudo, porque, si lo hacía, iba a tener un orgasmo allí mismo.

—Una copa —insistió él, con una sonrisa encantadora—. Ya sabes, por los viejos tiempos.

Ella se echó a reír.

—Nos conocemos desde hace veinticuatro horas.

—Sí, pero han sido unas veinticuatro horas muy salvajes, ¿no crees? —preguntó él, y se le acercó un poco más. Bajó la cabeza y le preguntó al oído—: ¿Cuántas veces te has corrido, Hayden? ¿Tres? ¿Cuatro?

—Cinco —dijo ella, con dificultad, y, rápidamente, miró a su alrededor para cerciorarse de que nadie lo había oído.

—Cinco —dijo él, y asintió con energía—. No he perdido mi toque mágico.

Ella se contuvo para no gruñir. Qué seguro estaba de sí mismo y cuánta ventaja le otorgaba esa seguridad, porque, en aquel momento, ella no estaba segura de nada, salvo de que quería quitarse la ropa y meterse en la cama con Brody Croft.

Pero no iba a hacerlo. Era mala idea volver a acostarse con él. La noche anterior, cuando él solo era un desconocido, todo había sido mucho más fácil.

Pero, ahora... Ahora era real. Y, peor aún, era un jugador de hockey. Ella se había criado entre jugadores y sabía cómo vivían: viajes constantes, medios de comunicación, mujeres deseosas de acostarse con ellos esperando en fila.

Por no mencionar que Brody era tan... arrogante, ligón, atrevido. El día anterior, todo eso había servido para aumentar el atractivo de mantener relaciones sexuales con un extraño. Aquel día, sin embargo, era un recordatorio del motivo por el que había decidido que los chicos malos ya no formarían parte de su vida.

Ya había pasado por eso. Su último novio era tan arrogante, ligón y atrevido como Brody, y su relación había acabado mal. Adam la había dejado el día de su cumpleaños porque el concepto de fidelidad no encajaba con su estilo. Palabras de él, no de ella.

No sabía por qué tenía tan mal juicio en lo referente a los hombres. No debería ser tan difícil encontrar a alguien con quien construir una vida, ¿no? Un hogar, un matrimonio sólido, estupendas relaciones sexuales, emoción y estabilidad, un hombre cuya prioridad fuera su relación... ¿Era demasiado pedir?

—¿Por qué estás tan empeñado en volver a verme? —le preguntó, de sopetón, y bajó la voz al ver que su padre miraba en dirección a ellos—. Esta mañana te he dicho que quería dejarlo en una aventura de una noche. He venido a casa a apoyar a mi padre, no a involucrarme en una relación con nadie.

—Pues anoche estabas bastante involucrada conmigo —dijo él, y le guiñó un ojo—. Y no puedes negar que te gustó, Hayden.

—Por supuesto que me gustó.

—Entonces, ¿cuál es el problema?

—El problema es que solo quería una noche. Salir contigo no era parte del plan.

—¿Plan o fantasía? Tú fantaseaste con el hecho de pasar una noche con un desconocido, ¿no? No te estoy juzgando mal, solo quiero decir que la fantasía no tiene por qué acabar. A mí me parece que tienes dos opciones. El camino fácil o el camino difícil.

—Estoy impaciente por oír tu explicación.

—El sarcasmo no encaja contigo —dijo él—. Mira, el camino fácil es que los dos vayamos a Lakeshore Lounge a tomar una copa.

—No.

Él alzó una mano.

—No has oído el resto.

—De acuerdo. ¿Cuál es el camino difícil? No puede ser más duro que lo anterior.

En su rostro apareció una expresión malévola.

—¿Por qué me has mirado la bragueta al decir la palabra «duro»?

—Oh, Dios mío. No lo he hecho.

—Claro que sí. Y continúas haciéndolo.

Bueno, pues sí, lo estaba mirando. Y se ruborizó al darse cuenta de que él tenía una erección. En cuanto lo notó, a ella se le endurecieron los pezones.

—No pasa nada, vamos a fingir que no me estás devorando con los ojos —dijo él—. De todos modos, acabo de darme cuenta de que no hay camino difícil. Es muy fácil, porque quieres decirme que sí a esa copa.

Hayden se mordió el labio. Demonios, Brody tenía razón. A pesar de todas las objeciones lógicas que tenía en la mente, quería decir que sí.

—Será mejor que lo digas pronto, de todos modos —bromeó Brody—. Porque parece que tu padre está terminando la conversación... Sí, mira, le está dando la mano a Stan. Eso significa que va a llegar aquí justo a tiempo para oírte decir que sí y, entonces, te preguntará a qué estás diciendo que sí, y seguro que ninguno de nosotros quiere abordar ese tema.

Hayden giró la cabeza y vio que su padre se encaminaba hacia ellos. Aunque sabía que Presley asumía que su hija de veintiséis años no era virgen, ella no quería que tuviera conocimiento de su vida sexual. Y, menos, si esa vida sexual incluía a jugadores.

Aunque su padre estuviera obsesionado con su equipo, siempre le advertía sobre la turbulenta naturaleza de los jugadores de hockey. La última de aquellas advertencias se la había hecho durante su visita anterior, cuando un jugador del equipo contrincante la invitó después de un partido de los Warriors. Ella había rehusado la invitación a cenar, pero, de todos modos, Presley le había echado un sermón y le había dicho que no quería que su hija saliera con ninguno de aquellos brutos.

Si supiera lo que había sucedido la noche anterior con Brody Croft, se estresaría aún más.

—Entonces, ¿qué piensas de esa copa, Hayden?

A ella se le aceleró el pulso al darse cuenta de que, si aceptaba la invitación de Brody, lo más probable era que ni siquiera llegaran a tomar nada. En cuanto él la tuviera a solas, le metería las manos por debajo de la camisa, le acariciaría el pecho y le succionaría la piel del cuello, como había hecho la noche anterior, y se hundiría en su cuerpo y...

—Una copa —balbuceó, de repente.

Al instante, se reprendió a sí misma por permitir que sus hormonas apabullaran a su sentido común. ¿Qué demonios le sucedía?

Brody se rio suavemente y se puso las manos en las caderas. Era como el cartel del chico más *cool* del mundo. Sonrió.

—Sabía que al final ibas a ver las cosas igual que yo.

Capítulo 9

El Lakeshore Lounge era uno de aquellos escasos bares de la ciudad que ofrecía un ambiente íntimo en lugar de ruido y aglomeraciones. Las elegantes mesas con asientos lujosos y cómodos tenían suficiente separación como para que los clientes pudieran disfrutar de las bebidas con privacidad, y la iluminación era un resplandor dorado que sustituía las luces brillantes.

También era un establecimiento con unas normas de vestimenta estrictas; se exigía llevar chaqueta. Por suerte, el dueño del bar, Ward Dalton, se declaró el fan número uno de Brody e hizo la vista gorda a su ropa informal. Los acompañó hasta una mesa apartada que había en un extremo del local, prácticamente escondida de todas las miradas por un par de enormes macetones con palmeras. Un camarero perfectamente uniformado apareció pocos minutos más tarde y les tomó nota de las bebidas. Después, se alejó calmadamente.

A Brody no se le escapó que Hayden tenía una expresión de desconcierto.

—¿Ocurre algo? —le preguntó.

—No. Solo estoy... sorprendida. Cuando dijiste que íbamos a tomar una copa, pensé que... —dijo ella, pero se quedó callada y se ruborizó—. Olvídalo.

—¿Pensaste que iba a llevarte a tu hotel para continuar las cosas donde las habíamos dejado?

—Más o menos.

—Lamento decepcionarte.

Ella se irritó un poco al oír su tono burlón.

—No estoy decepcionada. De hecho, me alegro. Como ya te he dicho, no me interesa continuar.

A él no le gustó la firmeza de su voz. No conseguía entender cómo era posible que Hayden no quisiera repetir lo que habían hecho la noche anterior. Habían estado muy bien juntos.

Tampoco sabía si ella siempre había sido consciente de que él era uno de los jugadores del equipo de su padre. Su padre era Presley Houston, por el amor de Dios. No era necesario que le gustara el hockey para saber quiénes eran sus jugadores. Sin embargo, al toparse con él a la salida del vestuario, su expresión fue de absoluto asombro y, también, en cierto modo, de consternación.

No, no lo sabía. Aquel asunto no sería tan molesto para ella si lo hubiera sabido.

Brody agradecía que le gustara él y no el deporte, pero eso le planteaba otra pregunta: ¿qué era lo que le impedía mantener una relación con él? ¿Se debía a que era jugador de hockey o era por otro motivo? ¿O por otra persona?

Al pensarlo, Brody apretó la mandíbula sin darse cuenta.

—¿Cuál es el motivo por el que no quieres seguir con esto? —le preguntó, en voz baja—. Es por algo más que por los problemas que tiene Presley en este momento, ¿no?

Ella se quedó mirando la servilleta blanca fijamente, y él entrecerró los ojos.

—¿Tienes un marido esperándote en California?

Entonces, Hayden alzó los ojos y lo miró directamente.

—Por supuesto que no.

—¿Un prometido?

Ella hizo un gesto negativo.

—¿Un novio?

En aquella ocasión, sus mejillas enrojecieron aún más.

—No. Bueno, sí. Bueno, más o menos. Estaba saliendo con alguien en San Francisco, pero en este momento nos hemos dado una temporada de descanso.

—¿Un descanso durante el que uno se puede acostar con otras personas?

—Como ya te he dicho varias veces, mi vida es complicada —respondió ella, con una mirada elocuente—. Estoy en proceso de tomar varias decisiones importantes, de darle forma a mi futuro.

Él abrió la boca para responder, pero el camarero se acercó con sus bebidas. A Brody le sirvió su gin tonic y a Hayden, su copa de vino blanco. Después, se marchó sin demora, como si notara que había una conversación pendiente entre ellos.

—Y a este novio tuyo —dijo Brody pensativo—, ¿lo ves en tu futuro?

—No lo sé.

Aquella contestación vacilante y su cara de confusión fueron la respuesta que él necesitaba. No era tonto y, si Hayden hubiera expresado un amor profundo por otro hombre, él se habría retirado. Sin embargo, ella no había respondido afirmativamente a su pregunta, así que, para él, aquello era juego limpio.

Y no había nada que le gustara más que una buena y sana competición.

Tomó un poco de gin tonic y la miró por encima del borde de la copa. A pesar de su ropa recatada, estaba muy atractiva. Se adivinaba la forma de su sujetador bajo la blusa blanca, y al recordar lo que había debajo, sintió algo como una descarga eléctrica en la entrepierna.

—No vamos a volver a hacerlo —le dijo ella, entre dientes. Era obvio que se había dado cuenta de los derroteros que había tomado su pensamiento.

Él se echó a reír.

—Es como si estuvieras intentando convencerte a ti misma de eso.

—Nos hemos acostado, Brody —dijo ella, con frustración—. Eso es todo —añadió, y dio un sorbito a su copa de vino—. Fue increíble, sí, pero solo fue sexo. La tierra no ha temblado por eso.

—¿Estás segura? —le preguntó él.

Acercó su silla a la de Hayden para que ya no estuvieran frente a frente, sino uno junto al otro. Vio que le temblaban las manos a causa de su cercanía. Volvió a ruborizarse y se le separaron los labios. No hacía falta ser un científico para darse cuenta de que estaba excitada. Y, demonios, a él le gustaba saber que podía excitar a aquella mujer tan solo acercándose a ella.

—Fue más que sexo —le dijo, y le rozó la oreja con los labios. Ella se estremeció—. Fue un huracán sexual. Intenso. Arrollador —susurró, y le pasó la lengua por el lóbulo—. Nunca había estado tan excitado y tú nunca habías estado tan húmeda.

—Brody...

Él trazó la forma de su oreja con la lengua. Después, bajó la mano hasta su muslo y notó que le temblaba la pierna bajo su caricia.

—Tengo razón, ¿no?

—Sí, tienes razón —gruñó ella—. ¿Contento?

—No exactamente —respondió él.

Con una leve sonrisa, deslizó la mano por debajo de su falda. Pasó los nudillos por la mancha húmeda de sus bragas y murmuró:

—Ahora sí estoy contento.

Hayden estaba mirando de un lado a otro como si

pensara que el camarero iba a aparecer en cualquier momento.

Pero la mesa estaba bien apartada y nadie podía acercarse sin que él lo viera. Aprovechó la privacidad y pasó una mano por debajo del trasero de Hayden para moverla hacia él y tener mejor acceso. De nuevo, deslizó la mano entre sus piernas y metió los dedos en sus bragas para acariciarle la carne húmeda. El suave sonido de las conversaciones de las mesas de alrededor le excitaba mucho. No era la primera vez que practicaba el sexo en un lugar público, pero nunca había complacido a una mujer en un bar tan exclusivo donde, en cualquier momento, podían sorprenderlos.

A ella se le escapó un fuerte suspiro mientras él frotaba su clítoris con movimientos circulares.

—¿Qué estás haciendo? —susurró.

—Creo que sabes perfectamente lo que estoy haciendo.

Él siguió acariciándole el clítoris y empujó su abertura con la punta del dedo índice. La humedad que ya se estaba acumulando allí hizo que su miembro se contrajera. No había nada que deseara más que quitarse los pantalones y adentrarse en aquel paraíso húmedo. Allí mismo, en aquel momento. Pero su atrevimiento no llegaba tan lejos.

—Deberíamos parar —murmuró ella, pero su cuerpo decía otra cosa.

Apretó los muslos y sus músculos internos se ciñeron alrededor de su dedo. Un suave gemido escapó de su garganta.

—Te vas a correr si sigo haciendo esto, ¿verdad, Hayden?

Miró hacia la mesa de al lado. Estaba a varios metros de distancia y apenas era visible a través de las hojas de las palmeras. Esperaba que la pareja de aquella mesa no hubiera oído el gemido de Hayden. Él no quería terminar todavía.

—Brody, cualquiera puede pasar por aquí.

—Pues entonces, será mejor que te des prisa.

Empujó con el dedo en el centro de su cuerpo y sonrió al ver que ella se mordía el labio. La expresión de su rostro lo volvió loco. Estaba sonrojada, torturada, entusiasmada. Él mismo se sentía muy excitado, pero se las arregló para controlar su deseo. La había presionado para que pasara la noche con él porque tenía algo que demostrarle, y no era que él se estuviera muriendo por una segunda ronda, sino que era ella la que se moría por una segunda ronda.

Le presionó el clítoris con el pulgar y metió otro dedo dentro de ella. Comenzó a deslizarlo dentro y fuera de su cuerpo con un ritmo perezoso. Le dolía la boca por la necesidad de lamer uno de sus pequeños pezones rosados, pero apretó los labios antes de ceder al impulso de rasgarle la camisa. En cambio, se concentró en el calor de entre sus muslos y en la protuberancia que se hinchaba cada vez más cuando pasaba el pulgar sobre ella, y en las paredes interiores de su cuerpo, que se aferraban a sus dedos con cada suave empujón.

Manteniendo un ojo en el rostro de felicidad de Hayden y el otro en su entorno, continuó deslizando los dedos dentro y fuera hasta que, finalmente, ella dejó escapar un gemido apenas audible y apretó las piernas. Él sintió sus pulsaciones contra los dedos y reprimió su propio gemido mientras a ella la recorría un orgasmo silencioso.

Ella se quedó temblando, mordiéndose el labio. Después, dio un suspiro. Le temblaron las manos sobre la mesa y la copa de vino cayó por el borde.

Él retiró la mano rápidamente cuando Hayden se sobresaltó a causa del sonido del cristal al romperse contra el suelo. Al moverse bruscamente, golpeó una de las patas de la mesa con la rodilla. La mesa tembló y los cubitos de hielo de su gin tonic chocaron con el cristal de la copa con un tintineo.

Por el rabillo del ojo, Brody vio que el camarero se acercaba apresuradamente. Se estaba acabando y, aun así, no pudo evitar que se le escapara una pequeña risita. Miró a Hayden a los ojos y, al notar su aturdimiento, se echó a reír de nuevo. Le arregló la falda rápidamente y le preguntó:

—¿Aún vas a decirme que la tierra no ha temblado?

Capítulo 10

Unas doce horas después de experimentar su primer orgasmo en público, Hayden entró en Dreams, una tienda de lencería del centro que era propiedad de su mejor amiga.

Necesitaba desesperadamente a Darcy en aquellos momentos. Darcy y su mentalidad de una sola noche la ayudarían a dirigir sus pensamientos de nuevo por el camino correcto y alejarse de la senda que la enviaba directamente a los brazos de Brody Croft.

Lo curioso era que él no la había presionado después de lo sucedido en el bar la noche anterior. Se limitó a pagar las copas y después, por fin, consiguió añadir su número de teléfono a su móvil. Ella todavía no le había ofrecido el suyo, pero «BRODY CROFT» había pasado a formar parte, oficialmente, de su lista de contactos, lo cual era un claro progreso de Brody en la consecución de sus objetivos. Después, la acompañó hasta su coche de alquiler y se despidió con un discurso en el que ella no podía dejar de pensar.

«El próximo paso es tuyo, Hayden. Si me deseas, ven a buscarme».

Y luego se fue. Se subió a su brillante todoterreno y se fue. Ella se quedó sentada en su coche, más excitada de lo que hubiera estado en su vida. Quería ir a casa con él, incluso se lo insinuó, pero Brody había dejado claro que eso no iba a suceder aquella noche porque prácticamente había tenido que torcerle el brazo para llevarla allí.

No. Él quería que fuese ella quien iniciara el siguiente contacto. Y ella tenía la tentación de hacerlo.

Por eso necesitaba hablar con Darcy, para que la convenciera de lo contrario.

Cuando entró en la tienda, la campana que había sobre la puerta tintineó. Ella rodeó un maniquí que llevaba un body negro de encaje y una mesa llena de tangas y se acercó al mostrador.

—Ha ocurrido algo terrible —gruñó Darcy, en cuanto la vio.

—Cuéntame —murmuró Hayden.

Sin embargo, la cara de consternación de Darcy hizo que olvidara la noche anterior por el momento. Percibió un olor floral y se dio la vuelta. Miró a su alrededor y vio un ramo de rosas rojas asomando por el borde de la papelera de metal que había junto al mostrador.

—Cortesía de Jason —dijo Darcy, con un suspiro.

—¿Quién es Jason?

—¿No te lo había mencionado? Ligué con él la semana pasada, después de la clase de yoga. Es entrenador personal.

Como si ella pudiera seguir la cuenta de todos los hombres con los que ligaba Darcy. Hayden no sabía cómo lo hacía su amiga, pero cambiaba de hombre como de ropa.

—¿Y te ha mandado un ramo de rosas? Eso es muy dulce por su parte.

Darcy la miró como si le hubieran salido cuernos.

—¿Estás loca? ¿Es que no te acuerdas de lo que pienso de las flores?

Sin esperar respuesta, se aseguró de que la tienda

estuviera vacía, le dio la vuelta al letrero de la puerta para que se leyera *Cerrado* desde fuera y le hizo una señal a Hayden para que la siguiera a la zona de probadores. Además de cuatro cabinas, en aquel amplio espacio había dos lujosas butacas de terciopelo rojo.

Hayden se sentó en una de ellas y miró a su amiga, que parecía disgustada.

—Vaya, este asunto de las flores te ha afectado de verdad.

—Por supuesto que sí. No es normal.

—No, la que no eres normal eres tú. Los hombres regalan flores a las mujeres todo el tiempo. No es culpa del pobre Jason que la afortunada seas tú.

—Salimos a tomar un batido de fruta después de clase de yoga y nos besamos un poco en su coche cuando me llevó a casa —dijo Darcy, emitiendo un sonido de frustración—. ¿Eso justifica que te envíen un ramo de flores?

—¿Qué decía la tarjeta? —preguntó Hayden, con curiosidad.

—«Espero verte pronto».

Ella estuvo a punto de comentar que Jason parecía muy considerado, pero se quedó callada. Sabía lo que pensaba Darcy de las relaciones. A la primera señal de compromiso, salía corriendo por la puerta en busca de la siguiente aventura pasajera. Y eso era una pena, realmente, porque aquel tal Jason parecía tan agradable como Doug.

Mierda.

Se había prometido a sí misma que no iba a pensar en Doug aquel día. Aún no le había devuelto la llamada y, cuando se había despertado aquella mañana, tenía otro mensaje suyo. Pero ¿cómo iba a llamarlo? Solo llevaban separados una semana y ya se había acostado con otro. Se preguntó si Doug seguiría siendo tan agradable cuando se lo contara.

—Voy a tener que buscarme otro gimnasio —refunfuñó Darcy, con irritación.

Empezó a moverse con nerviosismo, a cruzar y descruzar las piernas, a agarrarse las manos y a tamborilear con los dedos en el brazo de la butaca. Hayden se dio cuenta de que su amiga estaba a punto de explotar en cualquier momento...

—¿Qué le pasa a la especie del pene? —preguntó, de repente—. Ellos dicen que las dependientes somos nosotras, dicen que nos aferramos a ellos y que somos absorbentes, nos acusan de estar obsesionadas con el amor, el matrimonio y los bebés. Cuando, en realidad, eso es lo que quieren ellos. Ellos son los blandos, los que envían flores como si un batido y una mamada en el asiento trasero del coche fuera un evento mundial que hay que celebrar... —dijo, y suspiró—. Es obvio que voy a tener que aclararle que no.

—Al menos, agradécele las flores.

—Ya lo llamé y lo hice. Pero creo que necesito llamarlo otra vez y cerciorarme de que Jason entiende que lo que pasó entre nosotros no va a ir más allá. Igual que tú hiciste con ese tío bueno del otro día.

—Ya. Bueno, con respecto a eso... no te lo vas a creer.

Rápidamente, puso al corriente a su amiga de su visita al estadio y de su encuentro con Brody a la salida de los vestuarios.

—¿Es jugador de hockey? Seguro que te entusiasmaste al enterarte —dijo Darcy, con una sonrisa—. Le dirías que se perdiera, ¿no?

—Um...

Darcy se quedó boquiabierta.

—¡Hayden! Te has acostado con él otra vez, ¿verdad?

—No exactamente. Pero fui con él a tomar una copa.

—¿Y?

Hayden le contó lo del orgasmo por debajo de la mesa. Al ver que su amiga cabeceaba, añadió:

—¡No pude evitarlo! Fue él quien empezó y... ya sabes... fue tan genial que...

—No te controlaste —dijo Darcy, con una mirada de fatiga—. ¿Vas a llamarlo?

—No lo sé. Dios sabe que quiero hacerlo, pero, si lo llamo, echaré por la borda el propósito de la aventura de una noche —respondió ella, con un gruñido—. Yo solo quería un poco de sexo para desestresarme, pero ahora estoy más estresada que antes.

—Pues dile que se vaya al cuerno. Tú ya tienes suficiente como para que un jugador de hockey arrogante se ponga a exigirte horas extra de sexo.

Hayden se echó a reír.

—Es muy decidido. Me está volviendo loca, Darce.

—¿Loca en el buen sentido, o en el malo?

—En los dos. Cuando estoy con el solo puedo pensar en arrancarle la ropa, y cuando no estoy con él, solo puedo pensar en lo mismo.

—Pues no veo la parte mala de eso.

Ella se mordió el labio.

—Es jugador de hockey. Ya sabes lo que siento con respecto a eso. No quiero salir con ningún deportista. Odiaba que mi padre fuera entrenador. No teníamos un verdadero hogar, no tenía amigos... Mi amistad contigo es la única que ha sobrevivido, y la mitad se ha desarrollado por mensajes de texto.

Tomó un caramelo del cuenco que Darcy tenía en una mesita para sus clientas y se lo metió en la boca.

—No quiero salir con un tipo que se va a pasar la mitad del año viajando a otros estados para patinar en una pista de hockey. Además, tengo muchas cosas con las que lidiar en este momento. Los problemas del equipo, los problemas de mi padre con Sheila y mis problemas con Doug, que me ha llamado dos veces porque quiere hablar de lo nuestro. No puedo meterme en otra relación en este momento.

Apretó los dientes con fuerza. Prácticamente, estaba desafiando a Darcy a que le llevara la contraria.

Cosa que su amiga hizo rápidamente, por supuesto.

—¿Sabes lo que pienso? —le preguntó Darcy—. Que estás haciendo una montaña de un grano de arena.

—¿Ah, sí?

—Has venido para quedarte solo un par de meses, cariño. ¿Cuál es el problema de divertirte un poco mientras estás aquí?

—Vaya, ¿y qué pasa con tu discurso de las aventuras de una sola noche?

—Parece que ese discurso no funciona contigo —dijo Darcy, y se encogió de hombros—. Pero tú debes de pensar que todo es blanco o negro, un lío de una noche o una relación formal. Se te olvida que hay una zona gris entre los dos extremos.

—¿Una zona gris?

—Sí, se llama una relación pasajera.

—Una relación pasajera.

Ella nunca había sido de las que tenían aquel tipo de relaciones, pero tampoco de las que tenían aventuras de una noche. Tal vez una relación corta con Brody no fuera algo desastroso. Él no había dicho que quisiera casarse con ella, ni nada por el estilo. Solo quería incendiar las sábanas un poco más, continuar con la fantasía...

Pero, si accedía a que su aventura de una noche se convirtiera en una relación pasajera, ¿quién podía asegurar que esa relación no se convirtiera en algo más?

—No sé. Brody es una distracción que no puedo permitirme en este momento. Pero parece que mi cuerpo opina lo contrario cuando él anda cerca.

—Pues toma el control de tu cuerpo —le sugirió Darcy.

—De acuerdo. ¿Cómo se hace eso?

—No lo sé. La próxima vez que te dé por abalanzarte sobre Brody Croft, prueba algo alternativo. Ve una película porno, o algo por el estilo.

A Hayden se le escapó una carcajada.

—¿Esa es tu respuesta? ¿Que vea porno?

Darcy sonrió.

—Claro. Por lo menos, así no pensarás en el señor Hockey cuando estés ocupada excitándote con otros hombres.

—Claro, porque los hombres de las películas porno son tan excitantes...

—No les mires la cara. Concéntrate en sus enormes penes.

Hayden puso los ojos en blanco.

—Si veo algo esta noche, será ese nuevo documental de Netflix sobre Van Gogh.

Darcy suspiró exageradamente.

—Un hombre que se cortó la oreja no es nada sexy, Hayden.

—Tampoco lo es el porno —respondió ella, y miró su reloj. Abrió unos ojos como platos—. Mierda, tengo que irme. Se supone que hoy tengo que hacer una declaración sobre el estado mental de Sheila cuando firmó el acuerdo prenupcial.

—Vaya, qué divertido. Por desgracia, me he dejado el calzado de fiesta en casa, así que no puedo acompañarte.

Se dirigieron a la salida. Darcy abrió la puerta y, mientras la sujetaba, miró las flores que había en la papelera.

—Por lo menos, el tuyo solo quiere sexo —dijo, como si tuviera envidia.

—Brody no es «el mío» —respondió ella, con la esperanza de que, repitiendo aquellas palabras, su cuerpo traicionero se convenciera de ello—. ¿Sigue en pie lo de la cena de mañana?

—Sí, siempre y cuando vayamos a un mexicano. Tengo ganas de comer picante. Que disfrutes de la declaración.

—Y tú de las flores —le respondió Hayden, mientras se alejaba por la acera.

Se giró a tiempo para ver a su mejor amiga haciéndole una peineta.

—Gracias, Hayden —dijo Diana Krueger, la abogada de Presley—. Ya hemos terminado.

Hayden se alisó la parte delantera de la falda negra que llevaba y se puso de pie. A su lado, su padre también se levantó de la silla. Al otro lado de la gran mesa de juntas de la sala de declaraciones de Krueger y Bates, Sheila Houston y su abogado cuchicheaban.

Hayden no pudo evitar quedarse mirando a Sheila. Se había sorprendido mucho cuando la había visto en el bufete. La última vez que ella había ido de visita a la ciudad, parecía que Sheila había salido de las páginas de una revista de moda. El pelo rubio, largo, brillante, los rasgos perfectos y el maquillaje impecable, el cuerpo esbelto y la ropa de diseñador.

En aquella ocasión, Sheila estaba demacrada. Parecía que era mayor que sus veintiocho años y estaba mucho más triste de lo que ella esperaba. Tenía el pelo lacio, sin vida, y los ojos hundidos. Había perdido unos siete kilos y tenía una apariencia frágil.

Aunque ella se negara a sentir un ápice de simpatía por aquella mujer que estaba convirtiendo en un infierno la vida de su padre, Hayden se preguntó si el proceso de divorcio no estaría siendo muy duro también para Sheila, más de lo que Presley le había dado a entender. O eso, o estaba destrozada por perder el yate que había obligado a comprar a su padre.

—Gracias por hacer esto, cariño —le dijo Presley,

en voz baja, mientras salían de la sala de juntas—. Significa mucho para mí que estés a mi lado.

Por tercera vez durante aquella última hora, ella se fijó en que su padre tenía los ojos ligeramente vidriosos e inyectados en sangre, y se preguntó si había bebido antes de ir a la reunión. El aliento le olía a pasta de dientes y a tabaco, pero, al mirarlo, le daba esa impresión...

No, no. Solo eran imaginaciones suyas. Seguramente, su padre solo estaba cansado.

—Me alegro mucho de poder ayudar —le dijo, con una sonrisa.

Él le tocó el brazo.

—¿Necesitas que te lleve a la suite?

—No, tengo el coche de alquiler.

—De acuerdo —dijo él, asintiendo—. Se me había olvidado decirte que el evento de recaudación de fondos del Gallagher Club es el domingo que viene, a las ocho en punto.

«Al cual tienes que asistir», era la parte de la frase que su padre no había pronunciado.

Increíble. Ella detestaba aquel tipo de actos, sobre todo, los que celebraba el prestigioso club de caballeros del que su padre era miembro. Siempre había un montón de señores mayores que le tiraban los tejos mientras sus mujeres fingían que no se daban cuenta.

Su padre debió de notar su reticencia, porque frunció el ceño.

—Me gustaría que fueras, Hayden. Hay muchos amigos que quieren verte. Cuando estuviste aquí de vacaciones declinaste todas sus invitaciones.

«Porque quería verte a ti», pensó ella. Pero contuvo la lengua. Sabía que a su padre le gustaba presumir de ella y de su carrera académica delante de sus amigos ricos, pero no parecía que le importara mucho cuando estaban a solas.

Tragó saliva con amargura. Teniendo en cuenta que acababan de pasar una hora con una mujer que estaba decidida a quitarle todo el dinero, Hayden pensó que debía ser más amable con su padre.

—Iré —le prometió.

—Bien.

Después de despedirse, vio a su padre atravesar apresuradamente el elegante portal en dirección a la salida, como si lo estuvieran persiguiendo por un crimen. Empezó a caminar hasta que oyó una voz.

—Hayden, espera.

Se detuvo ante las enormes puertas de cristal de la entrada y se giró lentamente.

—Yo quería...

Sheila se le acercaba con nerviosismo, algo que le resultó sorprendente.

—Yo solo quería decirte que no hay resentimiento por mi parte. Sé que estás intentando proteger a tu padre.

Hayden enarcó las cejas. ¿Que no había resentimiento? Sheila estaba intentando quedarse con todo el dinero de su padre, ¿y decía que no había resentimiento?

Se quedó mirándola con estupefacción, pero Sheila continuó.

—Sé que nunca te he caído bien y no te lo reprocho. Ver casarse de nuevo a un padre siempre es duro, y seguro que no ha sido de ayuda que yo solo tuviera dos años más que tú —dijo, con una sonrisa tímida.

—No deberíamos estar hablando —le dijo ella, con frialdad—. Es un conflicto de intereses.

—Ya lo sé —dijo Sheila, y se pasó una mano por el pelo con una expresión de tristeza—. Pero quería que supieras que tu padre todavía me importa mucho.

Para asombro de Hayden, a Sheila se le cayeron dos lágrimas por las mejillas. Y, más asombroso todavía, parecían lágrimas de verdad.

—Si te importa, ¿por qué quieres quitarle todo lo que tiene? —le preguntó, sin poder evitarlo.

—Tengo derecho a algo —respondió Sheila, a la defensiva—, después de todo lo que me ha hecho pasar ese hombre. Sé que piensas que soy la mala de la película, pero tienes que saber que todo lo que he hecho es el resultado de... No, no voy a echarle la culpa a Pres —dijo Sheila, y volvió a llorar. Se secó las lágrimas con la mano temblorosa—. Vi que él volvía a caer en picado y no intenté ayudarlo. Fui yo la que lo arrojó a los brazos de otra mujer.

—¿Perdón? —preguntó Hayden, con ira e incredulidad.

¿Acaso Sheila estaba insinuando que su padre había sido el infiel? Eso era absurdo. Su desagrado hacia aquella mujer se multiplicó rápidamente.

Sheila la miró con astucia.

—Supongo que eso no te lo ha contado.

—Tengo que irme —dijo Hayden.

—No me importa lo que pienses de mí. Solo quiero que cuides de tu padre, Hayden. Creo que ha empezado a beber otra vez y quiero asegurarme de que alguien lo está cuidando.

Sheila salió del edificio sin despedirse.

Hayden se quedó mirándola hasta que desapareció por la concurrida acera, entre la multitud de gente de Chicago que salía del trabajo a comer.

No era capaz de moverse.

Todo lo que había dicho Sheila tenía que ser mentira. Su padre nunca rompería los votos matrimoniales acostándose con otra mujer. Sheila estaba equivocada.

«Creo que ha empezado a beber otra vez».

El comentario reverberó por la mente de Hayden. Se puso a juguetear nerviosamente con el dobladillo de su fino suéter azul. A ella le había parecido que su padre tenía los ojos llorosos... Tal vez se hubiera tomado una o dos copas antes de ir al bufete, eso era posible. Sin embargo, Sheila le había dado a entender que el problema con la bebida de su padre iba más allá. Que, en algún momento, había sufrido alcoholismo. ¿Era verdad?

De ser cierto, ¿cómo era posible que ella no lo supiera? Aunque no fuera de visita a menudo a causa de la apretada agenda que tenía en la universidad, hablaba con su padre como mínimo una vez a la semana, y él siempre estaba normal. Sobrio. ¿No habría sospechado algo si él tuviera problemas con la bebida?

Mentira.

Se aferró a esa palabra mientras se subía la correa del bolso por el hombro y atravesaba las puertas para salir a la calle.

Capítulo 11

Brody salió del vestuario aquel jueves por la tarde después de un entrenamiento agotador. Se preguntaba si no habría cometido un error al decirle a Hayden que el próximo paso debía darlo ella. Le había parecido la jugada más correcta en ese momento, pero aquel día, después de dos horas de ejercicios tediosos y un sermón del entrenador Gray, estaba replanteándoselo todo. O, mejor dicho, arrepintiéndose de todo.

Tenía el cuerpo dolorido y los nervios de punta, y sabía que la medicina que necesitaba era estar en la cama con Hayden. También sabía que ella no iba a llamarlo. Había sido demasiado arrogante al pensar que lo haría.

¿Era eso cierto? ¿Había confiado demasiado en su capacidad para excitar a Hayden y había asumido que ella querría volver a estar con él?

Demonios, ¿por qué no se la había llevado a casa? Había visto la lujuria reflejada en sus ojos y sabía que, si se lo pedía, ella caería de nuevo en sus brazos. Pero se había contenido.

Era el orgullo, y no la arrogancia, lo que le había obligado a contenerse. No quería volver a acostarse con ella sabiendo que la había obligado a que fuera a tomar esa copa con él, para empezar. Quería que lo hiciera por elección propia. Que pusiera sus condiciones, que lo hiciera por su propio deseo.

Casi le resultaba cómico que aquella terca profesora de Historia del Arte se le hubiera metido de ese modo en la cabeza, pero era muy distinta a las mujeres con las que había salido. Era más lista, más guapa, más seria y, claramente, más obcecada. Sabía que debería alejarse de ella, porque ella no quería entablar relación con él, pero el instinto le decía que no la perdiera de vista. Y su instinto no le había fallado nunca.

Al abrir la puerta de su coche, se dio cuenta de que se había dejado el reloj en la pista. Tenía que ir a buscarlo. Aunque no le gustaba llevar reloj, aquel había sido un regalo de sus padres en honor a su primer partido profesional, hacía ocho años. Sus padres estaban muy orgullosos de él, y él veía aquel orgullo cada vez que iba a visitarlos a Michigan y los veía observando el reloj.

Con un suspiro, se dio la vuelta y fue hacia la entrada del edificio. Cuando llegó a la pista, inmediatamente notó la presencia de dos personas acurrucadas junto al pasillo de los vestuarios. Como estaban de espaldas, Brody pudo hacerse a un lado rápidamente y se escondió detrás de una máquina expendedora.

—No deberías haber venido aquí —dijo Craig Wyatt, en voz baja.

Brody tomó aire silenciosamente, con la esperanza de que el capitán del equipo y su acompañante no lo hubieran visto. Él los veía perfectamente, y se hizo una pregunta: ¿qué estaba haciendo Craig Wyatt con Sheila Houston?

—Ya lo sé —dijo ella—. Tenía que verte. La reunión de hoy con los abogados ha sido horrible...

—Shh, no pasa nada, nena.

¿Nena?

Brody decidió que ya había oído lo suficiente y que

volvería a recoger su reloj en otro momento. Se dirigió sigilosamente hacia una de las salidas de emergencia y salió hacia su coche.

Durante el trayecto de vuelta a su casa de Hyde Park se sentía tan confuso que le daba vueltas la cabeza. ¿Craig Wyatt y Sheila Houston? ¿Wyatt era el jugador que tenía una aventura con la mujer del dueño del equipo? Nunca lo hubiera pensado del estricto señor Serio.

Mierda. Si aquel rumor era cierto, también cabía la posibilidad de que hubiera sobornos en la franquicia. Aunque Craig Wyatt tuviera la personalidad de una pared de ladrillo, era el capitán del equipo y sus ojos y oídos. Frecuentemente seguía los progresos de todo el mundo, se aseguraba de que estuvieran en plena forma y concentrados en el deporte. Si sospechaba que alguien había aceptado un soborno, sin duda lo habría investigado.

¿Era Wyatt la fuente a la que Sheila se había referido en la entrevista? ¿Había sido él quien le había hablado de los sobornos?

¿O él mismo se había dejado sobornar?

No, eso no tenía sentido. Sheila no llamaría la atención sobre el soborno y las apuestas ilegales si su amante era uno de los culpables.

Llegó al camino de entrada de su casa y paró el motor. Se pellizcó el puente de la nariz con la intención de librarse de un dolor de cabeza inminente.

Demonios. Aquello no era nada bueno.

A él no le importaba especialmente lo que hiciera Craig Wyatt en su tiempo libre, pero, si el capitán sabía algo de aquellos rumores...

Tal vez debiera enfrentarse a él y preguntarle sin rodeos qué era lo que sabía. O, tal vez, debiera pedírselo a Becker. Becker era muy bueno en situaciones así, sabía gestionarlas con la cabeza despejada.

Se frotó las sienes y apoyó la frente en el volante. Él

no quería tener nada que ver con aquello. Ojalá despareciera todo aquel escándalo como por arte de magia. Así, podría jugar durante el resto de la temporada y, al final, volver a firmar por los Warriors o hacerlo por otro equipo. Su carrera deportiva estaría segura y su vida seguiría siendo de color de rosa.

Ah, y Hayden Houston volvería a su cama.

Pero su nombre todavía estaba ausente de la lista de contactos de su teléfono, algo que dejaba bien claro que no se la había ganado con aquel orgasmo de Lakeshore Lounge.

Mientras subía las escaleras del porche hacia la entrada principal, le envió un mensaje de texto a Becker.

Brody: ¿Hay alguna posibilidad de que vengas a tomar una cerveza a casa esta noche? Necesito hablar contigo de una cosa.

La respuesta de Becker llegó antes de lo que esperaba. Normalmente, su amigo no miraba demasiado el teléfono cuando estaba en casa con su familia. Sam siempre decía que estar con sus hijas era mucho más importante que mirar una pantalla.

Becker: ¿No acabo de verte en el entrenamiento?

Brody: Sí, pero es importante.

Becker: Ah, de acuerdo. Estaré allí después de acostar a Tamara, sobre las ocho.

Brody: Me parece bien. Hasta luego.

Le abrió la puerta a su compañero unas horas más tarde, y sonrió cuando Sam se quitó la chaqueta y le salpicó la cara con unas cuantas gotas de agua.

—Gracias —le dijo, irónicamente.

—Está cayendo el diluvio universal —refunfuñó Becker—. Espero que tengas una buena excusa para traerme hasta aquí.

—Sí, es una buena excusa.

Colgó la chaqueta de Becker en el perchero del vestíbulo y los dos fueron a la cocina. Allí, Brody sacó un par de botellas de cerveza y le entregó una a su amigo.

—¿Qué es esto? —preguntó Becker, mirando el ordenador que estaba abierto sobre la encimera blanca de granito—. ¿Es el cumpleaños de tu madre o algo así?

Rápidamente, Brody cerró la tapa. Se había dejado abierta la página web de la floristería al ir a abrir la puerta.

—Ah, no. Es para el Día de la Madre.

—El Día de la Madre fue la semana pasada —dijo Sam, y se apoyó en la encimera, riéndose.

—Sí, pero se me olvidó mandarle unas flores a mi madre. Iba a hacerlo ahora, con retraso.

—Se te da muy mal mentir.

Él entrecerró los ojos.

—¿Y quién dice que es mentira?

—Chaval, fue mi ayudante el que se encargó de que enviaran un ramo de flores a tu madre y a la mía.

Ah, era cierto. Mierda.

Sam se echó a reír al ver la cara de derrota de Brody.

—Bueno, y ¿para quién son las flores?

Él suspiró y le dio un trago a su cerveza.

—Siéntate. Puede que tardemos un rato.

Su amigo también suspiró.

—¿En serio? ¿Me has hecho venir para hablarme de tu vida amorosa?

En realidad, no. Pero, ya que estaba allí, podía pedirle algún consejo. Sam llevaba quince años felizmente casado, así que, claramente, sabía un par de cosas sobre las relaciones.

—No solo eso, pero podemos hablar del resto después —dijo Brody, y se dejó caer sobre el sofá de la sala de estar—. He hecho una idiotez.

—¿Y qué hay de nuevo?

Sam se sentó en el sofá de enfrente y apoyó la botella de cerveza en su rodilla.

—Vete a la porra.

—Está bien, ¿qué has hecho?

—Me he acostado con la hija de Presley Houston.

Hubo un momento de silencio y, después, a Becker se le escapó una carcajada.

—Por el amor de Dios.

—¿Lo ves? Te dije que era una idiotez —dijo Brody, y dio un sorbo rápido a su cerveza—. En mi defensa, diré que no sabía que era su hija cuando me enrollé con ella.

—Entonces, ¿ahora estás preocupado por si él se entera y te deja en el banquillo para siempre? —le preguntó Sam, y puso los ojos en blanco—. Porque eso no va a pasar, chaval. Tenemos el próximo partido dentro de dos noches. No se va a arriesgar a que su niño bonito, su superestrella, no baje al hielo.

—Para empezar, yo no soy su superestrella. Ese es Wyatt.

—Vaya, me doy cuenta de que no has negado lo de «niño bonito».

Brody sonrió.

—¿Por qué iba a negarlo? Es cierto. De todos modos, es verdad que me preocupa que Presley se entere. No creo que me dejara en el banquillo, pero no le va a hacer ninguna gracia. Fue entrenador, y no conozco a ningún entrenador al que le gustara que su hija se enrollara con un jugador. A menos que seas tú, claro. Tú eres patéticamente perfecto, tanto, que cualquier padre estaría feliz de que te casaras con su hija.

—¿Me has pedido que viniera para pedirme consejo o para insultarme?

—He dicho que eres perfecto, idiota. ¿Cómo va a ser eso un insulto?

Becker se echó a reír.

—¿Vas a ir al meollo de la conversación en algún momento, sí o no?

Brody dejó la cerveza sobre la mesa y, rápidamente, puso a su amigo al corriente de sus dos encuentros con Hayden, explicándole que en las dos ocasiones ella se había negado a llamarlo. La sonrisa de oreja a oreja de Becker no le ayudó a sentirse mejor.

—Por lo menos, podías fingir que te solidarizas.

—¿De verdad? Me he pasado estos últimos ocho años viendo a todas las mujeres cayendo a tus pies. ¿Te acuerdas de aquella chica que se metió en tu habitación del hotel cuando estábamos jugando en Denver y se encadenó a tu cama? Oh, Dios, y aquellas dos gemelas de San José que se tatuaron tu nombre en la nalga e intentaron hacer un trío contigo en el jacuzzi de la azotea?

Vaya. Aquellos días habían sido salvajes.

—Así que ya es hora de que tu ego se lleve algún golpe —dijo Becker, sonriendo—. Además, ¿de verdad piensas que vas a convencerla de que os veáis de nuevo con un ramo de rosas? Porque, hoy día, esto no se considera un gran esfuerzo. Vas a tener que hacer algo más importante que mandar un ramo.

Brody se encogió de hombros.

—Por lo menos, así me llamaría para darme las gracias. Entonces, yo podría poner en marcha todo mi encanto y... —dijo, y se quedó callado de una manera sugerente.

—¿Conseguir que te rechace otra vez? —le preguntó Becker.

—Vete al cuerno —respondió Brody. Tomó su botella de cerveza y le dio otro trago. Después, miró a Becker pensativo—. ¿Qué es lo que tú consideras algo más importante para conquistar a esta chica?

—La última vez que Mary se enfadó conmigo, tuve que remodelar el baño del piso de abajo.

—Eso no es de ninguna ayuda en absoluto.

Becker se rio de nuevo.

—A mí se me dan muy mal las cosas románticas, chaval. Pregúntale a mi mujer. Ella te dirá lo mal que me arrastro.

—Yo no estoy intentando arrastrarme. Lo único que quiero es volver a verla —dijo, en un tono de frustración que no pasó desapercibido para Becker.

Su amigo enarcó una ceja.

—Esta se te ha metido en la cabeza, ¿eh?

—Sí —dijo Brody, con tristeza—. Y no me gusta. ¿Desde cuándo me importa a mí un comino impresionar a una mujer? Vamos, ayúdame. ¿Cómo puedo conseguir que quiera volver a verme?

Sam sonrió de nuevo.

—No lo sé. Sé creativo.

Capítulo 12

—Deberíamos poner el partido —sugirió Darcy. Se dejó caer en uno de los sofás del ático y esbozó una sonrisa malvada.

—No, no deberíamos —respondió Hayden.

Era viernes y habían decidido que no saldrían a cenar a un restaurante, sino que pedirían la comida al servicio de habitaciones. Bueno, al principio, Hayden había propuesto que prepararan ellas mismas la cena, pero Darcy había dicho que se negaba a cocinar. Así pues, servicio de habitaciones.

—Son las eliminatorias —dijo Darcy.

—¿Y qué?

—¿Te vas a morir por apoyar al equipo? —preguntó Darcy. Enarcó una ceja, tomó el mando a distancia y se puso a cambiar entre canales de la televisión.

Hayden puso los ojos en blanco.

—A ti ni siquiera te importan los Warriors. Solo quieres ver a Brody.

—Obviamente.

Darcy encontró un canal deportivo que estaba retransmitiendo el partido, pero silenció la televisión para no oír el parloteo de los locutores y los gritos de los hinchas.

Aunque intentó contenerse, Hayden no pudo evitar

que la mirada se le fuera a la pantalla en varias ocasiones. Sin embargo, cada vez que miraba, solo veía borrones plateados y azules desplazándose a toda velocidad por el hielo mientras otros borrones negros y blancos intentaban quitarles el disco.

Mientras cenaban, el partido quedó en segundo plano. Les habían servido la comida en bandejas con tapas de plata sobre manteles recién planchados.

—De verdad, tu vida es irreal —dijo Darcy, suspirando, después de que se fueran los camareros.

—Esta no es mi vida —dijo ella—. Ya has visto mi casa de San Francisco. Es una casa de persona normal.

—Es cierto.

Hayden señaló a su alrededor.

—Esta es la vida de mi padre. Todo esto es suyo.

—Por ahora —dijo Darcy, dando un resoplido—. Sheila va a estar aquí redecorándolo dentro de muy poco.

—Espero que no. A mi padre le encanta este ático.

—Ah, no me has contado qué tal fue la reunión en el bufete de abogados de ayer. La declaración.

—Fue tan doloroso como era de esperar.

Además, hubo algo inesperado cuando Sheila la abordó para acusar a su padre de haber sido infiel y de tener problemas con el alcohol.

Hayden se mordió el labio. No sabía si debía contárselo a Darcy, porque se sentía como si estuviera traicionando a su padre y, por otro lado, no sabía si las acusaciones eran ciertas. Después de meditarlo durante unos instantes, decidió no mencionarlo, al menos, en aquel momento. Pero las acusaciones de Sheila seguían royéndole el cerebro.

Para tratar de distraerse, miró hacia la pantalla. Fue un error, porque, en aquel instante, la cámara enfocó la hermosa cara de Brody Croft. Él sonreía de oreja a oreja mientras llegaba al banquillo de su equipo, donde todos sus compañeros le golpearon los hombros y el casco.

—¿Han marcado un punto? —preguntó Hayden.

Justo en aquel momento, en la pantalla apareció el resultado de tres a dos para los Warriors. Solo quedaban diez segundos, y el equipo de Los Ángeles no tenía tiempo suficiente para lograr un empate. Cuando sonó el pitido final, la cámara recorrió a la multitud y mostró a los hinchas exultantes de los Warriors y a los seguidores abatidos de Los Ángeles. En otra parte, apareció su padre en uno de los palcos privados, estrechando manos y vitoreando como un loco.

—Debería mandarle un mensaje —dijo ella, y tomó su teléfono para felicitar a su padre por la victoria. Él no respondió, pero no fue una sorpresa. Seguramente, ya estaba saliendo del estadio para celebrarlo con su séquito.

—Oooh, vamos a ver las entrevistas. A lo mejor sacan a tu chico sin camiseta —dijo Darcy, con los ojos azules muy brillantes, y se inclinó hacia delante para activar el sonido de la televisión.

La cámara estaba mostrando a una de las reporteras de la cadena. La periodista se dirigía a los vestuarios por el pasillo. Minutos más tarde, se presentó como Jess Thompson y comenzó a moverse entre varios jugadores que estaban en diferentes estados de desnudez.

—Dios, imagínate tener ese trabajo —comentó Darcy, con un suspiro de envidia.

—Sí, debe de ser un puesto agradable —respondió Hayden.

—Yo estaría excitada constantemente.

Hayden se rio.

—De todos modos, ese es tu estado natural. No creo que fuera a cambiar mucho por entrevistar a jugadores medio desnudos.

—Cierto.

A Hayden se le aceleró el corazón cuando Jess Thompson se detuvo delante de un torso desnudo que le resultaba familiar.

—Vaya —dijo su amiga, gruñendo—. Tiene unos abdominales deliciosos.

No, todo lo suyo era delicioso, desde los músculos abdominales hasta la mandíbula y los ojos azules, que desprendían un calor que podría fundir el hielo. Verlo en la televisión solo servía para que su belleza destacara aún más. Aquel hombre era impresionante. Aj. ¿Por qué tenía que ser jugador de hockey?

—Brody, ¡buenísimo partido el de hoy! —le dijo Thompson, poniéndole el micrófono delante de la cara—. Has estado magnífico en la pista. ¿Confiabas en que los Warriors se llevarían el triunfo a casa?

—Por supuesto —dijo Brody, sonriendo, con gotas de sudor en las sienes—. Cada vez que salimos a la pista lo hacemos con intención de ganar.

Thompson le hizo algunas preguntas más sobre el partido, pero ella solo estaba prestando atención a medias. No podía dejar de mirar aquella gota de sudor que se le deslizaba hacia abajo por la clavícula, serpenteando por su piel dorada.

—Estás obsesionada —le dijo Darcy, con un resoplido, desde el otro lado del sofá.

—Ya lo sé. Es repugnante. ¿Qué se supone que puedo hac...?

—Shh. Quiero oír su respuesta —dijo Darcy, sonriendo de repente.

—¿Su respuesta a qué?

—Jess Thompson está husmeando sobre su vida amorosa.

A Hayden se le aceleró el pulso y, sin poder evitarlo, se centró por completo en la pantalla.

Thompson se inclinó un poco más hacia Brody con una mirada llena de picardía.

—Oh, Brody, tíranos un hueso, por favor. Ya sabes que los fans se mueren por saberlo. ¿Hay alguien especial en tu vida o sigues patinando en solitario?

—Estás tratando de meterme en problemas, ¿no? —preguntó él, mirando a cámara, y sonrió con astucia. Seguro que aquella sonrisa hizo que muchísimos corazones aletearan por todo el país.

—Dios —refunfuñó Darcy—. Este hombre es muy poderoso.

—Es indignante —dijo Hayden, gruñendo también. ¿Por qué tenía que ser tan sexy?

—¿Una pista? —insistió la periodista, sin apartar el micrófono—. Solo un pequeño atisbo de la vida amorosa de Brody Croft.

A él le brillaron los ojos. Sus labios se curvaron ligeramente y se encogió de hombros.

—Bueno, ahora que lo mencionas... Tal vez tenga a alguien en la cabeza en estos momentos.

Hayden se quedó boquiabierta.

—Oh, Dios mío.

—Oh, Dios mío —repitió Darcy, aunque parecía que ella estaba más encantada que horrorizada—. Está hablando de ti.

Jess Thompson estaba salivando como un perro al ver un filete.

—Por favor, cuéntanos algo más.

Brody se echó a reír sin apartar la mirada de la cámara.

—Creo que no debería decir nada más, porque es embarazoso. La chica en cuestión rehúsa mis invitaciones como si fuera un jugador contrario. Pero... —dijo, y volvió a encogerse de hombros—. No me voy a rendir. Así que ya hablaremos en otra ocasión, ¿te parece?

Hayden se quedó mirando la pantalla con los ojos abiertos como platos. Sintió un escalofrío por toda la espalda.

—Te juro que si se le ocurre decir mi nombre en la televisión...

Pero sus siguientes palabras demostraron que sabía perfectamente que iba a ser víctima de asesinato si la delataba.

—A la mujer que sigue rechazándome, aunque los dos sabemos que está totalmente interesada en mí... —dijo, y sonrió de nuevo a la cámara—. Si estás viendo esto ahora mismo, ¿qué es necesario para que pueda volver a verte? ¿Una cena a la luz de las velas? ¿Patinar al atardecer en la pista? Di cuál es tu juego favorito, y yo jugaré.

Thompson se había quedado completamente atónita a su lado.

Hayden gimió y se hundió entre los cojines del sofá, con la repentina necesidad de desaparecer.

—¿Este hombre es de verdad?

—Lo adoro —declaró Darcy, boquiabierta.

Brody le guiñó un ojo a la periodista.

—¿Alguna otra pregunta?

Thompson tardó unos segundos en salir de su estupor. Probablemente, ya estaba contando los millones de vistas que iba a obtener aquel vídeo. La entrevista continuó brevemente con Brody explicando cómo había sido su tanto de la victoria y cuál había sido la estrategia del equipo. Hayden se preguntó si tenía alguna estrategia cuando se trataba de las mujeres. Parecía que su línea de juego era la persecución implacable del objetivo.

—Sabes que tienes que volver a quedar con él —le dijo Darcy.

Hayden negó con la cabeza obstinadamente.

—No voy a tener una aventura con él. Es demasiado exigente.

Tenía la sensación de que, si le daba a Brody un pie, él le tomaría la mano. Que si ella sugería una aventura, él aparecería con una anillo de compromiso.

Antes de que su amiga pudiera discutírselo, ella comenzó a recoger la mesa y llevó sus bandejas al carrito de la cena. Por suerte, Darcy dejó el tema. Estuvieron juntas una hora más y, cuando se marchaba, Hayden se despidió de su amiga con un abrazo y después fue a tomar una ducha antes de acostarme.

Salió del baño descalza hacia la habitación principal, apartándose el pelo mojado de los ojos. Aquella mañana había conseguido, por fin, deshacer la maleta, pero parecía que el enorme vestidor de la suite todavía estaba vacío. Se puso un par de pantalones deportivos grises y una camiseta sin mangas de algodón, se cepilló el pelo y se hizo una cola de caballo. Después fue a la cocina para prepararse una taza de té descafeinado.

Normalmente odiaba los hoteles, pero el ático de su padre estaba a años luz de cualquier otra suite de hotel. Él vivía allí antes de casarse con Sheila y el ático tenía todo lo que pudiera necesitar, incluida una cocina grande, completamente equipada y sorprendentemente acogedora. Le recordaba a la cocina de su casa, lo que le hizo sentir nostalgia por la costa oeste. En San Francisco no tenía que preocuparse de nada salvo de cómo iba a llevarse a su novio a la cama.

Allí, sin embargo, tenía que lidiar con los problemas de su padre, las mentiras de su madrastra y los incesantes intentos de Brody Croft de llevársela a la cama.

Todavía no estaba cansada, así que llevó su té a la sala de estar y encendió de nuevo la televisión. Es hora de ver la biografía de Van Gogh. Dado que iba a dar un curso completo sobre él el próximo semestre, pensó que debía familiarizarse de nuevo con el chico.

Buscó el documental en Netflix.

«Si me quieres, ven a buscarme».

De repente, la voz áspera de Brody le llenó la cabeza. Dejó escapar un largo suspiro de exasperación. ¿Por qué no podía dejar de pensar en él? ¿Y por qué no podía dejar de desearlo? Lo deseaba tanto que casi sentía sus brazos musculosos alrededor de la cintura.

Pero, a veces, las cosas que uno deseaba no eran las mismas que uno necesitaba.

En aquel momento, necesitaba concentrarse en apoyar a su padre durante su divorcio y en llamar a Doug, por fin, para decirle que se había acostado con otra persona y que debían romper.

Pero lo que quería era una noche más con Brody Croft.

«No todo tiene por qué ser blanco o negro».

Se quedó pensando en lo que le había dicho Darcy. ¿Tenía razón su amiga, y ella estaba analizando demasiado todo aquello? Siempre había tenido tendencia a darle la vuelta a las cosas una y otra vez hasta que había borrado cualquier atisbo de diversión. Aquello no era una clase de Historia del Arte que tuviera que preparar concienzudamente, solo era sexo. ¿Tendría algo de malo adentrarse en la zona gris y disfrutar de una aventura sexual con un hombre que le resultaba tremendamente atractivo?

Aquel pensamiento acababa de abrirse paso en su mente cuando le llegó un mensaje de texto. Al ver el nombre que aparecía en la pantalla del teléfono móvil, se le paró el corazón. Brody Croft.

¿Cómo era posible que le hubiera enviado un mensaje? Ella tenía su número, pero no le había dado el suyo a él. Y el mensaje de texto fue igualmente desconcertante.

Brody: ¿Ah, sí?

¿Ah, sí? ¿Qué significaba aquello?

Hayden abrió el hilo del chat con los ojos entrecerrados y soltó una maldición al resolver el misterio. En algún momento, a lo mejor cuando estaba en el baño o llamando al servicio de habitaciones, alguien se había tomado la libertad de enviarle un mensaje a Brody desde su teléfono móvil. Eran cuatro palabras y un emoticono, prueba fehaciente de la traición de Darcy.

Hayden: Me ha gustado tu entrevista. ☺

Demonios. Iba a matar a su amiga.
Con irritación, Hayden tecleó rápidamente una respuesta.

Hayden: Yo no soy quien te ha enviado eso. Ha sido mi amiga. Ahora, mi examiga. Por favor, borra este número.

Él respondió rápidamente.

Brody: Tú no quieres que lo borre, en realidad. ¿Y no somos demasiado mayores para usar la excusa de «ha sido una amiga»?

Hayden: ¡No es una excusa! Es una traidora.

Brody: Entonces, ¿no te ha gustado la entrevista?

Hayden: No. Ha sido presuntuosa.

Brody: ¿Qué tiene de presuntuosa? Solo he sido sincero. Quiero verte otra vez y estoy dispuesto a hacer lo que sea necesario. Me pondré a trabajar...

Hayden: No es necesario que trabajes.

Brody: ¡Pues mejor! Llego de Los Ángeles el domingo por la noche. Puedo ir directamente a verte desde el aeropuerto o ir a verte el lunes. Elige tú.

Ella exhaló un suspiro de exasperación. Verdaderamente, aquel hombre no se rendía. «Y tú no quieres que se rinda», le dijo una vocecita en su cabeza. Oh, maravilloso. ¡Ahora incluso su subconsciente estaba en su contra!

Hayden: No elijo ninguna de las dos cosas.

Brody: ¿Siempre eres tan terca?

Hayden: Sí. Buenas noches, Brody.

Alzando la barbilla, bloqueó el teléfono y tomó el mando a distancia de la televisión. Tal vez, si veía bastante tiempo aquel documental sobre la vida de Van Gogh, se le olvidara Brody Croft y lo mucho que deseaba volver a verlo.

Capítulo 13

Los estruendosos aplausos y el eco de los patines rascando el hielo llenaron el aire mientras Brody y sus compañeros de equipo celebraban su reñida victoria. A pesar del sudor que le goteaba por la cara y del dolor que tenía en las costillas a causa de un *check* frontal que había sufrido en el segundo tiempo, Brody estaba lleno de adrenalina y de la alegría contagiosa que recorría la pista.

Habían arrasado en la primera ronda de las eliminatorias. Cuatro partidos, cuatro victorias. Los Vipers no habían tenido ni la más mínima posibilidad. Los aficionados locales parecían abatidos, con los hombros caídos y las caras afectadas cuando comenzaron a abandonar sus asientos y dirigirse a las salidas. Brody conocía aquella sensación. Michigan, su equipo local, llevaba más de una década sin pasar de una primera ronda eliminatoria.

—¿Qué? ¿Esta noche no va a haber entrevista sobre tu vida amorosa? —le preguntó burlonamente Erik Levy. El defensa se echó a reír con los ojos brillantes.

—No, esta noche, no —respondió Brody, con una sonrisa irónica. Aunque su intento de hacer un gran gesto no había fracasado del todo. Por lo menos, había conseguido el número de teléfono de Hayden.

Sin embargo, no había tenido noticias suyas desde

su intercambio de mensajes de texto del viernes por la noche. Ya era domingo y ni una palabra. Así que era posible que rogarle por televisión una cena a la luz de las velas o una cita para patinar al atardecer hubiera sido un fracaso épico.

—Ese fue un movimiento fantástico —le aseguró Derek Jones mientras entraban en fila en el vestuario. Jones le dio una palmada en el hombro a Brody—. A las chicas les encantan los grandes gestos románticos.

A esta, no. Hayden era un hueso duro de roer.

Brody se quitó la camiseta sudada, se desnudó y fue a las duchas. Cuando regresó a su casillero, descubrió que todos sus compañeros ya se habían ido al autobús que los llevaría al aeródromo privado donde esperaba el avión del equipo. Se vistió rápidamente y luego revisó su teléfono. No tenía mensajes de Hayden, pero había uno de su agente pidiéndole que la llamara.

Al instante, Brody se puso en guardia. María nunca lo molestaba las noches de partido, a menos que fuera importante.

—Hola —dijo, cuando ella respondió a su llamada—. ¿Me has mandado un mensaje de texto?

—Gran partido el de esta noche —le dijo María, con su tono enérgico y directo—. Has estado muy fino.

—Gracias. El autobús me está esperando, así que no puedo hablar mucho. ¿Qué pasa?

Ella hizo una pausa, como si estuviera eligiendo cuidadosamente sus siguientes palabras.

—Acabo de hablar por teléfono con la directora del departamento jurídico de los Warriors. A ella le gustaría suspender las negociaciones de los contratos hasta finales de temporada. Dice que los superiores están desacelerando las cosas, pero...

—¿Pero qué? —preguntó él, con cautela.

—Huele raro y no me gusta.

Como siempre, María no se anduvo con rodeos.

—¿Raro en qué sentido?

—Creo que el equipo está esperando a ver si puede superar la tormenta de escándalos antes de ofrecer un contrato multimillonario a un jugador que puede o no estar involucrado en esos escándalos.

A él se le heló la sangre. Toda la euforia de la victoria de aquella noche se esfumó y fue sustituida por una mezcla de ira y miedo que le retorció las entrañas.

—¿Qué mierda es esa? —gruñó—. ¿Creen que yo acepté sobornos? ¿O que me follé a la esposa del dueño?

—No, no. No te acusan de nada. Pero pienso que no tienen confianza como para comprometerse con un contrato tan grande mientras se está gestando todo esto —dijo María, en un tono tranquilo que resonó a través del teléfono—. Solo quería mantenerte informado sobre por qué todo se ha ralentizado tanto. Y también quería preguntarte una cosa... En una escala del uno al diez, ¿cuánto deseas quedarte con los Warriors?

Brody tragó saliva. Vaya mierda. No pensaba en eso con frecuencia. Por supuesto, sabía que existía la posibilidad de que, cuando terminara su contrato lo quisiera otro equipo, pero, en realidad, no tenía pensado dejar el equipo en el que había jugado desde los veintiún años.

—¿Por qué? —preguntó lentamente—. ¿Crees que debería considerar hacer un cambio?

—¿Sinceramente? Sí. La organización de los Warriors está hecha un caos en este momento debido a las acusaciones. Y el hecho de que las negociaciones se hayan estancado me preocupa. Me gustaría hacer algún sondeo, ver qué otros equipos de la liga podrían estar interesados en ficharte. Discretamente, por supuesto. ¿Qué te parece?

Él dudó.

—Bien —respondió finalmente—. Pero las indagaciones tienen que ir más allá de lo discreto. No quiero que Presley piense que estoy intentando abandonar el barco a sus espaldas.

Ya se estaba acostando con la hija de aquel hombre. No podía permitirse empeorar las cosas.

—Entendido —dijo María—. Bueno, sube a ese autobús. Te llamaré. Ah, y, mientras tanto, mantén un perfil bajo, evita a los medios tanto como sea posible y déjame manejar las consultas de la prensa —añadió, e hizo una pausa significativa—. En otras palabras, no hables de tu vida amorosa con los periodistas deportivos mientras estás medio desnudo.

Él frunció los labios.

—Entendido —respondió, imitándola.

Hayden: Ven.

Brody se quedó mirando el mensaje de la pantalla un buen rato, asegurándose de que no se trataba de una alucinación. Era lunes por la noche y acababa de salir de la ducha, donde había permanecido bajo el agua caliente media hora para aliviar los dolores musculares. Todavía estaba molido por el partido del día anterior y le dolían las costillas cada vez que se inclinaba.

En aquel momento, tuvo la sensación de que todo el dolor se desvanecía mientras seguía mirando aquella palabra.

Ven.

Claramente, ella había cambiado de opinión y había aceptado su oferta de continuar la fantasía, pero ¿seguía queriendo solamente sexo o en aquella ocasión estaba buscando algo más?

Se estaba adelantando a los acontecimientos. Hayden solo lo había invitado a ir a su casa, no le había ofrecido ningún compromiso.

Rápidamente, se puso unos pantalones vaqueros y

una vieja camiseta de los Warriors. Tomó las llaves del coche de la consola del pasillo, se metió la billetera en el bolsillo trasero y, al salir de casa, respiró el aire húmedo de la noche.

Estaban a mediados de mayo. Las noches todavía eran frescas y cabía la posibilidad de que hubiera una tormenta eléctrica o una ventisca, pero a él le encantaba aquella época del año, cuando la primavera y el verano luchaban por dominar el clima de Chicago. Llevaba viviendo en aquella ciudad casi ocho años y había aprendido a apreciar todo lo relacionado con ella, incluso las estaciones indecisas.

Cuando se detuvo frente al hotel de Hayden, estaba lloviznando. Entró al vestíbulo justo cuando un rayo iluminaba el cielo. El trueno rugió siniestramente a lo lejos, haciéndose más fuerte, y la lluvia ligera se convirtió en un aguacero.

Se acercó al mostrador y le pidió a la recepcionista que llamara a la suite de Hayden. Un momento más tarde, la mujer lo acompañó hasta el ascensor e insertó una llave en el panel que permitiría a Brody acceder al ático. Después, lo dejó solo en la cabina.

El ascensor subió y sus puertas se abrieron en la suite, donde lo estaba esperando Hayden.

—Tengo algunas reglas básicas —dijo, en lugar de saludar.

Él sonrió.

—Hola a ti también.

—Hola. Tengo algunas reglas básicas.

Él dejó las llaves sobre una mesa de cristal que había al lado de uno de los sofás y avanzó hacia ella.

Incluso con una humilde sudadera, estaba increíble. A él le gustaba cómo se había recogido el pelo en una coleta desordenada, cómo algunos mechones desordenados enmarcaban su cara, que estaba desprovista de maquillaje. Le gustó especialmente cómo su fina camiseta sin mangas no ocultaba el hecho de que ella no llevaba sostén.

Se le secó la boca cuando arrastró la mirada por aquellos preciosos pechos, el contorno de sus pezones oscuros visible a través de la camisa blanca.

Sus mejillas se sonrojaron ante su lectura.

—No me comas con los ojos. Es indecoroso.

—Ah, me preguntaba dónde se había ido la señorita Mojigata y Formal. Hola, profesora, es un placer verla de nuevo.

—No soy mojigata ni formal —protestó ella.

—Por lo menos, no en la cama...

—Reglas básicas —repitió Hayden con firmeza.

Él exhaló un suspiro.

—Está bien. Suéltalo ya.

Ella se apoyó en el brazo del sofá y posó las manos en sus muslos.

—Esto solo va a ser una aventura —dijo. Su voz ronca vaciló de una manera que hizo sonreír a Brody—. Es una continuación de la fantasía, o lo que sea que hayas dicho tú. ¿De acuerdo?

—No estoy de acuerdo con nada todavía. ¿Hay más?

—Mi padre no puede saber nada al respecto —dijo ella, e hizo una pausa, como si se sintiera incómoda—. Y preferiría que no nos vieran juntos en público.

Él enarcó una ceja.

—¿Te da vergüenza estar con un jugador de hockey?

—¿Vergüenza? No. Pero ya sabes que el equipo tiene problemas. No quiero empeorar las cosas para mi padre echándole más leña al fuego con los medios de comunicación.

Brody tuvo que admitir que eso tenía sentido. Después de ver a Wyatt susurrando con Sheila Houston en el estadio, él tampoco tenía interés en avivar el fuego.

En el mejor de los casos, si lo descubrieran con Hayden, la prensa convertiría la relación en una noticia sensacionalista, tal y como estaban haciendo con todo lo relacionado con los Warriors.

En el peor de los casos, algún periodista imbécil insinuaría que la hija del dueño del equipo estaba al tanto de la culpabilidad de su padre y que trataba de garantizar el silencio de un jugador porque también estaba involucrado, o acostarse con él para descubrir lo que sabía.

No le gustaba especialmente ninguna de aquellas dos situaciones.

Aparte de eso, no estaba dispuesto a dejar que Hayden se saliera con la suya por completo. Él también tenía algunas exigencias.

—Si acepto tus reglas, tú tienes que aceptar las mías —dijo, bruscamente, cruzándose de brazos.

Ella tragó saliva.

—¿Cómo cuáles?

—Si estás en mi cama, esa será la única cama en la que estés —le dijo, apretando la mandíbula—. No quiero compartirte y, menos, con el chico que te está esperando en California.

—Por supuesto.

—Y tienes que prometer que mantendrás la mente abierta.

El interés brilló en su mirada.

—¿Sexualmente?

—Sí, claro. Pero, también, emocionalmente. Lo único que digo es que, si las cosas se vuelven más profundas entre nosotros, si esto se convierte en algo más que una aventura, no puedes huir.

Después de un momento de silencio, ella asintió.

—Puedo hacer eso. Y tú, ¿estás de acuerdo en mantener en secreto todo lo que hagamos aquí?

—Puedo hacer eso —respondió él, imitándola con una sonrisa.

—Entonces ¿a qué estás esperando? —preguntó ella—. Quítate ya la ropa.

Capítulo 14

Hayden casi no pudo contener su diversión cuando Brody se quitó el jersey y lo tiró a un lado. Le recordaba a un niño la mañana de Navidad. El afán irradiaba de su cuerpo alto y poderoso, pero, cuando se bajó los pantalones vaqueros, la situación dejó de ser graciosa.

Su miembro saltó contra la tela de sus calzoncillos exigiendo atención. A ella se le secó la garganta.

No importaba lo inquietantes que le hubieran parecido las condiciones de Brody. Era demasiado tarde para cambiar su decisión. Él quería que mantuviera la mente abierta, muy bien. Pero ella dudaba mucho de que las cosas entre ellos cobraran más importancia, como había sugerido. Su aventura de una noche se había convertido en una aventura más larga, pero estaba segura de que no habría nada más.

Además, en aquel momento, no quería ni necesitaba pensar en el futuro, porque había cosas más importantes en las que concentrarse, tales como el cuerpo espectacular de Brody y en todas las cosas que quería hacerle.

Sonrió de manera traviesa mientras recordaba... Se recordó lo que le había hecho a su cuerpo en el Lakeshore Lounge. De repente, vio con mucha claridad cuál era su próximo movimiento.

—La parte de mantener la mente abierta —dijo con picardía— también es para ti, ¿verdad?

Él se quitó los calzoncillos y los echó a un lado, y la miró con curiosidad.

—¿Qué tienes en mente?

Hayden no respondió. Le hizo un gesto con el dedo para que la siguiera por el pasillo. Entraron al dormitorio, y ella le señaló la cama.

—Ponte cómodo —le dijo.

Brody enarcó las cejas.

—Pero ¿vas a reunirte conmigo?

—En algún momento.

Él se dejó caer sobre el colchón y se apoyó en la montaña de almohadones de la cabecera.

Hayden recorrió con la mirada su cuerpo desnudo.

—Me siento solo —murmuró él, con los ojos brillantes—. ¿Te vas a quedar ahí toda la noche, mirándome?

—Tal vez.

—¿Qué es necesario para que vengas aquí?

Ella se mordió el interior de la mejilla pensativamente.

—No sé. Tendrías que darme una buena razón para que vaya a la cama contigo.

Él se rio entre dientes y se agarró el pene.

—Esto. ¿No es razón suficiente?

Ella también se rio.

—Dios, qué arrogante eres.

Se quedó mirando su erección y la forma en que sus dedos se habían curvado alrededor de la base de su miembro, y la humedad se acumuló en sus bragas. Era realmente tentador ver a aquel hombre tocarse a sí mismo.

—Ven aquí —dijo él, tratando de engatusarla—. No querrás obligarme a que haga esto solo, ¿verdad?

Su voz áspera le provocó escalofríos. Sus pezones empujaron la tela de la camiseta.

—No lo sé —dijo de nuevo—. Me estoy excitando bastante mirándote...

Sin apartar la vista de su mano, caminó hacia el escritorio que había bajo la ventana, sacó la silla y se sentó.

—Dime qué te gustaría que hiciera, si estuviera acostada ahí contigo.

Algo crudo y poderoso brilló en sus ojos azul cobalto.

—Creo que ya lo sabes.

—Pero compláceme.

Él sonrió ligeramente y, sin apartar los ojos de ella, movió la mano hacia arriba por su miembro. Desde donde estaba sentada, Hayden podía ver una gota de humedad en la punta. Su sexo palpitó en respuesta.

—Bueno, definitivamente, te animo a que pongas tu lengua en acción —dijo él, bajando la voz enronquecida.

Apretó su erección.

Ella sintió que una necesidad incontrolable recorría su cuerpo y se instalaba entre sus piernas.

—Habría que lamer un poco —continuó él, metiendo una mano detrás de la cabeza mientras seguía acariciándose con la otra—. Y succionar, por supuesto.

—Por supuesto —dijo ella, asintiendo.

Brody le lanzó una mirada feroz.

Ella jadeó al ver que él aceleraba el ritmo. Ningún hombre había hecho eso delante de ella, y el calor sexual que anegaba su cuerpo era tan fuerte que apenas podía respirar. Había algo tan pervertido en el hecho de que él estuviera allí, acariciándose mientras lo miraba... Y que ella estuviera completamente vestida contribuía a que la situación fuera aún más excitante. Todo aquello le recordó una fantasía que nunca se había atrevido a realizar.

Se humedeció los labios, preguntándose si debería sacar aquel tema o no.

—¿Qué estás pensando?

Estaba segura de que la vergüenza se le reflejó en el rostro. Sin embargo, la punzada de vergüenza fue acompañada por un sobresalto de emoción, porque, por primera vez en la vida, estaba pensando en hacer realidad aquella fantasía.

—¿Hayden?

Él dejó de acariciarse y ella estuvo a punto de gritar de decepción.

—No, sigue haciéndolo —le dijo.

—No, hasta que me digas lo que tienes en mente.

—Yo... Probablemente pensarás que es una tontería.

—Ponme a prueba.

No podía creer que estuviera pensando en confesarle sus fantasías a un hombre que había conocido hacía menos de una semana, cuando nunca les había planteado aquel tema a chicos con los que había salido durante meses. Eso decía mucho.

«Ponme a prueba».

Ella tragó saliva y se puso de pie. Brody la miró con expectación.

—¿Y bien? —insistió.

—¿Prometes no reírte?

—No, te lo prometo.

Respiró profundamente y exhaló un suspiro. Después, se lo dijo.

—Siempre he querido atar a un hombre a mi cama.

Él se rio suavemente.

—¡Eh! —exclamó ella, y notó que le ardían las mejillas—. Lo has prometido.

—No me río de la petición —dijo él, rápidamente—. Es que me ha tomado por sorpresa.

Hayden sintió un alivio que atenuó su humillación.

—¿Te apetece?

—Por supuesto que sí.

Ella centró su atención en sus ingles. Su miembro grueso y duro confirmó las palabras de Brody, y la vacilación y la vergüenza desaparecieron. Comenzó a sentir un intenso dolor entre las piernas, algo que la empujó a actuar.

—Mantén los brazos así —le ordenó, y fue al vestidor. Tomó lo que necesitaba y se acercó a la cama.

Brody miró las medias transparentes que tenía en las manos y sonrió.

—¿No hay esposas rosas peludas?

—Lo siento, me las dejé en California.

—Vaya, qué lástima.

Ella se echó a reír y le rodeó las muñecas con las medias. Tenía las manos muy fuertes y los dedos, largos y afilados.

—Con cuidado —le advirtió él, cuando ella le levantó los brazos por encima de la cabeza, y asintió para señalarse el costado izquierdo—. Todavía me duelen las costillas desde anoche.

Ella bajó la mirada. No vio ningún hematoma, pero notó que él hacía una mueca cuando le presionó ligeramente la caja torácica con la palma de la mano.

—¿Deberíamos parar? —le preguntó, con preocupación.

—Ni se te ocurra.

Hayden sonrió.

—¿Seguro?

—Completamente seguro. Sigue, nena.

Mientras ataba aquellas manos fuertes al cabecero, sintió emoción al pensar en que él le estaba permitiendo hacerlo sin moverse, sin quejarse.

Le gustaba la sensación de control, algo que nunca había sentido en el dormitorio. Ella era todo control en su vida, en su trabajo, en cuanto a sus objetivos. Pero ¿en el sexo? No tanto.

Con Brody estaba descubriendo una parte de sí misma que había estado negando durante mucho tiempo. Aquella primera noche, cuando ella le había hecho la proposición a él. Luego, dejar que la tocara en un bar público. Ahora, atándolo a su cama...

¿Cómo diablos había logrado Brody liberar aquella faceta suya?

—Y ahora ¿qué? —preguntó él, con la voz ronca—. ¿Cómo sigue esta fantasía tuya?

—Bueno, en realidad la fantasía incluye cierta venganza —respondió ella, y se aseguró de que sus manos estuvieran seguras. Después, se sentó a horcajadas sobre él, todavía vestida completamente—. Me torturaste la semana pasada, Brody.

—Pues parecía que estabas disfrutando.

—Pero tú también disfrutaste, ¿no? Te encantó tener el control sobre mí, volverme loca con tus dedos y tu experiencia, sabiendo que no iba a luchar contra eso —dijo ella, y enarcó una ceja—. Ahora me toca a mí.

Él probó las ataduras. El cabecero tembló.

—Podría salir fácilmente de esta situación, ¿sabes?

—Pero no lo vas a hacer.

—Parece que estás muy segura de eso.

Ella se inclinó y le dio un beso en la mandíbula. Luego se dirigió hacia el lóbulo de su oreja y se lo mordió. Él se estremeció, y ella notó que su miembro empujaba contra su pelvis.

—Te mueres de ganas —le dijo, burlonamente.

Él esbozó una sonrisa torcida.

—¿La gente de la costa oeste sabe lo malvada que eres?

—No tienen ni idea —dijo ella, con un suspiro de autocrítica.

Él se echó a reír. El deseo y el asombro que se reflejaban en sus ojos le provocaron una oleada de confianza que la recorrió por completo. Brody conseguía que se sintiera como si pudiera hacer lo que quisiera, ser quien quisiera, confesar cualquier anhelo travieso que quisiera, sabiendo que él no iba a juzgarla.

—Bueno, te toca a ti —le recordó Brody—. Veamos qué tienes. Te lo advierto, no pierdo el control fácilmente.

—Ya lo veremos.

Ella presionó ambas palmas contra su pecho, saboreando la sensación de dureza, pasando los dedos por el vello ligero y suave que cubría su piel dorada. Inclinó la cabeza y trazó su clavícula con la lengua.

Él se rio entre dientes.

—Puedes hacerlo mejor.

Ella entrecerró los ojos. ¿Estaba realmente convencido de que podía mantener el control? Qué hombre tan arrogante. Solo tendría que demostrarle lo contrario.

Sin morder el anzuelo, se inclinó y cubrió uno de sus pezones con la boca.

Él respiró hondo.

Ella pasó la lengua por su pecho y le raspó la piel con las uñas. Tenía un delicioso sabor picante y masculino, y el vello de su cuerpo le hizo cosquillas en los labios mientras lo besaba deslizándose hacia abajo. Por fin, su boca alcanzó su erección, pero ella no hizo ningún movimiento para envolverlo con sus labios. Le lamió el extremo con delicadeza y sopló sobre la humedad que había dejado allí.

Brody se agitó y soltó una suave maldición.

—¿Todo bien? —preguntó ella cortésmente, levantando la cabeza. Era hora de ver la excitación contrayendo sus rasgos ásperos.

—¿Es todo lo que tienes? —gimió él.

—No —respondió Hayden. Se humedeció los labios y le envió una mirada con los párpados medio cerrados—. Acabo de empezar.

Vaya, no había nada más gratificante que llevar a un hombre como Brody Croft a un estado orgásmico puro y total. Hayden notó que las llamas de la satisfacción lamían su cuerpo mientras le rodeaba el extremo del miembro con la lengua y lo saboreaba.

Lo sujetó con los dedos y lo lamió de nuevo. Luego lo succionó, intentando no sonreír al oír sus suaves gemidos de placer. Dios, ¿por qué no había hecho aquello antes? Quería reprenderse a sí misma por todo lo que había estado perdiéndose.

Una vocecita le sugirió que, tal vez, nunca había compartido esta fantasía porque no había encontrado la hombre adecuado para hacerlo, pero ella acalló aquella voz y apartó todas las posibles implicaciones de la cabeza. Nada de pensar. No quería analizar nada de aquello.

Movió la boca de arriba abajo por su miembro y, cuando extendió una mano para acariciarle los testículos, él se estremeció y su miembro se volvió aún más grande. A ella empezó a darle vueltas la cabeza a causa de la increíble sensación de sentirlo contra los labios.

Le acarició ligeramente uno de los muslos, duro como una roca, y besó su sensible parte inferior. Después, lo bombeó con la mano mientras, de nuevo, lo tomaba profundamente con la boca.

—Eres malvada —jadeó él.

Ella levantó la cabeza.

—¿Qué pasó con el maestro del control?

—No ha tenido ni la más mínima oportunidad.

Hayden se echó a reír. Le dio un último beso en el extremo del miembro y se sentó a horcajadas sobre él. Sintió que el calor de su cuerpo desnudo le abrasaba la ropa y, con aquella sensación, sus pantalones se convirtieron en una molestia apretada y caliente. Pero no se desnudó. Aún no.

Se inclinó hacia delante y presionó sus labios contra los de él con un gesto burlón. Él emitió un sonido de frustración y, una vez más, tiró de la ataduras. Tenía razón: los nudos se desharían de un tirón fuerte, pero él siguió allí, a su merced. Dejó escapar una maldición ahogada.

—Maldita sea, Hayden, necesito tocarte.

—¿Tocar? No, lo siento.

Se sacó la camiseta por la cabeza y la tiró a un lado, dejando sus pechos al descubierto.

—Pero te dejaré probar.

Se inclinó de nuevo hacia él y le ofreció una muestra. Cuando él capturó uno de sus pezones con la boca y comenzó a lamerlo con fuerza, mordiéndolo suavemente, ella gritó de placer.

—Más —dijo él, con la voz áspera, alejándose y mirándola con una expresión de súplica.

Ella se rio.

—Define «más».

Su mirada bajó hasta sus muslos, transmitiéndole un mensaje claro de lo que deseaba, y a ella se le contrajo el sexo, instantáneamente, en respuesta. Pero si le concedía lo que estaba pidiendo, lo que querían los dos, entonces aquel juego de dominación se iría al infierno... Aunque, llegados a aquel punto, ¿le importaba realmente? ¿Podía aguantar un segundo más sin tener las manos de aquel hombre sobre su cuerpo?

La humedad que se le había acumulado entre las piernas le proporcionó la respuesta: un rotundo no.

Mientras él apoyaba la cabeza en la almohada, ella se quitó rápidamente los pantalones y la ropa interior, y se arrodilló sobre él.

Él dejó que su lengua saliera disparada y le lamió el clítoris.

—Oh —gimió ella, a punto de caerse hacia atrás debido a la sacudida de emoción que la recorrió.

Estaba más cerca de lo que había pensado. La oleada de placer que crecía dentro de ella le confirmó que estaba al límite, que su orgasmo estaba a punto de estallar. Le temblaron los muslos mientras intentaba alejarse de la lengua de Brody, pero él no se lo permitió.

—Quiero que te corras en mi boca —murmuró, y el ronco sonido de su voz reverberó contra su carne.

Ella le agarró las manos atadas y entrelazó sus dedos con los de él. Le latía el corazón con mucha fuerza, le temblaban las rodillas y, en cuanto se apoyó en sus cálidos labios de nuevo, explotó de placer.

Su clímax la desgarró. Jadeó, tratando de respirar oxígeno mientras los fragmentos de luz bailaban ante sus ojos. Le picaba la piel sonrojada. Todavía temblando, se desplomó contra el cabecero de la cama, tratando de recuperar su sentido del equilibrio mientras le desataba las manos.

—Te necesito dentro de mí. Ahora mismo —le suplicó.

Con una sonrisa, él giró las muñecas para que la sangre fluyera, pero no hizo ningún movimiento para darle la vuelta y hundirse en su cuerpo, tal y como ella le había pedido.

—Es tu fantasía, ¿recuerdas?

Le rodeó la cintura con los dedos y la empujó hacia abajo para que ella se sentara a horcajadas sobre él de nuevo. Tomó un preservativo que había sobre la mesita de noche y se lo entregó.

—Haz conmigo lo que quieras.

Hayden tragó saliva y le colocó el preservativo sobre el miembro erecto. Apretó su pelvis contra él e hizo movimientos burlones contra su miembro, alejándose de él y rozándolo de nuevo. Lascivamente, se inclinó hacia adelante y dejó que sus pechos le rozaran la boca. Entonces, susurró:

—Dime lo que quieres, Brody.

—A ti.

Sin decir una palabra más, ella se dejó caer sobre él y lo tomó hasta el fondo de su cuerpo. Empezó a moverse, y el placer fue tan inmenso que casi no pudieron soportarlo.

Ella aceleró el paso y se movió sobre él más rápido, con más fuerza. Él le levantó las caderas y correspondió a sus acometidas. Después le agarró el trasero y la tendió en el colchón, boca arriba. Su poderoso cuerpo cubrió el de ella mientras penetraba en su calor.

Sí. Hayden notó que sus entrañas se apretaban y le suplicaban que la liberara.

—¿Te vas a correr por mí? —le preguntó él, aminorando el ritmo.

Ella emitió un sonido ininteligible.

Él se rio entre dientes.

—¿Qué significa eso?

—Que sí —dijo ella, entrecortadamente.

Con un gesto de satisfacción, Brody se sumergió de nuevo en su cuerpo y la dejó sin aliento en los pulmones. Él se agachó y acarició el lugar por donde estaban unidos sin dejar de embestirla, hasta que, finalmente, ella llegó al clímax.

Hayden se abandonó al orgasmo que recorrió su cuerpo y oyó vagamente el profundo gemido de Brody, sintió que le clavaba los dedos en las caderas mientras se sacudía dentro de ella.

Luchando por recuperar el aliento, le pasó las manos por la espalda empapada de sudor, disfrutando de los duros y planos músculos definidos bajo las yemas de los dedos.

—Dios, ha sido...

Hayden se quedó callada.

Él le acarició la barbilla con delicadeza.

—¿Cómo ha sido?

—Increíble —respondió ella, y dejó escapar un suspiro de resignación—. Vamos a hacerlo otra vez.

Capítulo 15

Doug la estaba llamando.

Otra vez.

Hayden miró fijamente su nombre en la pantalla. Tenía que contestar el maldito teléfono. Ella lo había llamado la semana anterior, pero lo hizo por la tarde, sabiendo que él estaría en un seminario para el curso de verano que estaba impartiendo. Eso la convertía en una gallina, pero no estaba lista para hablar con él todavía y había optado por dejarle un mensaje en el buzón de voz.

Tampoco había mencionado a Brody en el mensaje, porque al pensar en hablarle a Doug sobre Brody, se le habían humedecido las palmas de las manos. ¿Cómo diablos se suponía que iba a decirle a Doug que ya se había acostado con otra persona, si solo habían pasado unas semanas desde que se habían dado un descanso?

«Contesta al teléfono, cobarde».

Puaj. Bien. Ahogando un gemido, Hayden deslizó el dedo por la pantalla antes de que la llamada pasara al buzón de voz.

—Doug, hola —dijo rápidamente.

—¡Hayden! —exclamó Doug, con alivio—. Ha estado sonando tanto tiempo que pensé que iba a saltar el buzón.

—Lo siento, no encontraba el teléfono.

Levantó las rodillas y apoyó un codo en el brazo del sofá. En la pantalla de la televisión aparecieron los momentos más destacados del partido de los Warriors de la noche anterior.

Sí. Que Dios la ayudara, pero estaba viendo el hockey.

Bueno, no el deporte en sí. Principalmente, estaba buscando el rostro sexy de Brody entre los demás jugadores. Desde el lunes por la noche, cuando habían acordado seguir viéndose, ella se había obsesionado definitivamente con aquel hombre. En aquel momento, él estaba en Colorado para jugar la segunda ronda de eliminatorias, por lo que verlo en la televisión era la única forma de conseguir su dosis de Brody hasta que él volviera a casa al día siguiente, por la noche.

—Siento que hayamos estado jugando al gato y al ratón —agregó, aunque se sintió más culpable que arrepentida, ya que había sido totalmente intencionado por su parte—. Tratar con mi padre ha sido un dolor de cabeza.

—Ya me lo imagino —dijo él. Su voz profunda y suave le resultaba muy familiar. Similar a un cálido abrazo—. ¿En tu mensaje decías algo sobre una declaración?

—Sí. Fue un asco.

Ella le contó lo que había pasado y, después, él le contó a ella cómo iba la organización de su curso de verano. Sin embargo, a pesar de su tono despreocupado, Hayden notaba una tensión incómoda.

—Hayden —dijo él, de repente, interrumpiéndola a mitad de una frase—. Yo te echo de menos.

Su tono era una mezcla de vulnerabilidad y desesperación.

—Oh.

Ella tragó saliva. No fue capaz de decírselo también.

—Doug...

—Ya lo sé, ya lo sé. No debería decir eso. Tú querías

que nos tomáramos un descanso y respeto plenamente esa decisión. Pero... he estado pensando mucho en nosotros y creo que necesito más claridad.

—Claridad —repitió ella con inquietud.

—Dijiste que podría faltar algo, pero no sé si estoy de acuerdo con eso. Siento que somos geniales, en teoría. Me parece que somos una pareja perfecta. Entonces, ¿qué es lo que falta?

Ella vaciló, buscando las palabras adecuadas.

—No sé. Por eso quería algo de espacio, para poder pensar realmente en las cosas. Porque deberíamos ser algo más que geniales en teoría.

En medio del silencio que siguió a sus palabras se oyó el zumbido de un mensaje de texto.

Hayden inclinó el teléfono hacia atrás y se mordió el labio cuando vio quién era.

Brody: Estoy loco por verte mañana por la noche.

Estuvo a punto de leerlo en voz alta. ¿Doug quería saber qué faltaba? Bien, eso era lo que faltaba. El mensaje de Brody era como un letrero de neón que mostraba la respuesta. Ni una sola vez, en los dos meses que llevaban juntos, le había escrito Doug un mensaje así. Tal vez, un mensaje rápido para confirmar la hora y el restaurante para cenar. Tal vez, un enérgico *¿Qué tal te ha ido el día?*... Pero nunca había parecido que estuviera demasiado ansioso por verla. Nunca había tenido prisa por quitarse la ropa. Demonios, ni siquiera la había visto desnuda, y no parecía que eso le molestara en absoluto. Estaba lo de tomarse las cosas con calma y, después, estaba Doug.

Un breve mensaje de texto de Brody Croft era más intenso y apasionado que cualquiera de los que le hubiera enviado Doug. Él interrumpió sus pensamientos. Su voz tenía una nueva intensidad.

—Hayden, no quiero perderte. Me importas demasiado como para dejar que las cosas terminen así. Así que te voy a dar todo el espacio que necesitas, pero no me rendiré. Necesito que lo sepas.

Él le prometió que la llamaría nuevamente al cabo de unos días y ella se despidió y colgó, sintiendo todo el peso de la conversación. Al día siguiente, seguía pensando en ello, repasando los dos meses que había pasado con Doug. Había una razón por la que empezó a salir con él y por la que había seguido saliendo con él a pesar de la falta de intimidad física.

La verdad era que le había dado mucha importancia al sexo en sus relaciones previas. Y, en algún momento, se había convencido a sí misma de que una química fuera de lo común era el factor más importante. De que, sin esa química, una relación estaba condenada al fracaso, que se convertía en una de esas situaciones de dormitorio muerto que llevaban a la gente a tener aventuras.

Doug y ella no tenían esa química explosiva, pero Hayden disfrutaba su compañía. Le gustaba lo compasivo y generoso que era. Sus chistes irónicos sobre el arte la hacían sonreír.

Y por eso no podía cerrar esa puerta por completo. Había pensado que tener algo de espacio la ayudaría a identificar lo que faltaba entre Doug y ella, pero lo único que había hecho con ese espacio era acostarse con otro hombre. Volver a los viejos patrones y darle prioridad a la química sobre la estabilidad.

Y, sin embargo, cuando Brody le envió un mensaje aquella tarde, preguntando si todavía quería que él fuera a verla más tarde, no perdió el tiempo respondiendo con una palabra ansiosa.

Sí.

* * *

—Vamos a pedir la cena al servicio de habitaciones —dijo Brody, mientras se ponía los calzoncillos.

Observó a Hayden. Ella se puso su camiseta sin mangas e intentó arreglarse la coleta. Se le cayeron unos mechones de pelo oscuro sobre los ojos y él sonrió al pensar que su estado desaliñado era resultado de rodar por la cama con él. Estaba arrugada y hermosa, y tan linda, que él no pudo contenerse. Se acercó y le plantó un beso en los labios.

Con un pequeño gemido, ella le tomó la cabeza y correspondió a su beso, lamiéndole la lengua de un modo tan tentador que él se endureció de nuevo.

Justo cuando Brody bajaba las manos hasta sus pechos, ella lo empujó hacia atrás.

—¿Qué pasó con el servicio de habitaciones? —le preguntó, en broma.

—Al cuerno.

—De eso nada. Tengo muchísima hambre —le dijo.

Con una sonrisa, pasó junto a él y salió del dormitorio. Brody se quedó mirando la erección que se notaba bajo su calzoncillo. Demonios, ¿cómo era posible que aquella mujer lo excitara tan ferozmente? Se sentía como un adolescente otra vez.

Se puso los vaqueros y fue a la sala de estar.

—¿Qué te parecen las hamburguesas con queso? —le preguntó ella, al verlo aparecer por el pasillo.

Su estómago gruñó de aprobación.

—Excelente.

Se sentó con ella en el sofá. Mientras Hayden marcaba el número del servicio de habitaciones y pedía la comida, él se fijó en una pila de papeles que había sobre la mesa. Con curiosidad, se inclinó hacia adelante y examinó la primera hoja.

Parecía una biografía de Rembrandt, pulcramente mecanografiada. Los márgenes estaban llenos de notas escritas a mano.

—¿Qué es esto? —le preguntó a Hayden, cuando ella colgó el teléfono.

—Ideas para la asignatura de Teoría del Color que impartiré en otoño. Voy a centrarme en Rembrandt en algunas clases.

—Rembrandt, ¿eh? Pensaba que todas sus pinturas eran bastante oscuras y siniestras.

Aquel fragmento de información que tenía almacenado en el cerebro fue una sorpresa para él. Creía que no había prestado ninguna atención durante la clase de Historia del Arte de su último año de instituto. Hayden se quedó sorprendida, pero complacida también.

—En realidad, eso es en lo que quiero centrarme, en los conceptos erróneos sobre ciertos artistas y su uso del color. ¿Sabías que *La ronda de noche* de Rembrandt en realidad es una escena diurna?

Brody recordó vagamente el cuadro.

—Creo recordar que era muy oscuro.

—Sí... hasta que se limpió la pintura —dijo ella, y sonrió—. El lienzo estaba cubierto por muchas capas de barniz. Cuando fue eliminado, resultó que era una escena de día. Muchos de sus cuadros se volvieron muy diferentes después de su limpieza y restauración, y eso demostró que sabía muy bien lo que estaba haciendo con el color —explicó, y se animó más a medida que hablaba—. Lo mismo pasó con Miguel Ángel. La gente no lo consideraba un pintor colorista, pero, cuando se limpió la Capilla Sixtina, los colores aparecieron tan vibrantes que todos quedaron impactados.

—No lo sabía.

—Llevó más tiempo limpiar ese techo que pintarlo —añadió ella—. Estaba cubierto de hollín y suciedad y, cuando los eliminaron, toda la escena se vio diferente. Esta es una de las cosas de las que quiero hablar con mis alumnos. Sobre cómo algo tan simple como limpiar o restaurar un cuadro puede cambiar la visión de la obra por completo.

Brody asintió.

—Más o menos como cuando limpian el hielo con la Zamboni durante el descanso de la segunda parte. Toda la superficie de juego cambia.

Ella sonrió, y él sospechó que estaba intentando no echarse a reír.

—Sí —dijo Hayden—. Supongo que hay cierto parecido.

Él dejó los papeles en la mesa y dijo:

—Te gusta mucho el arte, ¿eh?

—Por supuesto. Es mi pasión.

Él sonrió. No había pasado mucho tiempo con mujeres que tuvieran pasión por cualquier cosa fuera del dormitorio, y la luz que brillaba en los ojos verdes de Hayden le removió algo por dentro. Se dio cuenta de que era la primera vez que ella se abría a él, que se enfrascaba en una conversación cuyo tema no eran normas y reglas, y eso le gustó.

—Entonces, ¿pintas o simplemente das clases sobre pintores? —le preguntó con curiosidad.

—Solía dibujar y pintar mucho cuando era más joven, pero ya no tanto.

—¿Por qué?

Ella se encogió de hombros.

—Siempre estuve más fascinada con la obra de otras personas que con la mía. Mi licenciatura fue en su mayor parte trabajo de estudio, pero me doctoré en Historia del Arte. Me di cuenta de que me gustaba mucho más estudiar a grandes artistas que intentar convertirme en uno de ellos —dijo. Cruzó las piernas sobre el sofá y preguntó—: ¿Tú fuiste a la universidad?

—Sí. Hice Ciencias del Deporte —respondió él—. Ya sabes, kinesiología, medicina deportiva. Y me especialicé en entrenamiento deportivo.

—¿De verdad?

Su expresión no revelaba nada, pero él tuvo la sensación de que ella no le creía, y se sintió como si estuviera de nuevo en el instituto. El niño que había sido catalogado por sus profesores como un tonto porque era bueno en los deportes. Le habían puesto la etiqueta de deportista y, por mucho que hubiera intentado arrancársela, las críticas permanecieron intactas. Una vez, incluso, lo habían acusado de copiar en un examen de Lengua Inglesa para el que había pasado horas estudiando, porque su maestra decidió que un niño que pasaba tanto tiempo aprendiendo a jugar al hockey no podría terminar un libro como *Crimen y castigo*.

Hayden debió sentir su irritación porque, rápidamente, añadió:

—Te creo. Es solo que... bueno, la mayoría de los deportistas que conocí cuando era estudiante solo iban a la universidad por las clases de atletismo y se saltaban las demás clases.

—Mis padres me habrían matado si hubiera faltado a clase. Ellos solo me permitían jugar al hockey si mantenía la media de sobresaliente.

Hayden se quedó impresionada.

—¿En qué trabajan tus padres?

—Mi padre es mecánico y mi madre trabaja en una peluquería —dijo él—. El dinero siempre fue escaso durante mi infancia.

Brody resistió la tentación de echar un vistazo al lujoso ático, que era una señal obvia de que Hayden no había tenido el mismo problema.

No estaba muy seguro de por qué había sacado a relucir el tema del dinero. Odiaba hablar de su infancia. Y, también, pensar en su infancia. Quería mucho a sus padres, pero no le gustaba recordar lo dura que había sido la vida para ellos. Su madre se quedaba despierta por las noches recortando cupones y su padre tenía que ir caminando al trabajo, incluso en el duro invierno de Michigan, cada vez que su destartalada camioneta Chevy se averiaba. Por suerte, sus padres ya no tendrían que preocuparse por el dinero nunca más, gracias a él.

Sonó el teléfono y la conversación se interrumpió. Hayden descolgó el auricular, volvió a colgar y dijo que el servicio de habitaciones estaba en camino.

Mientras ella iba hacia el ascensor para saludar al botones que les llevaba el carrito, Brody encendió la televisión y cambió algunos canales hasta que dio con las noticias de las once. Hayden llevó el carrito a la sala de estar, destapó la comida y colocó un plato frente a él. El aroma a patatas fritas y hamburguesa que le llegó le hizo la boca agua.

Acababa de darle un gran mordisco a la hamburguesa con queso cuando una cara familiar apareció en la pantalla. Estuvo a punto de ahogarse con la comida mientras lo invadía una ola de inquietud.

Hayden también había visto la imagen de su padre y, rápidamente, tomó el mando a distancia y subió el volumen. Oyeron al presentador en mitad de la frase.

—... se presentó esta tarde y admitió que los rumores que rodean al equipo de los Chicago Warriors son ciertos. El jugador, que no quiso ser identificado, afirmó que las acusaciones de soborno y apuestas ilegales vertidas contra Presley Houston, propietario de los Warriors, son, de hecho, ciertas.

Capítulo 16

Brody se puso muy tenso mientras miraba fijamente la pantalla, preguntándose si había oído mal al presentador. Hayden emitió una exclamación de sorpresa.

—Hace una hora, la liga anunció que realizarán una investigación exhaustiva sobre estas acusaciones.

El periodista pasó a recapitular las acusaciones hechas contra Presley. Presuntamente, había sobornado a los jugadores para que se dejaran ganar al menos en dos partidos al comienzo de la temporada y había hecho apuestas sobre esos resultados. También mencionó el proceso de divorcio y el supuesto romance de Sheila Houston con uno de los jugadores del equipo, pero, en ese momento, él apagó la televisión.

¿Quién diablos había hablado? No podría ser Becker. Su amigo lo habría llamado para avisarlo si fuera a hacer algo así.

Craig Wyatt parecía el candidato más probable, sobre todo, después de lo que había visto él en el estadio. Los periodistas habían sido bastante duros con Sheila; muchos de ellos tenían el convencimiento de que mentía. Si Craig tenía una aventura con ella, era lógico que interviniera para apoyarla.

Brody se frotó las sienes. Mierda. Ojalá supiera cuál de sus compañeros había confesado. Fuera quien fuera, aquello no auguraba nada bueno para el partido del día siguiente. ¿Cómo iban a poder concentrarse con la posibilidad de una investigación policial sobre sus cabezas?

—No es cierto.

La voz suave de Hayden lo sacó de sus pensamientos. Él se giró y la vio mirándolo con los ojos muy abiertos, con una expresión de súplica.

—No es cierto, ¿verdad? —le preguntó, con cansancio.

—No lo sé. Hasta el momento no hay pruebas de que tu padre haya sobornado a nadie.

—Hasta el momento. Pero, si esa noticia es cierta... Mi padre... ¿te ofreció un soborno a ti? —preguntó ella, con dificultad.

—Por supuesto que no.

—Pero puede que haya sobornado a otro jugador.

—Sí, es posible —dijo Brody, con cautela.

Ella se quedó callada. Tenía una cara tan triste que él la abrazó. Su pelo le hizo cosquillas en la barbilla y su olor dulce le llenó la nariz. Quería besarla, pero no era el momento. Hayden estaba muy disgustada y metió la cara en el hueco de su cuello. Necesitaba consuelo, no sexo.

—Esto es un desastre —dijo, y él notó su respiración caliente en la piel—. Mi padre ya está muy estresado a causa del divorcio y, ahora...

Levantó la cabeza y apretó los labios.

—Me niego a creer que las acusaciones sean ciertas. Mi padre puede ser muchas cosas, pero no es un delincuente.

La certeza que se reflejaba en su mirada era inconfundible, y Brody guardó silencio. Siempre había admirado y respetado al presidente Houston, pero la experiencia le había enseñado que incluso las personas a las que uno admiraba y respetaba podían equivocarse.

—Quien haya declarado todo esto ha mentido —prosiguió Hayden—. Se sabrá todo durante la investigación. Tiene que saberse —dijo, y volvió a acurrucarse contra él—. No quiero pensar más en esto. ¿No podemos hacer como que no hemos visto las noticias? De paso, podemos fingir que he venido a casa de vacaciones y no a enfrentarme a los problemas de mi padre. Dios, qué bueno sería tener unas vacaciones. Me vendría bien un poco de diversión en este momento.

Él le acarició el pelo.

—¿Y qué se te ocurre?

Ella ladeó la cabeza y sonrió.

—Podríamos ir a ver una película mañana. Hace siglos que no voy al cine. O podríamos ir a dar un paseo por el muelle, hasta Navy Pier. No sé. A divertirnos, demonios.

Brody detestaba tener que desilusionarla, pero sonrió con suavidad y dijo:

—Me encantaría, pero no puedo. Mañana tengo partido por la noche.

A ella se le apagó el brillo de los ojos, pero sonrió rápidamente para disimular su reacción.

—Ah, claro. Se me olvidaba lo de la eliminatoria.

Cuando se separó de él, Brody notó un vacío entre los brazos. Ella tomó una patata frita y, distraídamente, se la metió en la boca y empezó a masticar sin mirarlo.

—¿Qué te parece el domingo? —le sugirió él.

—Tengo que ir a la fiesta del Gallagher Club —respondió ella, y apartó el plato. Parecía que a los dos se les había quitado el apetito—. Es importante para mi padre.

—Entonces, en otra ocasión —dijo él—. Te prometo que saldremos juntos y te voy a dar toda la diversión que necesitas.

Ella se puso tensa.

—No pasa nada. No tienes por qué complacerme. Además, no creo que sea buena idea que salgamos juntos.

Él se irritó.

—¿Por qué no?

Ella dio un suspiro de exasperación.

—Esto solo es una aventura para jugar y hacer realidad nuestras fantasías. No implica que salgamos juntos.

Una aventura.

Al oír de nuevo aquella palabra, Brody se endureció por dentro. Durante los últimos diez años había tenido muchas aventuras y, nunca, una relación seria. Y, de repente, al conocer a Hayden, sus preferencias habían cambiado. Ella le gustaba mucho. Demonios, incluso había sentido una punzada de emoción cuando le había pedido que hicieran algo propio de una pareja normal, como ir al cine o a dar un paseo por la orilla del lago. Nunca había sentido la necesidad de hacer algo así con las otras mujeres que habían pasado por su vida. No le importaban lo suficiente y eso habría sido horrible de no ser porque a ellas tampoco les importaba él.

Hayden era la primera mujer que le preguntaba por sus padres o por sus estudios. Preguntas normales que la gente se hacía todo el tiempo pero que, por algún motivo, él no había tenido que responder.

Había visto el potencial cuando ella se le había acercado en aquel bar. Instintivamente, había sabido que podría tener una relación verdadera con aquella mujer.

Y era irónico que ella solo quisiera tener una aventura.

—¿Qué ha pasado con lo de tener la mente abierta? —le preguntó, con la voz ronca.

—Voy a cumplir esa promesa —respondió ella—.

Pero no creo que esto vaya a convertirse en algo más profundo.

—¿Por qué estás tan convencida?

Ella se encogió de hombros.

—Me vuelvo a San Francisco dentro de un par de meses, pero, aunque me quedara aquí, nuestras vidas no encajan.

Él se irritó.

—¿Por qué dices eso?

—Tú eres jugador de hockey. Yo soy profesora.

—¿Y qué?

—Que solo con mirar nuestras profesiones puede verse lo diferentes que somos. Yo he vivido en tu mundo, Brody. Crecí en él. Mi padre y yo teníamos la mayoría de nuestras conversaciones en un avión, de camino a la ciudad en la que fuera a jugar su equipo. En quince años viví en cinco estados diferentes. Y lo odiaba.

—Tu padre era entrenador.

—Y hacía los mismos viajes que tenéis que hacer los jugadores. Yo no pude elegir la carrera profesional de mi padre, pero sí puedo elegir lo que quiero en un compañero para mi vida.

—¿Y qué hace el chico de San Francisco?

—Pues, en realidad, también da clases de Historia del Arte en Berkeley.

Vaya, qué apropiado.

—¿Y qué más?

Ella vaciló.

—¿A qué te refieres?

—A los dos os interesa mucho el arte, pero ¿qué más hay para que vuestra relación sea tan gratificante?

Él se arrepintió de su sarcasmo. Se estaba comportando como un idiota. Y, por la mirada sombría de Hayden, era evidente que ella pensaba lo mismo.

—Mi relación con Doug no es de tu incumbencia. Te prometí que no me iba a acostar con nadie más durante lo nuestro, pero no te prometí que fuera a hablar de él.

—No quiero hablar de él —gruñó Brody—. Solo quiero conocerte a ti. Quiero entender por qué piensas que no puedo ser un buen compañero para ti.

—¿Es que no lo ves? —preguntó ella, y suspiró—. Quiero, quiero. Tú mismo me has dicho que siempre consigues lo que quieres. Y por eso yo siento lo que siento. He salido con demasiados chicos que quieren, pero nunca quieren dar. Están demasiado preocupados en conseguir lo que ellos quieren y en desarrollar su carrera profesional, y yo siempre quedo en segundo lugar. Bueno, pues ya estoy harta. Puede que Doug no sea el hombre más emocionante del planeta, pero quiere las mismas cosas que yo, un matrimonio sólido y un hogar estable, y eso es lo que yo quiero de una relación.

Se hizo el silencio en la habitación. Brody tuvo ganas de tirar algo. Le molestaba que ella estuviera proyectando sobre él la frustración contra su padre y los hombres de su vida, pero, demonios, él mismo había abierto la caja de Pandora. La había empujado demasiado lejos, demasiado rápido. La había presionado sobre su relación anterior y le había exigido que le diera una oportunidad que ella no estaba dispuesta a dar.

Mierda.

¿Todavía tendría una oportunidad, o lo había echado todo a perder?

—A lo mejor esta aventura no es buena idea.

Sí, lo había echado todo a perder.

Completamente.

Capítulo 17

Lo último que le apetecía hacer a Hayden el domingo por la noche era asistir a un evento de recaudación de fondos organizado por un empresario rico al que ni siquiera conocía, pero cuando había llamado a su padre para tratar de librarse, él no se lo había permitido. Insistió en que su presencia era esencial, aunque, sinceramente, ella no sabía por qué. Cada vez que socializaba con su padre y sus amigos terminaba de pie, sola, en el bar.

Pero no quería decepcionar a su padre. Y, teniendo en cuenta cómo habían quedado las cosas con Brody el viernes por la noche, tal vez fuese mejor salir de aquel gran ático y alejarse de sus pensamientos.

Eran poco más de las ocho cuando llegó al Gallagher Club, un prestigioso club masculino situado en uno de los barrios históricos de Chicago. Su fundador era Walter Gallagher, un empresario asquerosamente rico que, en sus tiempos, decidió que necesitaba construir un lugar donde pudieran reunirse otros empresarios asquerosamente ricos.

Al Club Gallagher solo se accedía por invitación, y algunos hombres tardaban décadas en conseguir la membresía. Su padre la había heredado al comprar los Warriors, de su dueño anterior, y le encantaba hacer alarde de ello. Cuando Hayden iba a Chicago, nunca la llevaba a otro lugar.

Condujo por la avenida ancha y arbolada y aminoró la velocidad al ver a una multitud al final de la calle. Mientras se acercaba, vio algunas camionetas de prensa. Las personas que se arremolinaban en la acera, junto al acceso al edificio, eran periodistas.

Y, como no se le ocurría nadie más que estuviera actualmente involucrado en una posible investigación, se dio cuenta de que la prensa estaba allí por su padre.

Esto no era nada bueno.

Respiró profundamente unas cuantas veces para calmarse y pasó a través de las puertas de hierro de la verja del club, volviendo la cabeza y desviando la mirada cuando algunos de los reporteros comenzaron a mirarla. Exhaló un suspiro mientras subía por el camino circular pavimentado de adoquines y frenó detrás de la fila de vehículos que esperaban cerca del aparcacoches.

¿Habían acosado los periodistas a su padre al llegar? ¿Se había detenido a hablar con ellos, a negar aquella absurda noticia?

Una voz interrumpió sus inquietantes pensamientos.

—Buenas noches, señora.

Levantó la cabeza y vio a un joven con un uniforme de color burdeos que se inclinaba ligeramente hacia su ventanilla.

—¿Me permite sus llaves? —preguntó.

Ella posó la mirada en la mansión, con sus enorme pilares de piedra caliza y las estatuas alineadas en el vestíbulo de mármol. Seguramente, su padre ya estaba allí dentro, fumando puros con sus amigos ricos y actuando como si la presencia de los medios de comunicación no le molestara. Sin embargo, ella sabía que sí le molestaba. A su padre le importaba su reputación más que cualquier otra cosa.

Con otro suspiro, salió del coche y le entregó las llaves al mozo.

—Davis la acompañará al interior —dijo el joven.

Davis resultó ser un hombre alto y corpulento con un esmoquin negro, que le ofreció el brazo y la guio escaleras arriba hasta la puerta de roble de la entrada. Abrió una de las hojas y dijo:

—Que disfrute de la velada.

—Gracias —respondió ella, y entró en el lujoso vestíbulo.

Por todo el vestíbulo se extendían kilómetros de mármol negro, y del altísimo techo colgaba una brillante lámpara de lágrimas de cristal. Ella respiró profundamente e inhaló el aroma del vino, del perfume y de todo lo caro.

Se detuvo junto a la entrada del guardarropa y miró hacia abajo para asegurarse de que no había sufrido ningún contratiempo con su atuendo. Llevaba un vestido plateado que se ajustaba a sus curvas y cuya falda, además, tenía un corte que le llegaba al muslo y dejaba mucha pierna al descubierto. Un ligero toque de maquillaje de ojos y algo de brillo rosado en los labios, y el conjunto estaba completo.

Por mucho que le molestara reconocerlo, había estado pensando en Brody todo el tiempo mientras se arreglaba. ¡Cuánto disfrutaría viéndola con aquel vestido y cuánto le gustaría quitárselo!

Le dolía cómo habían dejado las cosas. Brody no se había quedado a pasar la noche y, cuando se dirigió al ascensor, se marchaba con una expresión de derrota.

Ella también se había sentido derrotada. ¿En qué estaba pensando para sugerir que salieran juntos? Hayden era la que había dejado bien claro que quería solo una aventura.

Había disfrutado hablando con él de arte, escuchando lo que decía sobre sus padres. Había sido muy agradable y cómodo. Y, antes de que se diera cuenta, estaba cayendo en sus viejas costumbres, buscando embarcarse en una nueva relación.

Su discusión fue la llamada de atención que necesitaba. Le recordó precisamente lo que quería: alguien estable. Alguien que no estuviese fuera de la ciudad durante la mitad del año, mientras su relación pasaba a un segundo plano.

Aunque se sintiera tan atraída por Brody, sabía que él no podía ser ese alguien.

—Quade se ha superado a sí mismo este año —tronó una voz masculina, interrumpiendo sus pensamientos y recordándole dónde estaba.

Se pasó las manos por la parte delantera del vestido mientras seguía a un grupo de hombres vestidos de esmoquin hasta el gran salón de baile que había a la izquierda. Era un evento de etiqueta y se encontró rodeada de gente vestida elegantemente, algunos mayores, otros más jóvenes, todos extraños. En el centro de la sala había una pista de baile y, enfrente, una banda de música que cantaba a todo pulmón una alegre canción de swing. Un camarero le entregó una copa de champán.

Justo cuando estaba a punto de tomar un sorbo, una cara familiar captó su atención.

—¿Darcy? —dijo, sorprendida.

Al darse la vuelta hacia ella, el sedoso cabello rojo de su mejor amiga le cayó sobre los hombros.

—¡Eh, hola! ¿Qué estás haciendo aquí?

—Mi padre me exigió que viniera —dijo ella, e hizo una mueca—. Y pensar que casi creía que quería pasar algo de tiempo conmigo.

¿Mucha amargura? Sí, estaba amargada, pero ¿quién podría culparla? Había ido a Chicago para apoyar a su padre y acortar la distancia que había entre ellos y, sin embargo, parecía que él no estaba decidido a pasar tiempo con ella.

—¿Y tú, qué estás haciendo aquí? —le preguntó a Darcy.

Su amiga llevaba un minivestido blanco que contrastaba muy bien con su cabello rojo y brillante y sus vibrantes ojos azules.

—Conozco al anfitrión. Es un cliente habitual de la *boutique*. Me amenazó con cambiar de tienda si no venía —dijo Darcy, y resopló—. Para ser sincera, creo que se muere por meterse en mis bragas. Como si eso fuera a suceder alguna vez.

—¿Quién es exactamente el anfitrión? Mi padre se olvidó de mencionarlo.

—Jonas Quade —respondió Darcy—. Es asquerosamente rico, se denomina a sí mismo «filántropo» y gasta miles de dólares en sus muchas amantes. Ah, y también es un idiota pomposo, pero no puedo quejarme, porque esos miles de dólares que mencioné, bueno, se los gasta en mi *boutique*. Le gusta que sus amigas se prueben bodies de encaje y que hagan de modelo para él, el muy asqueroso... Mierda, aquí viene.

Un hombre canoso con la constitución de Arnold Schwarzenegger y un bronceado anaranjado se dirigía directamente hacia ellas. A su lado iba una mujer rubia y regordeta, pegada a sus talones, con cara de molestia por el evidente entusiasmo que su marido mostró al ver a Darcy.

—¡Darcy! —tronó Jonas Quade, sonriendo ampliamente—. Es un placer verte aquí.

—Encantada de verlo, señor Quade —dijo Darcy, cortésmente.

Quade se volvió hacia su acompañante.

—Margaret, te presento a Darcy, la dueña de la tienda donde te compro todos esos regalos íntimos —dijo, y le guiñó un ojo a su mujer—. Darcy, esta es mi esposa, Margaret.

Hayden pudo ver la alegría apenas contenida en el

rostro de su amiga. Se preguntó si la esposa de Quade era consciente de que su marido no compraba regalos íntimos solo para ella.

—¿Y quién es tu adorable amiga? —preguntó Quade, mirándola a ella.

Hayden sintió un destello de alivio cuando, antes de que Darcy pudiera presentarlos, la esposa de Quade lo agarró del brazo y dijo:

—Marcus está tratando de llamar tu atención, cariño.

Después, procedió a llevárselo por la fuerza lejos de las dos mujeres.

—¡Que disfrutes de la fiesta! —gritó Quade por encima del hombro.

—Esa pobre mujer —dijo Darcy—. Ella no tiene idea...

—Estoy seguro de que sí lo sabe. A él solo le falta llevar un tatuaje de «adúltero» en la frente.

Darcy y ella empezaron a reírse y Hayden pensó que, tal vez, la fiesta no iba a estar tan mal. Aún no había visto a su padre, pero, con Darcy a su lado, las cosas no iban a ser tan horribles.

—¿Puedo pedirle que baile conmigo?

Debería haberse dado cuenta de que su mejor amiga, con aquel vestido de falda tan corta, no estaría disponible mucho tiempo. El apuesto hombre de pelo oscuro con un traje azul marino a rayas miró con expectación a Darcy. Después de un momento, ella se encogió de hombros y dijo:

—Me encantaría bailar —le entregó la copa de champán a Hayden y añadió—: Te alcanzo más tarde, ¿de acuerdo?

—Claro. Que te diviertas.

A Hayden se le hundieron los hombros mientras su amiga seguía al hombre guapo hacia la pista de baile. Excelente. Ver a Darcy había sido una agradable sorpresa, pero ahora su nivel de entusiasmo volvió a ser el más bajo posible.

Inexistente.

—¡Hayden, cariño!

Oyó la voz autoritaria de su padre a través de las conversaciones y los acordes de la música. Él se acercó con una copa de bourbon en una mano y un puro apagado en la comisura de los labios.

Ella se puso de puntillas y le dio un beso en la mejilla.

—Hola, papá. Parece que te estás divirtiendo.

—Pues sí —dijo él. Le apretó el brazo y sonrió—. Estás preciosa, hija.

Su sonrisa era demasiado amplia, y ella se preocupó. Sonó una alarma en su cabeza y lo examinó más de cerca. Tenía la cara sonrojada y los ojos demasiado brillantes. Las palabras de Sheila le llenaron la cabeza: «Tu padre está bebiendo otra vez».

—¿Estás bien? —le preguntó con cautela—. Parece que estás un poco... tenso.

Él agitó una mano con desdén.

—Estoy estupendamente.

—¿Seguro? Porque he visto a esos reporteros afuera y...

¿Y qué? «Y quería asegurarme de que todos están mintiendo sobre tu participación en apuestas deportivas ilegales».

Los ojos de Presley se oscurecieron.

—Ignora a esos chupasangres. Solo están tratando de causar problemas y difunden historias delirantes para conseguir clics —dijo él, y tomó un trago de bourbon—. No es el momento de hablar de eso. Justamente Martin Hargrove me estaba preguntando por ti. Te acuerdas de Martín, ¿verdad? Es dueño de una cadena de restaurantes...

—Papá, no puedes ignorar esto —le interrumpió

ella—. ¿Qué pasa con la noticia de que uno de los jugadores del equipo ha confesado? Ayer por la tarde te llamé varias veces para hablar de esto, pero siempre saltaba el buzón de voz. Te dejé dos mensajes.

—Estaba jugando al golf con el juez Harrison. No hay cobertura en el campo.

Dios, ¿por qué actuaba como si nada de aquello tuviera importancia? ¿Acaso pensaba que todo iba a acabar como si nada? Ella se negaba a creer que su padre hubiera hecho las cosas de las que le estaban acusando, pero no era tan ingenua como para pensar que podían limitarse a cerrar los ojos y olvidar todo el desastre.

—¿Por lo menos has hablado con el juez Harrison sobre cuál debería ser tu siguiente paso?

—¿Por qué diablos iba a hacer eso?

—Porque esto está empezando a ponerse serio —respondió ella—. Deberías dar una rueda de prensa para defender tu inocencia. O, como mínimo, habla con tu abogado.

Él no se molestó en responder. Se encogió de hombros y levantó la mano para apurar su bourbon. Después le hizo una señal a un camarero que pasaba y tomó una copa de champán de la bandeja. Hayden aprovechó la oportunidad para deshacerse de su copa y de la de Darcy. De repente, perdió el gusto por el alcohol. Las dos veces que había visto a su padre la semana pasada, él estaba bebiendo, pero aquella noche era obvio que estaba borracho. Tenía las mejillas sonrosadas y los ojos vidriosos y se balanceaba sobre los pies.

—Papá... ¿cuánto has bebido?

Su expresión se endureció instantáneamente.

—¿Perdona?

—Pareces un poco... achispado —dijo, a falta de una palabra mejor.

—¿Achispado? —preguntó él, frunciendo el ceño—. Puedo asegurarte, Hayden, que no estoy borracho. Solo he tomado un par de copas.

El tono defensivo de su voz aumentó su preocupación. Cuando la gente empezaba a poner excusas por su estado de ebriedad... Podía ser una señal de un problema de adicción. Maldijo a su madrastra por meterle aquellas ideas absurdas en la cabeza. Su padre no era alcohólico. No tenía un problema con la bebida, no había tenido una aventura y, ciertamente, no había arreglado ningún partido de los Warriors para obtener ganancias.

¿Verdad?

Empezaron a palpitarle las sienes. Dios, no quería dudar de su padre, del hombre que la había criado solo, del hombre que, hasta hacía unos años, había sido su mejor amigo.

Iba a disculparse, pero su padre la cortó antes de que pudiera hacerlo.

—Estoy harto de esas acusaciones, ¿me oyes?

Hayden pestañeó.

—¿Qué? Papá...

—Ya tengo suficiente con Sheila. No quiero oír estas tonterías de mi propia hija.

Le ardían los ojos y tenía las mejillas rojas de ira. Dio un paso atrás. Por primera vez en su vida, tuvo miedo de su padre.

—Hice algunas malas inversiones, sí, ¿y qué? —gruñó, y le temblaron las manos—. Eso no me convierte en un delincuente. Ni se te ocurra acusarme de eso.

Ella tragó saliva.

—No te he...

—Yo no amañé esos partidos —le espetó él—. Y no tengo problemas con el alcohol.

Se le escapó un aliento entrecortado de la boca y ella percibió un olor rancio de alcohol. Su padre estaba completamente borracho. Se quedó mirándolo atónita, y una lágrima se le cayó por la mejilla.

—Hayden... cariño... lo siento. No quería hablarte así.

Ella no respondió. Tragó saliva y se enjugó la cara con la mano temblorosa. Su padre le tocó el hombro.

—Perdóname.

Antes de que ella pudiera responder, se les acercó Jonas Quade con paso jovial, agarró del brazo a Presley y dijo:

—Aquí estás, Pres. Mi hijo Gregory está deseando conocerte. Es el fan número uno de los Chicago Warriors.

Su padre la miró con una expresión suplicante, tratando de transmitirle un mensaje que no podía decirle de viva voz en aquel momento. «Hablaremos de esto más tarde».

Ella asintió y exhaló un suspiro desgarrado cuando Quade se llevó a su padre. Caminó apresuradamente hacia el patio con la esperanza de poder contener las lágrimas hasta que nadie la viera.

Capítulo 18

—Ojalá no me hubieras traído hasta aquí —dijo Becker, gruñendo, mientras conducía su brillante Lexus plateado en dirección al Club Gallagher—. Mi mujer está enfadada.

—Vamos, Mary no tiene ni un hueso de enfado en el cuerpo —respondió Brody, pensando en la menuda y dulce mujer que llevaba casada con su amigo más de quince años.

—Eso es lo que ella quiere que pienses, pero en privado no es tan agradable.

Brody se echó a reír.

—Te juro que casi me mata cuando le dije que iba a salir contigo esta noche. Fue en el último momento, así que no hemos podido conseguir niñera para Tamara. Mary ha tenido que cancelar sus planes —gruñó Becker—. Me lo va a reprochar toda la vida. Gracias, chaval.

Aquellas palabras de Sam tal vez habrían provocado un sentimiento de culpabilidad a otros hombres, pero a él, no. Llevaba todo el día tratando de dar con la forma de ver a Hayden y arreglar las cosas. Podía haberla llamado, pero, después de cómo había terminado todo en el ático, se sentía receloso.

Por suerte, Hayden había mencionado que aquella noche estaría en el Club Gallagher. Aunque él no era miembro, Becker sí, y le había ordenado que desempolvara el esmoquin. Se sentía mal por haberle causado un problema con su mujer, pero iba a compensarlo.

—¿Por qué no le pediste a Lucy que cuidara de Tamara? —preguntó Brody.

Había estado muchas veces en casa de Becker y había pasado bastante tiempo con sus hijas. Lucy tenía catorce años, diez más que su hermana pequeña, y la adoraba.

—Lucy tiene un... Que Dios me ayude... Tiene novio —gimió Becker—. Esta noche han ido al cine.

A Brody se le escapó un grito.

—¿De verdad la has dejado salir de casa con el chaval?

—No me quedó más remedio. Mary me dijo que no podía amenazarlo con una escopeta —dijo Becker, con un suspiro—. Y, hablando de amenazas, me dijo que se va a enfadar si no vienes a pasar una semana a nuestra casa del lago este verano. La ha reformado toda y está deseando presumir de ella.

Brody trataba de pasar los veranos en Michigan con sus padres, pero por Becker estaba dispuesto a cambiar sus planes.

—Dile que allí estaré. Solo tienes que decirme las fechas.

De repente, Becker aminoró la velocidad.

—Mierda.

Había una pequeña multitud de periodistas a las puertas del club. Algunos volvieron la cabeza al darse cuenta de que se acercaba el Lexus. Becker subió las ventanillas.

—Es obvio que los buitres han venido siguiendo a Presley.

—¿Y te sorprende? —gruñó Brody—. Alguien del equipo ha confirmado los rumores. Los medios están salivando.

Becker atravesó la puerta y se detuvo delante del

aparcacoches. Salieron del coche sin decir una palabra y entraron rápidamente al edifico para evitar las preguntas de los periodistas.

—Dios, odio este sitio —dijo Becker cuando entraron al vestíbulo.

—¿Y cómo conseguiste hacerte socio? —le preguntó Brody, aunque no le importara mucho la respuesta.

Prefería hablar con su amigo sobre Craig Wyatt y de la posibilidad de que fuera él quien había hablado, pero el lenguaje corporal de su compañero le daba a entender que no quería hablar del escándalo ni de los periodistas. Tenía los hombros tensos y la mandíbula apretada. Brody lo entendía. Él también se había sentido tenso desde que había visto las noticias con Hayden.

Y el hecho de perder el partido del día anterior contra Colorado no era de ayuda. Perder un partido de eliminatoria era malo, pero perder cinco a cero era patético. Habían jugado como un equipo de aficionados y, aunque nadie había sacado a relucir el escándalo, Brody sabía que todos lo tenían en mente. Él mismo se había puesto a mirar por el vestuario, sin darse cuenta, preguntándose cuál de sus compañeros de equipo había confesado que sabía lo de los sobornos.

—Mi mujer participa en una de las organizaciones benéficas de Jonas Quade —estaba diciéndole Becker—. Cuando él se ofreció a hablar en mi nombre con los miembros de la junta, Mary me amenazó con el divorcio si no me hacía miembro —añadió Becker, y soltó una maldición en voz baja—. Ya te he dicho que no es una persona agradable, tío.

Brody dio un resoplido.

—Debes de haber visto algo bueno en esa mujer, teniendo en cuenta que te casaste con ella.

—¿Hoy día? Ni siquiera sé si me acuerdo de qué era eso bueno.

Brody se preocupó.

—¿Va todo bien en ese frente?

Becker lo tranquilizó rápidamente.

—Bah, no me hagas caso. Mary y yo estamos bien. Solo estoy siendo dramático.

Entraron en el enorme salón de baile y, al instante, Brody empezó a buscar a Hayden con la mirada.

—¿Está aquí? —le preguntó Becker, suspirando.

Él pestañeó.

—¿Quién?

—Vamos, Croft. El único motivo por el que me has traído de los pelos a este lugar lleno de esnobs es que quieres ver a la hija de Houston. Lo cual, a propósito, es muy mala idea.

—¿De verdad?

Becker tomó una copa de vino de la bandeja de un camarero.

—Peor que mala. No querrás verte mezclado con Houston en toda esta mierda de las apuestas ilegales.

—Hayden no tiene nada que ver con eso. Ella solo ha venido de visita desde California.

—Y si se descubre que te estás acostando con ella, saldrá en todos los titulares. Dirán que la hija de Houston se está tirando a uno de los jugadores para conseguir que tenga la boca cerrada.

—Lo dices como si pensaras que hay algo que tengo que callarme.

A Brody se le puso el vello de punta.

—Sam... ¿tú sabes algo sobre esto de los sobornos?

—No, por supuesto que no.

—¿Seguro? —preguntó Brody, y vaciló—. Tú no... no aceptaste ningún dinero, ¿no?

Becker se quedó atónito.

—¿Me lo preguntas en serio? ¿De verdad piensas que yo aceptaría un soborno? Llevo jugando en la liga la mitad de mi vida y gano lo suficiente.

Brody se relajó.

—No pensaba que tú aceptarías un soborno, pero lo que acabas de decir... suena como si supieras más de este escándalo que el resto de nosotros. ¿Te ha dicho algo Presley?

Aunque parecía que estaba calmado, a Becker le latía la vena de la frente.

—No sé nada —dijo con firmeza.

—Bueno, pues yo creo que sí sé algo —confesó Brody.

Becker lo miró.

—¿De qué estás hablando?

Aunque, seguramente, aquel no era el mejor momento, Brody le contó a Becker en voz baja lo que había visto en el estadio. Le reveló sus sospechas de que Sheila Houston le había contado a Craig Wyatt lo que sabía, y que Wyatt era el que había hablado con la directiva de la liga.

—¿Crees que debería hacer algo?

Becker exhaló un suspiro. Estaba conmocionado.

—Sinceramente, creo que no.

—¿Por qué?

—Es mejor que no te metas en eso —le advirtió Becker, en voz baja—. Lo único que vas a conseguir es levantar sospechas sobre ti mismo. No te enfrentes a Craig. Si esto te molesta mucho, yo hablaré con él, ¿de acuerdo?

Él miró a su amigo con sorpresa.

—¿De verdad harías eso?

—Al contrario que yo, tú todavía tienes muchos años de hockey profesional por delante. No quiero que tu carrera termine antes de tiempo solo porque Presley Houston haya decidido que necesitaba dinero extra.

—¡Mis dos jugadores favoritos!

Hablando del rey de Roma. Brody miró a Becker

con gratitud y, después, sonrió forzadamente mientras Presley se acercaba a ellos con una copa de champán en la mano. Teniendo en cuenta la cantidad de reporteros que había a las puertas del club, Presley estaba muy jovial. O las acusaciones no le importaban o estaba disimulándolo muy bien.

—¿Lo estáis pasando bien? —les preguntó Presley.

—Acabamos de llegar —respondió Becker.

—Bueno, la fiesta ha empezado hace muy poco —dijo Presley, y apuró su copa. Un segundo después, tomó otra llena de la bandeja de un camarero.

—¿Ha venido su hija esta noche? —preguntó Brody.

Su voz sonó ansiosa y, por el rabillo del ojo, vio que Becker fruncía los labios. Presley se mostró incómodo ante la mención de Hayden.

—Creo que ha salido al patio —respondió.

Brody vio claramente que aquella era su oportunidad.

No se sintió mal al dejar a Becker con Presley, porque su amigo llevaba lo suficiente en aquel negocio como para saber manejarse en cualquier situación. Era todo un profesional.

Se alejó hacia el patio y, desde la puerta, vio a Hayden. Llevaba un vestido plateado y tenía el pelo suelto, cayéndole por los hombros desnudos. Dios, estaba tan apetecible.

Para su sorpresa, ella se dio la vuelta de repente, como si hubiera notado su presencia. Sus miradas se encontraron. Entonces fue cuando él se dio cuenta de que tenía los ojos llenas de lágrimas, y se acercó a ella en un segundo.

—Eh, ¿qué te pasa? —le preguntó, posando las dos manos en su cintura esbelta y atrayéndola hacia sí.

Ella se dejó abrazar y apoyó la cara en su hombro mientras murmuraba:

—¿Qué estás haciendo aquí?

—He venido a acompañar a un amigo —respondió

él, y le acarició suavemente la espalda—. Y me alegro de haberlo hecho. Tienes muy mal aspecto.

—Vaya, gracias —dijo ella con voz amortiguada, contra la pechera de su chaqueta de esmoquin.

—Vamos, deja de refunfuñar. Sabes que eres la mujer más sexy de toda la fiesta. Cuéntame por qué estás llorando. ¿Qué ha pasado?

—Nada.

—Hayden.

Ella alzó la cabeza y lo miró con una expresión de desafío.

—No es para tanto, Brody. Entra al salón y disfruta de la fiesta.

—Al cuerno la fiesta. Yo he venido aquí a verte a ti.

—Bueno, pues yo he venido aquí a ver a mi padre —replicó ella.

Giró la cabeza y miró los jardines. La temperatura había descendido drásticamente y se había nublado. Parecía que iba a haber tormenta. El viento estaba empezando a agitar la alfombra de flores y el césped exuberante, y arrastraba un olor dulce en dirección al patio de adoquines.

Aquel era el tipo de noche que a él le gustaba por la humedad del aire y la promesa de la lluvia y los truenos, pero no podía disfrutar de todo ello si Hayden estaba tan consternada.

Y tan bella. Demonios, qué preciosa estaba con aquel vestido plateado, las sandalias de tacón y los labios de color rosa brillante. La deseaba tanto como aquella primera noche del bar. Y no solo sexualmente. Aquella mujer tenía algo que exacerbaba una faceta protectora que él no sabía que tenía.

—Por favor, dime qué ha pasado.

Ella vaciló.

—Creo que mi padre está bebiendo demasiado. Se ha puesto furioso cuando le pregunté por eso y, después, ha hecho algún comentario sobre unas malas inversiones —dijo, por fin, y lo miró con angustia—. Me preocupa que las acusaciones sobre él sean ciertas. Mierda, Brody, creo que cabe la posibilidad de que haya sobornado a algunos jugadores.

A él se le cayó el alma a los pies. Se quedó en silencio, aguardando que ella continuara, con la esperanza de que no le hiciera ninguna pregunta para no verse obligado a contarle algo que, seguramente, no quería oír.

—No sé qué debería hacer —murmuró Hayden—. No sé cómo ayudarlo. No sé si es culpable o inocente. No tengo pruebas de que sea alcohólico, pero esta noche me ha resultado más que evidente que le ocurre algo.

—Tienes que hablar con él cuando esté sobrio —le dijo Brody.

—Lo he intentado, pero no quiere estar a solas conmigo. Y, cuando estamos a solas, cambia de tema cada vez que le menciono mi preocupación. No me permite que le ayude.

Permanecieron así un momento. Ella estaba entre sus brazos, con la cabeza apoyada en su pecho.

—Nunca pensé que la relación con mi padre llegaría a este punto —susurró—. Esta noche me ha tratado como a una extraña. Me ha gritado, me ha maldecido y me ha mirada como si fuera otro de sus problemas, en vez de su única hija.

Brody le acarició el pelo.

—¿Estabais muy unidos? —le preguntó.

—Mucho —dijo ella, con un suspiro—. Pero, ahora, lo primero es el equipo. Dime, durante todos los años que llevas jugando para los Warriors, ¿en cuántas ocasiones me ha mencionado mi padre?

Él se sintió muy incómodo.

—Muchas veces —dijo, vagamente.

—¿De verdad? —preguntó ella, atravesándolo con la mirada.

—Está bien. Nunca —admitió él—. Pero, para tu padre, yo solo soy un jugador. Nunca me ha tratado como si fuera su confidente.

—Mi padre está obsesionado con el equipo —dijo ella—. Siempre ha adorado el hockey, pero cuando solo era entrenador, las cosas no eran así. Ahora que es dueño del equipo se ha vuelto un fanático. Antes era un deporte; ahora se ha convertido en algo para hacer dinero. Para ser tan poderoso como pueda.

—No es malo querer tener dinero y poder —dijo Brody.

—Claro, pero ¿y la familia? ¿En quién te vas a apoyar cuando se acaben el poder y el dinero? ¿Quién estará ahí para quererte? —preguntó, con una expresión de tristeza y amargura—. ¿Sabes que me llevaba mucho a pescar? Todos los veranos alquilábamos una cabaña en un lago durante una semana. Viajábamos mucho, pero mi padre siempre conseguía encontrar un sitio para que fuéramos a pescar. Yo odiaba pescar, pero fingía que me gustaba porque quería estar con él.

Se apartó de sus brazos y fue hacia la barandilla, y se inclinó hacia delante para respirar el aire fresco de la noche. Sin darse la vuelta, continuó hablando.

—Dejamos de ir cuando me fui a vivir a California. Él me prometía que iríamos cuando yo viniera de vacaciones, pero nunca lo conseguimos. Aunque salimos en su yate el verano pasado. Sheila se pasó todo el viaje hablando de sus uñas. Y papá, hablando por teléfono todo el tiempo.

El tono de melancolía de su voz hizo que Brody sintiera empatía. Aunque él tenía una agenda muy apretada, siempre iba a Michigan varias veces al año para ver a sus padres. Cuando acababa la temporada pasaba un mes entero con ellos. Le enfadaba que su madre no quisiera dejar el trabajo y disfrutar de la riqueza de su hijo, pero él seguía adorando estar en su casa. Y ellos siempre estaban felices de tenerlo allí. No podía imaginar que sus padres estuvieran alguna vez tan ocupados como para no poder estar con su único hijo.

Presley Houston era un idiota. No había otra explicación para que no aprovechara la oportunidad de estar con una hija tan increíble como Hayden. Era inteligente, cálida, apasionada...

—¿Sabes una cosa? No quiero hablar más de esto —dijo ella de repente—. No tiene sentido. Papá y yo llevamos años separados. Fui tonta al pensar que iba a valorar mi apoyo.

—Seguro que sí lo valora. Es obvio que esta noche ha bebido demasiado. Su reacción hacia ti ha sido culpa del alcohol.

—Eso no es excusa —dijo ella—. Dios, necesito salir de aquí. Quiero ir a un sitio donde pueda oír mis pensamientos.

Él miró el reloj y asintió al constatar que no era demasiado tarde.

—Vamos. Conozco el sitio perfecto.

Ella lo observó con cautela, como si, de repente, hubiera recordado lo que pasó entre ellos hacía dos noches. Él notó su vacilación, su resistencia a dejar que volviera a su lado, pero, afortunadamente, ella no protestó cuando la tomó de la mano. Por el contrario, entrelazó sus dedos con los de él, y dijo:

—Vamos.

Capítulo 19

—¿En este sitio? ¿Aquí es donde todos mis pensamientos van a adquirir claridad? —preguntó Hayden, y se echó a reír sin poder evitarlo cuando Brody la llevó hacia la pista de hockey, veinte minutos más tarde.

Había dejado a Brody conducir su coche, pero no se le había ocurrido preguntar dónde la llevaba. Durante todo el camino había intentado encontrar sentido a lo que le dijo su padre. En aquel momento, sin embargo, se arrepentía de no haber sentido más curiosidad por su destino.

El guardia nocturno, a quien Brody llamó Bob, les había dejado pasar. Se había quedado un poco sorprendido al ver a Brody Croft aparecer en el estadio a aquellas horas, pero no puso objeciones.

Brody sacó un par de patines de la sala de equipamiento para Hayden, y Bob les abrió las puertas de la pista, encendió las luces y desapareció con una sonrisa.

Hazme caso —le dijo Brody a Hayden—. No hay nada como sentir el hielo bajo los patines para aclararse la cabeza.

—Debería mencionar que no he vuelto a patinar sobre hielo desde que era pequeña.

Él se quedó horrorizado.

—Pero si tu padre tiene un equipo de hockey.

—No está permitido hablar sobre mi padre esta noche, ¿no te acuerdas?

—Es verdad. Lo siento —dijo él, y sonrió de una forma encantadora—. No te preocupes, yo me encargo de que no te caigas de culo. Vamos, siéntate.

Ella obedeció y se sentó en el banco de madera. Él le quitó las sandalias de tacón y le acarició un momento los pies a través de las medias. Después, la ayudó a ponerse uno de los patines.

—Me aprieta —dijo ella.

—Es de un chico de doce años. Aquí no hay patines de patinaje artístico, así que tienes que arreglártelas.

Le ató los patines y se sentó a su lado. Se quitó los zapatos brillantes de vestir y se puso sus propios patines, que había sacado de su taquilla del vestuario. Sonrió al verla tambalearse cuando se pusieron de pie. Iba muy a la moda con aquel vestido plateado y los patines de hockey. Ella extendió los brazos para tratar de guardar el equilibrio.

—Me voy a caer —dijo.

—Te he dicho que no voy a permitir que suceda eso.

Él dio dos pasos hacia delante y abrió la puerta de madera. Como el jugador de hockey profesional que era, se deslizó por el hielo sin esfuerzo y patinó hacia atrás durante un momento, mientras ella permanecía junto a la puerta.

—Presumido —murmuró.

Él se rio y se acercó con la mano extendida.

Ella observó sus dedos largos y encallecidos y tuvo el deseo de aferrarse a ellos y no soltarse nunca. Sin embargo, otra parte de su ser estaba indecisa.

Cuando lo había elegido en el bar, no se imaginaba que lo vería de nuevo después de aquella noche, ni que volvería a acostarse con él. Ni que podría empezar a gustarle. Sin embargo, sí le gustaba. Por mucho que quisiera seguir viéndolo como una aventura pasajera, se estaba volviendo demasiado real para ella, tanto que le resultaba inquietante.

Él la había escuchado cuando se había puesto a hablar sobre el arte, había dejado que llorara en su hombro, la había llevado a aquella pista de patinaje oscura para intentar que olvidara sus preocupaciones.

—Vamos, no voy a dejar que te caigas —le dijo.

Ella asintió y se agarró de su mano. En cuanto las hojas de los patines pasaron al hielo, estuvo a punto de resbalarse y movió los brazos como si fuera un molino de viento. Brody la enderezó rápidamente, sonriendo.

—Vaya, vaya. Esto no se te da muy bien, ¿eh?

—Te lo dije —respondió ella con indignación—. Puedes pedirme que te dé una conferencia sobre el arte impresionista, pero ¿patinar? Soy un desastre.

—Porque estás intentando andar, en vez de deslizarte —le dijo él, y le sujetó la cintura con las dos manos—. Deja de hacer eso. Toma mi mano y haz lo mismo que yo.

Volvieron a avanzar lentamente. Mientras que él se movía sin esfuerzo, ella daba pasos torpes; cada pocos metros, las puntas de los patines se le clavaban en el hielo y daba un bandazo hacia delante, pero Brody cumplió su palabra e impidió que se cayera.

—Ya vas mejor —le dijo—. Estás dando con el truco.

Ella sonrió sin poder evitarlo. Cuando siguió su consejo y empezó a deslizarse, sus movimientos se hicieron más suaves. Se sintió mareada cuando aumentaron la velocidad al avanzar por el hielo. Las tablas, los bancos, las gradas... todo pasaba zumbando, y el aire fresco le enrojeció las mejillas. A pesar de que se le puso la piel de gallina, porque llevaba los brazos desnudos, no le importó la baja temperatura. El frío del aire la calmó y le despejó la mente.

Miró de reojo a Brody y vio que él estaba disfrutando. Dios, estaba impresionante con el esmoquin. La chaqueta se le estiraba sobre los hombros anchos y el pecho poderoso. Cuando notó que tenía la pajarita un poco torcida, resistió el deseo de extender la mano y enderezarla. No quería mover los brazos y correr el riesgo de caerse, así que se agarró con fuerza a sus dedos.

Él miró sus dedos entrelazados y su boca se separó ligeramente, como si quisiera hablar pero la cautela se lo impidiera. Hayden sabía exactamente lo que tenía en mente, porque era lo mismo que estaba pensando ella. Realmente, aquel chico le gustaba mucho.

Era arrogante, sí. A veces, insistente. Pero también la excitaba de la manera más feroz y, cada vez que le clavaba aquellos ojos azules del color de la medianoche, cada vez que la envolvía con aquellos brazos fuertes, ella se derretía.

Redujeron la velocidad y Hayden se obligó a alejar su pensamiento del peligroso territorio en el que se había adentrado, e intentó dar con un tema de conversación neutral. Uno que no le hiciera pensar en Brody desnudo y excitado mientras devoraba su cuerpo con la lengua. Llevaba dudando de su aventura desde el viernes por la noche pero, en aquel momento, estaba cuestionando sus dudas sobre la aventura.

—¿Cuándo empezaste a jugar? —le preguntó, finalmente, decidiendo que su carrera era un tema tan seguro como cualquier otro.

—Prácticamente, en cuanto empecé a andar, aprendí también a patinar. Mi padre solía llevarme a una pista al aire libre que hay cerca de nuestra casa de Michigan —dijo él, y se rio entre dientes—. Bueno, no es exactamente una pista. Es un estanque que se congela en invierno. Mis padres no podían pagar la cuota de una pista de verdad, así que yo practicaba mis tiros en ese estanque mientras mi padre se quedaba sentado en una silla plegable en medio de la nieve y leía revistas de coches.

—¿Jugaste en algún equipo de la escuela?

—¿En qué equipo no jugué? —preguntó él, irónicamente. Dejó caer la mano y comenzó a patinar en círculos a su alrededor—. En el instituto jugaba al hockey, al rugby y al béisbol en primavera. Ah, y estuve en el equipo de lacrosse hasta que los entrenamientos comenzaron a solaparse con mi programa de hockey.

—Ah, lo entiendo. Entonces tú eras uno de esos. Seguro que te votaron como «El estudiante con más posibilidades de convertirse en atleta profesional» para el anuario de tu instituto.

—En realidad, sí.

Brody le contó un poco sobre sus primeros años en la liga, luego la hizo reír con algunas anécdotas sobre sus padres y lo muy orgullosos que se sentían de él. A veces, su voz tenía un tono de tristeza que daba a entender que su infancia había sido más dura de lo que él dejaba entrever, pero ella no se entrometió. Recordaba que él le había dicho que el dinero escaseaba en su familia y, obviamente, era algo de lo que no le gustaría hablar.

Unos minutos más tarde, ella tuvo un calambre en la pierna y se tambaleó. Se detuvo y se apoyó en la valla de madera astillada, y se frotó la parte posterior del muslo. En la costa oeste salía a correr todas las mañanas antes de ir a la universidad, pero era obvio que no estaba en tan buena forma física como creía. Le dolían las piernas y solo habían estado patinando veinte minutos.

—¿Quieres hacer un descanso? —le preguntó Brody.

—Sí, por favor.

Salieron de la pista de hielo y subieron a las gradas.

Brody era un experto a la hora de caminar sobre patines, pero ella no tenía tanta suerte. Estuvo a punto de caerse hacia adelante media docena de veces antes de poder sentarse en un banco. Exhaló un suspiro de alivio.

—Creo que tengo una contractura en el trasero —dijo, refunfuñando.

—¿Quieres que te libre de esos problemas?

Ella suspiró. Ojalá su voz no tuviera aquella nota ronca de promesa erótica, demonios. No podía acostarse con él. Después de cómo había terminado su conversación el viernes por la noche, seguir con la aventura no era buena idea.

Brody debió de notar su preocupación y dejó escapar un suspiro entrecortado.

—Siento lo de la otra noche. Me pasé de la raya y me disculpo.

Ella no respondió, solo asintió.

—Sé que soy bruto. Exigente. Me gusta salirme con la mía y, claramente, no soy el tipo de hombre que se conforma con un papel secundario.

Levantó la mano antes de que ella pudiera intervenir.

—No debería haberte molestado, ya sabes, con lo de Doug... —dijo, pronunciando el nombre como si fuera el de una enfermedad contagiosa—. Pero, demonios, Hayden, me vuelve loco saber que hay alguien más en tu vida. No estoy acostumbrado a compartir.

—No estás compartiendo. Doug y yo estamos en un periodo de descanso.

—Hay una gran diferencia entre eso y una ruptura —dijo Brody, frunciendo el ceño—. ¿Crees que volverás con él?

—No sé.

Sin embargo, en el fondo sabía perfectamente cuál era la respuesta a esa pregunta y, seguramente, a Doug no iba a gustarle. Pero ella no podía hablar de eso en aquel momento. No quería hablar de eso con Brody.

Él no se quedó muy contento con la respuesta, pero, en vez de presionarla, como había hecho el viernes, se limitó a asentir.

—Supongo que, entonces, tendré que vivir con ello. Y soy capaz de vivir con ello, sobre todo si puedo pasar más tiempo contigo.

—Pero ¿por qué? ¿Qué ves en mí para estar tan seguro de que quieres continuar con esto?

—¿Que qué veo en ti? —preguntó él, y se le acercó aún más—. ¿Quieres una lista? Pues te la hago. Voy a pasar por alto lo guapa que eres, porque eso es algo superficial.

—No me molesta lo superficial.

Él se echó a reír.

—De acuerdo, entonces, ¿te gustaría que empezara por tus ojos verdes, que me tienen alucinado desde que te acercaste la primera noche a la mesa de billar?

Ella se mordió el labio.

—Está bien.

—¿O empiezo con este pelo castaño y suave? Siempre tengo ganas de acariciártelo —dijo él, y bajó la mirada—. ¿O esos pechos de los que no me canso nunca?

Los dedos que habían estado jugueteando con su pelo bajaron poco a poco hasta sus pezones, que ya estaban apretados contra la tela de su vestido. A ella se le aceleró el pulso. Notó que toda la piel se le calentaba bajo sus caricias.

—¿O a lo mejor debería empezar por esos labios que me ruegan que los bese?

Pasó el dedo pulgar por su labio inferior. Ella abrió ligeramente la boca, con los párpados a medio cerrar. Por suerte, estaba sentada, porque no creía que pudiera mantenerse en pie en aquel estado tan débil. Aquel hombre tenía mucha labia.

—Cualquiera de esas cosas está bien —dijo.

Él le tomó la cara con las manos.

—Y además, tienes una inteligencia que irradia de ti. ¿Nunca te he dicho que las mujeres listas me excitan un montón? —le preguntó, mientras le acariciaba las mejillas, y se inclinó para hablarle en voz baja al oído—. Eres una contradicción andante, nena. Seria y recatada y, al momento siguiente, salvaje y desinhibida. Cuanto más te conozco, más me gustas.

Aquellas palabras caían como un bálsamo sobre su corazón, y sus susurros le provocaban una necesidad que la hacía temblar.

—Cuando me fui del ático la otra noche, no me dejaste que te besara —le dijo él, con los labios a pocos centímetros de los de ella—. Me prometí a mí mismo que no iba a besarte otra vez a menos que me lo pidieras.

Ella tomó aire. El deseo se estaba acumulando entre sus piernas y la carne le palpitaba salvajemente. Entonces, exhaló un suspiro.

—Bésame —le rogó.

Al instante, sus labios la tocaron y le transmitieron una corriente de calor parecida a la de un trago de buen brandy. Ella posó una mano en su mejilla y se deleitó con la sensación que le produjo su barba incipiente. Y, a pesar de su ternura, la dureza de su pecho y la aspereza de su mejilla le recordaron que él era muy masculino.

Brody gimió suavemente e hizo que el beso se volviera más profundo. Ella separó los labios y le invitó a explorar. Quería que la abrazara. El comportamiento de su padre aquella noche la había asustado y dolido, pero el beso de Brody hizo que se olvidara de todo salvo de aquel momento. Deslizó la mano por su nuca y le acarició el pelo. Cada vez que sus lenguas se tocaban, él emitía un sonido bajo y áspero que salía de lo más profundo de su garganta.

Brody le acarició suavemente los lados de los pechos con los dedos pulgares, y sus caricias le enviaban descargas de sensaciones a todo su cuerpo. Nunca había sido tan suave con ella, y eso era un cambio muy grande comparado con sus besos embriagadores y duros y sus manos ansiosas. Y, por mucho que ella estuviera disfrutando de aquel beso, quería más.

Bajó la mano hasta el bulto de sus pantalones, pero él la apartó e interrumpió el beso. Por un momento, ella no pudo abrir los ojos ni cerrar la boca. Se quedó así suspendida, con el cuerpo tintineando por sus caricias. Al abrir lentamente los párpados, vio la necesidad intensa y brillante en sus ojos. Una necesidad que coincidía con la suya.

—Cierra los ojos —murmuró él.

—¿Por qué?

—Tú hazlo.

Ella cerró los ojos con curiosidad y oyó un crujido. Notó que Brody se inclinaba hacia delante, y se le escapó un jadeo al sentir que le agarraba el tobillo.

—No te muevas —susurró él.

Ella tragó saliva. Esperó. Suspiró al notar que él ascendía por su pierna y metía la mano por debajo de su vestido de camino hacia arriba. Aquello la inundó de calor, hizo que se le acelerara el pulso. Él deslizó los dedos por la parte interna de su muslo y dejó un rastro de fuego en su piel. Y, después, presionó con la palma de la mano sus bragas de encaje.

—¿Qué estás haciendo? —preguntó ella, entre suspiros.

—Desestresarte.

De repente, él le lamió el lóbulo de la oreja y lo succionó. A ella se le escapó una risita mientras abría los ojos.

—Pero ¿qué es lo que te pasa, que siempre necesitas tocarme en lugares públicos?

Él le frotó el sexo con la palma de la mano y le susurró:

—¿Quieres que pare?

—No, por el amor de Dios.

—Bien.

Deslizó la mano por debajo de sus bragas y metió un dedo en su cuerpo. Hayden dio un jadeo al notar una descarga de placer que le recorrió la columna.

—Siempre estás preparada. Ceñida, húmeda —murmuró él.

La besó y comenzó a mover la lengua al mismo ritmo de sus caricias largas, profundas, lentas. Cuando ella empezó a balancear la parte inferior del cuerpo contra su mano, a él se le escapó un gruñido.

—Mierda. Quiero ponerme de rodillas y lamerte.

Ella se entusiasmó.

—¿Y qué te lo impide? —preguntó, con la voz enronquecida.

—Sería muy difícil de explicar si entrara Bob.

Lentamente, él retiró el dedo y le besó la mandíbula.

—Esto —dijo, mientras volvía a meter el dedo en su cuerpo— es más fácil de disimular.

A Hayden le temblaban los muslos. Se retorció contra su mano entre pinchazos de placer.

—Vamos, haz ese ruidito tuyo —le dijo él, besándole el cuello.

Ella sabía a qué ruido se refería, porque decía que era su ruido favorito. El gemido que emitía al llegar al orgasmo. Y Brody Croft era extremadamente hábil a la hora de provocarlo. Deslizó otro dedo en su cuerpo y la besó, murmurando súplicas de aliento contra sus labios, y le presionó el clítoris con el dedo pulgar hasta que ella explotó. Gritó contra su boca y se apretó contra sus dedos. Su mente se convirtió en papilla mientras su cuerpo se deshacía en convulsiones de placer.

Cuando, por fin, volvió a la realidad, se encontró a Brody mirándola con una ternura sorprendente.

—Eres preciosa —le dijo, retirando los dedos.

Después, le colocó el vestido.

A ella se le encogió el corazón. Abrió la boca para agradecerle el cumplido y el orgasmo, el hombro en el que se había apoyado, pero él no le dio la oportunidad de hacerlo.

—¿Me vas a dejar ir a casa esta noche contigo? —le preguntó, con la voz enronquecida. Al ver que ella vacilaba, dijo, apresuradamente—: No pasa nada si no quieres. Solo quería preguntarlo.

Era tan educado, tan cuidadoso... A pesar de que ella sabía, por el calor de su mirada y su respiración entrecortada, que se moriría si le dijera que no.

—Si fuéramos al ático —le dijo ella—, ¿qué haríamos, exactamente?

A él se le encendió un brillo en los ojos. Bajó la voz y respondió:

—Bueno, me he fijado en que hay una ducha con alcachofa de mano en el baño principal.

Ella estalló en carcajadas.

—¿Tienes la costumbre de fisgar en las duchas de otras personas cuando vas al baño?

—¿Y quién no?

Capítulo 20

Brody: Me muero por verte esta noche.

Hayden notó un calor en las mejillas al leer el mensaje de Brody. Se alegró de estar sola para que nadie viera cómo se había sonrojado. Cuando su padre le había dicho que enviaría un coche para llevarla al evento de recaudación de fondos, ella había pensado que se refería a un coche normal. En cambio, iba sola en una limusina, lo cual era un poco excesivo, pero no una sorpresa. Y le proporcionaba toda la privacidad que necesitaba para enviar mensajes a Brody, como había estado haciendo durante los últimos cinco días.

Él se había ido a Colorado la mañana siguiente a la fiesta del Gallagher y llevaba allí toda la semana, así que aquella noche sería su primera oportunidad de volver a verlo. Ella también estaba impaciente. La única pega era que tenía que ser en otro de los eventos de equipo de su padre.

Hayden: No olvides que, supuestamente, no nos conocemos. Yo también voy a tenerlo presente...

Brody: Te he echado de menos.

«No le digas que tú también», le ordenó una voz severa.

Corresponder a aquello no era inteligente. Lo suyo solo era una aventura. Se suponía que alguien no echaría tanto de menos a un hombre con quien tenía una aventura pasajera como ella había echado de menos a Brody aquella semana.

Hayden: Yo también.

Oh, Dios. Las cosas no iban bien. Tenía que controlarse para no terminar enamorándose de él.

La limusina se detuvo y ella se miró al espejo para retocarse por última vez el carmín rojo de los labios. Era el toque de color perfecto para complementar su vestido negro y ceñido.

—Hemos llegado a nuestro destino, señorita —dijo el conductor y, un momento después, le abrió la puerta.

Ella salió y contempló el hermoso lugar, cuya entrada estaba rodeada de columnas de mármol. Vaya. No recordaba haber visto un edificio con tantas ventanas enormes, y su mirada artística admiró al instante la forma en que las luces del interior iluminaban suavemente el exterior blanco. Por primera vez, desde hacía mucho tiempo, sintió la necesidad de pintar. Eso la dejó asombrada.

Una mujer con un traje pantalón azul marino la recibió en la entrada. No llevaba abrigo, así que no tenía nada que entregarle, y la mujer le indicó directamente el camino hacia el lujoso vestíbulo.

Se ajustó el vestido al entrar al gran salón donde se celebraba la gala benéfica. Se oían el rumor de las conversaciones y el tintineo de las copas. Las miradas se dirigieron a ella y siguieron sus movimientos tal y como solía ocurrir en aquel tipo de eventos, puesto que era la hija del dueño del equipo.

Dios, qué cansada estaba de todo aquello. De haber sabido cómo iba a ser aquella temporada en casa, habría aceptado impartir el curso de verano sobre el impresionismo que le habían ofrecido en la universidad. En las tres semanas que llevaba en Chicago, apenas había visto a su padre. A menos que hubiera otra fiesta elegante, en cuyo caso, él demandaba su compañía.

—¡Cariño!

Su padre estaba cerca del bar, con un grupo de colegas, y se le iluminó la cara al verla. Ella se preguntó, sin poder evitarlo, si no estaría fingiendo aquella reacción. La semana anterior no estaba muy contento en su presencia durante la fiesta en el Club Gallagher. Desde entonces, ella había intentado hacer planes con él, pero su padre había cancelado las dos citas para comer con la excusa de que estaba muy ocupado con las eliminatorias.

Cuanto más pasaba el tiempo, menos esperanzas tenía de recuperar el vínculo con su padre.

Respiró profundamente y se acercó a él con una sonrisa forzada.

—Hola, papá —le dijo, tratando de que el saludo fuera afable.

—¡Ah, Hayden! Llegas en el momento perfecto. Voy a presentarte a Rita —respondió él, y señaló a una de las mujeres del pequeño grupo—. Rita es la presidenta de la fundación para la que vamos a recaudar fondos esta noche.

Después de siete años siendo la hija del dueño de un equipo, había perfeccionado el arte de la charla social. Durante los veinte minutos siguientes intercambió bromas y participó en conversaciones insulsas mientras jugueteaba con el pie de su copa de champán y miraba disimuladamente a su padre, que estaba más ocupado con sus colegas que con ella.

Estaba charlando con Stan Gray, el entrenador jefe

de los Warriors, cuando el ambiente del salón cambió sutilmente. Tal vez fuera por los murmullos de otro grupo que había a su derecha, formado por varias mujeres de unos veinte años, pero Hayden miró hacia el arco de la entrada sin poder evitarlo.

Brody acababa de entrar. Su presencia era magnética. Llevaba un elegante traje gris que destacaba las formas duras de su cuerpo. Era más alto que todos los hombres que había cerca de él. Miró a su alrededor por el salón, y a ella se le aceleró el corazón cuando sus miradas se encontraron.

—Ah —dijo su padre al ver a Brody—. Ahí están Croft y Jones.

Alzó una mano para llamar su atención y, un momento después, Brody estaba delante de ella. De nuevo, la miró. Los ojos azules le brillaban de picardía.

—Hayden, ¿verdad? —le preguntó.

Ella asintió.

—Sí. Y tú eres... ¿Brady?

—Brody —la corrigió él, con cara de diversión—. Me alegro de volver a verte.

El compañero de equipo de Brody, Derek Jones, se presentó a sí mismo y se quedó mirando a Hayden sin poder apartar los ojos de su escote.

—¿Es usted la hija del señor Houston? —preguntó.

—Sí. ¿Y tú eres uno de los nuevos de esta temporada?

—Sí, y lo estoy bordando —dijo él, con una sonrisa juvenil que hizo que ella sonriera también.

—Me alegro de saberlo —respondió Hayden, dándole unas palmaditas en el brazo. Vaya, tenía unos bíceps más grandes que su muslo.

La conversación continuó, pero a Hayden le costó concentrarse con Brody a su lado. ¿Por qué tenía que oler tan bien?

—Brody, ¿podemos hacer unas fotografías rápidas? —le gritaron los fotógrafos del evento.

Brody los miró.

—Por supuesto —dijo, y se giró hacia Hayden y los demás—. Disculpen —añadió—, solo será un momento.

La fotografía rápida se convirtió en una sesión de más de diez minutos, incluyendo un posado con una modelo de trajes de baño que estaba presente. La chica era alta y rubia, y tenía unos pechos enormes que destacaban aún más por el marcado escote en forma de uve de su vestido rojo. Brody y ella eran terriblemente atractivos y formaban buena pareja. Hayden se puso rígida al pensarlo.

Obligó a sus músculos a relajarse. No. Se negaba a sentir celos. ¿Qué pasaba porque él estuviera rodeando con el brazo a una hermosa modelo? No era su novio.

Cuando volvió, Brody la sorprendió tendiéndole la mano. Le habló en un tono amable.

—¿Te apetecería bailar? —preguntó, señalando la pista reluciente que había en el centro del salón.

—Oh —musitó ella, consciente de que su padre los estaba observando atentamente—. Eh... claro.

Mientras se alejaban del grupo e iban hacia la pista, mantuvieron una distancia de más de un metro entre ellos. Hayden notaba que su padre los miraba con desaprobación. Brody no se dio por enterado.

—Compórtate —le advirtió ella, en voz baja.

Él le tendió la mano.

—¿Y qué tiene eso de divertido?

Ella sonrió. Después, le tomó la mano y le puso la suya sobre el hombro. Él posó la palma suavemente en su cadera y la acercó a su cuerpo. Bajó la cabeza y le dijo al oído:

—¿Crees que ellos se dan cuenta de que te quiero follar hasta dejarte sin sentido ahora mismo?

—Ay, Dios mío. No digas esas cosas.

—¿Por qué? ¿Te excita?

—Obviamente —siseó ella, y él se echó a reír.

Hayden suspiro y trazó círculos con los dedos en su espalda. Aunque la iluminación era tenue y eso les proporcionaba cierta privacidad, tuvo precaución debido a los ojos de los reporteros y de los curiosos.

—A propósito, no creas que no me he dado cuenta —dijo él, en un tono de diversión.

—¿De qué?

—De cómo nos estabas mirando a Bella Dawson y a mí —respondió él, con una ceja enarcada—. Estás muy mona cuando te pones celosa, profesora.

—No estaba celosa —refunfuñó ella.

—Mentirosa.

—Ja. Creo que tú quieres que esté celosa. Por tu ego.

—¿Quieres saber lo que creo yo?

—Aunque dijese que no, estoy segura de que ibas a contármelo.

—Por supuesto —dijo él. La hizo girar y, después, volvió a rodearle la cintura con el brazo—. Creo que... —dio otro giro— deberías reunirte conmigo en el armario de la limpieza que hay al lado del guardarropa dentro de... ¿diez minutos, digamos?

Hayden entrecerró los ojos.

—¿Cómo sabes que ahí hay un armario de la limpieza?

—¿Cómo crees tú que lo sé? Pues porque he investigado.

Ella se echó a reír, pero, al ver su forma de mirarla, la diversión se transformó en una oleada de deseo.

—Oh, lo dices en serio.

—Totalmente —dijo él, con una mirada que era prácticamente como la lava—. Llevo toda la semana sin verte. Necesito estar contigo.

—¿Y no puedes esperar hasta más tarde?

—¿Tú puedes?

Su mirada hambrienta la recorrió y ella sintió otra ráfaga de deseo. El dolor que sentía entre las piernas se agudizó. Los pezones se le endurecieron contra el corpiño del vestido y Brody, por supuesto, se dio cuenta al instante.

—Mierda. Te veo los pezones —dijo, con un gruñido—. ¿Diez minutos?

Hayden sabía que tenía que decir que no. Estaban en un evento de los Warriors y su padre se iba a dar cuenta de que se ausentaba... No. Su padre estaba tan absorto consigo mismo y con el equipo que no se enteraría aunque ella se fuera de la fiesta y no volviera.

—Diez minutos —respondió.

Él sonrió y la soltó. Se marcharon en distintas direcciones. Ella volvió con el grupo de su padre y él se dirigió hacia un grupo de jugadores.

Hayden se dio cuenta de que uno de ellos se quedaba mirándola. Era un hombre alto de pelo oscuro. No recordaba su nombre, pero se apellidaba Becker. Y a ella le pareció que fruncía el ceño cuando sus miradas se cruzaron brevemente.

Aquellos diez minutos pasaron con una lentitud insoportable. Hayden tenía el pulso acelerado y estaba deseando salir corriendo hacia el guardarropa de la entrada. Se contuvo hasta que llegó el momento y, ligeramente, le tocó el brazo a su padre.

—Necesito ir al baño. Ahora mismo vuelvo.

En vez de ir al pasillo que llevaba a los aseos, torció la esquina y se dirigió al guardarropa. Tenía el corazón acelerado y, cuando encontró el armario de la limpieza, se le había desbocado por completo. Miró a su alrededor por el pasillo para cerciorarse de que nadie la veía y entró al reducido espacio.

Un segundo más tarde, una boca cálida y codiciosa encontró la suya en medio de la oscuridad. Se le escapó un jadeo de sorpresa, pero no pudo resistirse a Brody Croft. Al instante, le estaba devolviendo el beso. Él tenía un sabor a ginebra y a menta y olía de manera celestial, a especias, a masculinidad. Era adictivo.

—Echa el pestillo de la puerta —murmuró contra sus labios.

Él la apoyó contra la puerta mientras jugueteaba con la cerradura y, al mismo tiempo, le agarraba el dobladillo del vestido y lo arrastraba hacia arriba.

Hayden se estremeció cuando sus piernas quedaron expuestas al aire. Inhaló profundamente y percibió el ligero olor a productos de limpieza y el aroma embriagador del hombre que estaba decidido a volverla loca.

—Tenemos que ser rápidos —susurró.

Él deslizó la mano entre sus muslos.

—Puedo ser rápido.

La besó de nuevo, le quitó las bragas y se las metió en el bolsillo antes de bajarse la cremallera.

—¿Cómo quieres que me ponga? —preguntó ella, con la voz temblorosa de lujuria.

—Qué obediente —dijo él. Con una risa suave, la agarró por la cintura y la giró para que estuviera de espaldas a él—. Manos en la pared.

Ella apoyó las palmas de las manos contra los fríos bloques de cemento y se echó a temblar cuando sintió que la tela de su vestido se amontonaba en su cintura. Su trasero desnudo quedó expuesto y Brody se lo acarició al instante.

—Me gustaría poder tomarme mi tiempo contigo —murmuró.

A ella también. Pero resultaba algo emocionante saber que tenían que ser rápidos, que alguien podría estar pasando por delante de aquella puerta en aquel mismo momento.

—No dejes de tocarme —le suplicó, al notar que su mano desaparecía.

—Solo estaba poniéndome un condón.

Solo la hizo esperar cinco o seis segundos, pero cuando llevó su miembro hasta su dolorido sexo, ella estaba casi sudando de impaciencia. Al sentir su punta presionando su abertura, gimió de nuevo. De repente, la boca de Brody estaba junto a su oreja.

—Vas a tener que estar callada.

—Eso es imposible.

—Inténtalo.

Ella lo intentó de verdad, pero, cuando Brody se hundió en su cuerpo sin previo aviso, no pudo evitar que se le escapara un gemido ronco. Riéndose, Brody inmovilizó sus caderas y le tapó la boca con la palma de la mano.

—Gime contra esto —le susurró.

Y ella lo hizo. Sus gemidos entrecortados y ahogados le calentaron la palma de la mano mientras acometía contra su cuerpo con movimientos rápidos y profundos. Ella nunca había hecho algo así. Era peligroso y rozaba la estupidez, pero también era tan excitante que no podía evitar empujar el trasero contra Brody, tratando de atraparlo tan profundamente como fuera posible. La sensación que le producía tenerlo dentro del cuerpo era increíblemente buena. Se adaptaban a la perfección, y él también debía de saberlo, porque bajó la barbilla hasta su hombro y le dijo al oído, gruñendo:

—Encajamos tan bien, Hayden. Nunca tengo suficiente contigo.

Ella tampoco se sentía saciada por mucho que estuviera con él. Notaba el clítoris apretado e hinchado y metió la mano entre las piernas para acariciarse. Brody lo notó y gimió suavemente.

—Dios, sí... Acércate más y más... Quiero sentir cómo me aprietas cuando te corras.

No pasó mucho tiempo antes de que ella llegara allí. Con los dedos de Brody clavados en la cadera izquierda y su miembro profundamente hundido en ella, todo su cuerpo se tensó mientras el orgasmo la recorría de pies a cabeza. Tuvo que contenerse para no gritar. Mordió un lado de la mano de Brody y él soltó una maldición y la embistió con más fuerza.

—Ya llego, nena —murmuró, y ella se apretó a su alrededor, sabiendo que, así, su orgasmo sería más intenso.

Ambos respiraban con dificultad mientras se recuperaban. Él salió de su cuerpo y ella lo vio deshacerse del preservativo tirándolo en un cubo de basura cercano. Después, él tomó unas cuantas toallas de papel de uno de los estantes de metal y se las dio.

El papel era áspero y ella hizo una mueca mientras se secaba, pero no podía salir con manchas húmedas por todo el vestido. Rápidamente alisó el dobladillo y se recompuso. Notó que Brody le sonreía.

—¿Qué? —preguntó ella.

—Eres la mujer más sexy del planeta.

Hayden se ruborizó.

—No tanto.

—Totalmente —dijo él. Le colocó un mechón de pelo detrás de la oreja y se inclinó para besarla—. La más sexy.

A ella se le aceleró el pulso. La habían elogiado muchas veces, pero el aprecio que brillaba en los ojos azules de Brody le causó un impacto distinto. Le encantaba cómo la miraba aquel hombre y el hecho de ser capaz de excitarlo tanto sin hacer nada en absoluto.

—Yo saldré primero —le dijo, mientras abría la puerta—. ¿Esperas un par de minutos antes de seguirme?

Él asintió.

—Buen plan.

Ella se humedeció los labios secos, giró el pomo poco a poco. Abrió la puerta, tratando de ver si había alguien cerca. No podía ver mucho, pero no se oían voces por el pasillo, así que decidió arriesgarse. Estaba cerrando la puerta a su espalda cuando alguien dobló la esquina. Era Becker, el compañero de equipo de Brody.

Hayden se quedó paralizada, pero se recuperó rápidamente. Nunca los habían presentado, así que se limitó a asentir a modo de saludo. Él le devolvió el gesto, pero su mirada severa no dejaba lugar a dudas. Miró más allá de ella, hacia la palabra «Limpieza» que estaba escrita en la puerta por la que acababa de salir, y luego desvió su fría mirada de nuevo hacia ella.

Hayden tragó saliva y alzó los hombros, fingiendo que no pasaba nada. Acababa de salir del almacén de productos de limpieza... Vaya cosa. Con una sonrisa, murmuró un suave «Hola» y pasó junto a él para seguir hacia el salón. Sin embargo, podía sentir su mirada de desaprobación en la espalda mientras se alejaba.

Capítulo 21

Colorado no iba a ganar aquella noche.

No. Nada de eso.

Brody repitió ese mantra en su cabeza mientras se vestía para el quinto partido de la serie. En aquel momento, los resultados eran de 3-1. Si Colorado ganaba aquella noche, los Warriors quedarían fuera de la eliminatoria.

Por suerte, Colorado no iba a ganar.

La multitud rugió de un modo ensordecedor cuando Brody saltó del banco y pisó el hielo para jugar su primer turno de la noche. Sintió que el frío de la pista atravesaba su uniforme. Era hora de jugar, y notó la adrenalina bombeando a través de su venas. Estaba en su elemento.

Se colocó junto a Wyatt, que estaba en el centro, y a Jones, en el ala derecha. Unos segundos más tarde, el disco cayó al hielo y se desató la carrera para hacerse con el control. El central contrario se lanzó hacia Wyatt y alejó el disco de su palo. El disco se desvió hacia un lado y Brody metió su palo y empujó con todas sus fuerzas. En un estallido de poder, se hizo con la posesión, neutralizó a su oponente y le lanzó el disco a Jones, que despegó como un cohete.

Las voces del estadio se convirtieron en un zumbido distante cuando la primera línea de los Warriors se
abrió paso entre sus contrincantes, enviando el disco
hacia adelante y hacia atrás con una precisión milimé-
trica. Parecía que la pista se reducía a medida que
Brody se acercaba a la zona del equipo contrario. Los
gritos ahogados y los aplausos de la multitud fueron
los únicos recordatorios del mundo fuera de las mam-
paras de plexiglás. En aquel momento, él estaba en
otra parte, totalmente concentrado en un objetivo:
marcar. Porque ser el primero en marcar gol estable-
cería la pauta para el resto del partido.

Sin embargo, el defensa contrario no iba a permitir
que él pasara fácilmente. Se abalanzó, con el palo ade-
lantado, intentando interrumpir el ataque de Brody.
Él le devolvió el disco a Wyatt, pero su capitán no tuvo
la menor oportunidad. Mientras le daba codazos al
idiota de Colorado, que seguía golpeándolo, Brody vio
que Wyatt le devolvía el disco a través de un bosque de
piernas y patines. El disco conectó con su palo y, durante un breve momento, pareció que el tiempo se
ralentizaba. Pudo ver las aberturas, los ángulos, el po-
sicionamiento del portero.

Terminó su evaluación y disparó un tiro abrasador.
El disco voló por el aire buscando el fondo de la red
como un misil. El portero reaccionó, pero ya era demasiado tarde.

Gol.

El estadio explotó. Vítores de los hinchas de los
Warriors y gemidos y abucheos por parte de los hinchas de Colorado. Brody casi no tuvo tiempo de disfrutar de la euforia del tanto, porque el entrenador Gray
pidió un cambio y él volvió corriendo al banquillo de
los Warriors.

—¡Eres una maldita bestia, Croft! —cantó Levy, golpeándolo en el brazo.

—Bien hecho —dijo su entrenador, con un gesto de aprobación, antes de volver su atención al partido.

Aparte de algunos golpes de felicitación y aplausos de los demás ocupantes del banquillo, no hubo más tiempo para disfrutar del momento. El partido continuó.

Tragó un poco de agua, con el pecho agitado y el corazón acelerado. Apenas estuvo allí un minuto cuando llegó el momento de jugar otro turno.

El hockey durante las eliminatorias era muy intenso. Más rapidez, más precisión, más presión. El ritmo era implacable. El disco se movía como un relámpago y los golpes eran aplastantes. Colorado no estaba dispuesto a quedarse atrás, pero Brody no permitiría que fuese de otro modo. Cada turno fue una prueba de voluntad.

Cuando sonó el último pitido y los Warriors consiguieron la victoria, Brody se sintió como si hubiera estado luchando en la guerra. No había salido indemne del partido; tenía el hombro dolorido por culpa de un *cross-chek* mortal en el tercer tiempo. Aun así, prácticamente estaba flotando mientras iba con sus compañeros de equipo al vestuario.

—¡Así es como lo hacemos! —gritó Jones, saltando sobre el banco mientras celebraba la victoria.

—Todavía no hemos salido de esta —intervino su compañero de equipo, Cody. Tenía el rostro sonrojado y los ojos brillaban de satisfacción.

No, no estaba todo atado. Pero el próximo partido sería en casa, lo que les daba una sólida posibilidad de empatar. Eso significaba que el séptimo partido volvería a ser en Colorado, pero, demonios, primero necesitaban llegar al séptimo partido.

Brody fue a las duchas y, después, volvió a su taquilla para comprobar si tenía mensajes. No pudo contener la sonrisa cuando vio que tenía un mensaje de texto de Hayden, que le felicitaba por la victoria. Rápidamente, le respondió.

Brody: Gracias, profesora. Significa mucho.

Su sonrisa aumentó cuando ella comenzó a escribir inmediatamente.

Hayden: ¡Te dije que dejaras de llamarme así!

Brody: ¿Por qué? Es excitante.

Hayden: ¿Cómo es que ser profesora es excitante?

Brody: Cariño, todos los chicos han fantaseado con su profesora en un momento de su vida. Créeme, es excitante.

Hayden: En ese caso, ¿quieres que me ponga unos pantalones? ¿Y una chaqueta cuando te vea mañana?

Brody: Joder, sí.

Hayden: Quizás también pueda recogerme el pelo en un moño apretado...

Brody: No estoy solo, deja de excitarme.

Se puso la chaqueta del traje, algo obligatorio en los partidos fuera de casa y, especialmente, durante las eliminatorias. Después, le escribió otro mensaje.

Brody: ¿Qué te apetece cenar mañana? Puedo llevar comida china.

Hayden: ¡Sí, por favor! Y asegúrate de conseguir el estofado de brócoli y berenjena y el chow mein.

Brody: Espero que sepas que esa no es la única berenjena que vas a conseguir.

—¿Acabas de referirte a tu pene como una berenjena? —le preguntó Jones, que estaba a su espalda, y Brody maldijo cuando se dio cuenta de que el novato estaba leyendo por encima de su hombro.

—¡Oye, privacidad! —exclamó y, rápidamente, se metió el teléfono en el bolsillo.

—¿Y quién es Hayley? —inquirió Jones, con una sonrisita.

Brody sintió un enorme alivio por el hecho de que Jones hubiera leído mal el nombre de Hayden.

—Hayley no es de tu incumbencia —respondió, haciéndole una peineta a su compañero. Por el rabillo del ojo, vio que Becker agitaba la cabeza.

Jones se echó a reír.

—Amigo, eres tan tonto.

—Sí, bueno, a ella le gusta mi trasero aunque sea tonto. A diferencia de las chicas con las que sales tú, que enseguida te dejan plantado.

Su compañero de equipo parpadeó sorprendido.

—Espera, ¿a qué te refieres con eso de «salir»? ¿Desde cuándo sales tú con alguien?

Demonios. ¿Para qué había abierto la boca?

Por suerte, el director del equipo se estaba impacientando y había empezado a mandar a todo el mundo al autobús. Su vuelo no salía hasta el día siguiente por la mañana, temprano, así que el autobús los llevaría de regreso al hotel, donde el equipo había reservado un ala completa de habitaciones.

Brody se detuvo en la suya solo para quitarse el traje y ponerse unos pantalones vaqueros y una camiseta.

Eran las once y media y acababa de jugar un intenso partido de hockey, pero no estaba cansado, así que le envió un mensaje a Becker diciéndole que bajara con él al bar del hotel a tomar una copa.

Llegó primero y encontró el bar desierto, salvo por una figura solitaria que estaba en la barra.

Era Craig Wyatt.

Brody vaciló. Habían pasado semanas desde que había visto a Wyatt susurrando con Sheila Houston, pero todavía no le había preguntado nada al respecto. Sobre todo, porque no parecía que fuera asunto suyo. Brody sabía que él se molestaría mucho si alguno de sus compañeros metiera las narices en su vida amorosa. En realidad, ¿quién diablos era él para enfrentarse a Wyatt y, mucho menos, para juzgarlo?

Sus sospechas de que Wyatt había hablado con la prensa eran lo que lo complicaba todo. Su temor a que Craig Wyatt supiera algo sobre las acusaciones de soborno y amaño de partidos. Su temor aún mayor de que aquellas malditas acusaciones fueran ciertas.

Como si hubiera notado su presencia, Wyatt levantó la cabeza y miró hacia la puerta. Asintió a modo de saludo cuando lo vio.

Brody respondió y le ofreció una rápida sonrisa, que Wyatt no le devolvió. Aquel hombre rara vez sonreía. Incluso aunque aquella noche hubieran ganado, el capitán parecía más sombrío que eufórico. Después de tres años de patinar con él, Brody estaba acostumbrado, pero eso no convertía a Wyatt en alguien más accesible.

—Hola.

Alguien le dio una palmada en el hombro.

Él se giró y miró a Becker.

—Hola.

—¿Quieres que nos sentemos en una mesa? —le preguntó Sam. Hizo un gesto hacia el mar de mesas vacías. Era domingo y casi medianoche, y el bar del hotel era como una ciudad fantasma.

Brody volvió a mirar a Craig.

—¿Crees que debería ir allí?

Al instante, la expresión de Becker se agudizó.

—¿Para qué?

—Todavía no he hablado con él sobre lo que vi.

De repente, recordó que Becker se había ofrecido para hablar con Wyatt.

—¿Alguna vez le preguntaste sobre eso?

Becker negó con la cabeza.

—Lo intenté, pero se cerró en banda. Vamos a sentarnos.

Mientras se sentaban en un par de taburetes, el camarero se acercó para tomarles nota.

—¿Cómo fue la conversación? —preguntó Brody, mirando una vez más a Wyatt.

—Le dije que alguien me había contado que le parecía haberlo visto con la señora Houston, y él me respondió que no tenía nada que decir al respecto. Luego se fue. No quería perseguirlo y acosarlo con más preguntas. Si no quería hablar de Sheila Houston, mucho menos iba a decir algo sobre las acusaciones de soborno. Era obvio que no iba a hablar conmigo, así que lo dejé.

—Pero no lo negó.

—No —dijo Becker, y sonrió al joven que regresó con sus bebidas para darle las gracias. Luego tomó un rápido sorbo de su *whisky*, dejó el vaso y miró a Brody.

—¿Qué?

—¿Podemos hablar de Hayley ahora?

Brody se puso en guardia.

—¿Qué pasa? ¿Ahora usas nombres en clave con ella?

—No, lo único que pasa es que Jones no pudo ver bien mi teléfono. Yo la tengo en mi agenda como Hayden.

Becker apoyó los antebrazos en la mesa y bajó la voz.

—Chaval, sabes que te quiero. Pero tienes que dejar esto, hombre. Te lo dije la semana pasada en el Club Gallagher: no puedes tirarte a la hija del dueño del equipo.

El estado de ánimo de Brody pasó de la cautela a la molestia.

—No solo me la estoy tirando. Estoy saliendo con ella.

Más o menos. Hayden todavía lo consideraba una aventura pasajera. Pero estaba seguro de que ella sentía que las cosas estaban cambiando, de la misma manera que lo sentía él.

—Mierda, eso es aún peor.

—¿Por qué es peor?

Becker suspiró y se pasó una mano por el pelo.

—Nos están investigando a todos en este momento. Y todos tenemos que estar limpios como una patena. Lo de liarse con la hija del dueño del equipo no da buena impresión.

Brody apretó la mandíbula.

—Hayden no tiene nada que ver con su padre ni con las acusaciones que se hagan en su contra.

—Eso no lo sabes. Si lo hizo, tal vez confió en ella. Y tal vez ella confíe en ti y te veas en medio de todo este desastre —dijo Becker, y levantó las manos en un gesto tranquilizador—. Solo te digo esto porque me importas. La percepción importa, especialmente en situaciones como esta. Necesitas tener cuidado hasta que pase todo esto.

Brody apretó la mandíbula con frustración.

—No puedo controlar lo que la gente dice o piensa. Yo no he hecho nada malo y no voy a dejar de ver a Hayden solo porque su padre pudiera ser culpable.

—No se trata solo de ti. Se trata del equipo. Lo que menos necesitamos es más drama y distracciones.

—No hay ningún drama. Hayden y yo estamos siendo discretos. Y ella me gusta muchísimo. ¿Quieres que renuncie a algo real por culpa de una maldita investigación? No voy a hacer eso, Sam.

Su compañero de equipo se quedó sorprendido.

—¿Algo real? —preguntó, con cautela.

—Sí, hombre. Algo real. Ella me hace feliz. Me emociono cuando la veo y la echo de menos cuando no está. Así que no voy a renunciar a eso.

Becker dio un resoplido de frustración y, después, se quedó resignado.

—Mierda. Bien —dijo. Agitó la cabeza, se llevó el vaso a los labios y tomó otro trago de *whisky*—. Pero luego no vengas a llorarme cuando todo te explote en la cara.

Capítulo 22

—¡Lo has conseguido! —exclamó Hayden, sorprendida, al ver acercarse a su padre a la mesa del restaurante, donde ella llevaba esperando un cuarto de hora.

Era el jueves por la mañana, una semana después de que lo hubiera visto en la gala benéfica. Aunque había quedado con él para desayunar en el centro, no creía que apareciese. Había pensado que su secretaria la llamaría para anular la cita en el último momento.

Pero allí estaba, con un traje gris oscuro y perfectamente peinado. Le brillaron los ojos verdes al verla.

—No te sorprendas tanto —le dijo él, bromeando, mientras ella se levantaba de la silla para darle un abrazo.

Presley le besó la coronilla y se sentaron. Eran las ocho y media de la mañana, pero el restaurante estaba lleno. Abría a las siete y media para atender a los profesionales que trabajaban en el centro antes de que empezaran sus jornadas laborales superocupadas y superimportantes. Gente como su padre.

—Estoy sorprendida —admitió ella—. Pensaba que ibas a cancelar la cita.

Él la miró con una expresión de arrepentimiento. Abrió la boca para responder, pero la camarera se acercó para tomarles nota. Él pidió un café y esperó a que estuvieran a solas para hablar.

—Lo siento mucho, cariño, de veras. Cuando te pedí que vinieras a casa, pensaba que tendría más tiempo para estar contigo. Pero la primera ronda de eliminatorias ha sido muy intensa este año y, ahora que estamos en la segunda, la presión va a aumentar.

Ella resistió la tentación de poner los ojos en blanco. Sabía que el trabajo de su padre era importante, pero se comportaba como si él fuera el único motivo del éxito de los Warriors. En parte, era cierto, pero cada vez que alardeaba de ello, se olvidaba de reconocer el mérito de los jugadores. Y ella tenía un sentimiento protector hacia Brody.

Dios, ¿tan obsesionada estaba con aquella aventura? Se suponía que no era nada serio, que solo consistía hacer realidad algunas fantasías sexuales. Y, sin embargo, no podía dejar de pensar en él, en cómo estaba. Se preocupaba por él cuando jugaba. Uno de los jugadores del equipo de Colorado había sufrido una conmoción cerebral la noche anterior, y eso dejaba claro lo peligroso que podía llegar a ser aquel deporte.

—¿Cariño?

Ella salió de su ensimismamiento.

—Perdona, ¿qué decías?

—He dicho que, cuando termine la temporada, te dedicaré todo mi tiempo. No tienes que volver a Berkeley hasta agosto, ¿no? ¿Qué te parecería si nos fuéramos a Italia de vacaciones?

Ella se quedó asombrada.

—¿De verdad?

—Sí. No hemos vuelto a viajar juntos desde que tenías... ¿dieciocho años?

—Dieciséis.

—Pues ya es hora —dijo él—. ¿Qué te parece si vamos a Roma? Podemos pasar allí una semana y, después, ir a la costa de Amalfi otra semana, o quince días. Mi secretaria lo organizará todo. Tú no tendrás que mover un dedo.

Ella sintió una oleada de emoción.

—Me parece increíble —le dijo—. Me encantaría.

—Excelente. Le diré a Elizabeth que empiece a hacer los planes para el viaje.

La camarera volvió para llevarle el café y les preguntó si querían algo más, pero ella ya se había tomado dos cafés mientras esperaba a su padre, y necesitaba ir al baño antes de explotar.

—Pídeme lo que sea siempre que tenga aguacate y huevo —le dijo a su padre, mientras se levantaba.

Terminó rápidamente en el baño y volvió a la mesa, donde había un café recién servido y un vaso de agua.

—Te he pedido una tostada con aguacate, muy fácil —le dijo su padre—. Y, también, he pedido agua para los dos.

—Gracias.

Mientras esperaban a que les sirvieran el desayuno, hablaron de las eliminatorias y, por una vez, a ella no le importó que el tema de conversación fuera el hockey. Después de pasar tiempo con Brody, ya no odiaba el deporte. Además, cuanto más pensaba en ello, más cuenta se daba de que no había sido el hockey lo que había provocado la distancia entre su padre y ella. El hockey era solo un deporte. Lo que le causaba rechazo y resentimiento era que Presley estuviera obsesionado con él.

En realidad, si tenía que creer lo que decía Sheila, su padre estaba obsesionado con algo más que con el hockey. Tal y como lo describía Sheila, era un derrochador hambriento de dinero que solo se preocupaba de sí mismo.

—¿Hay alguna novedad en el proceso de divorcio? —le preguntó, mientras pinchaba el último pedazo de su tostada de aguacate.

Pregunta equivocada.

Su padre se puso tenso al instante.

—No. Los abogados todavía están negociando. Pero Diana dice que no debería prolongarse mucho más tiempo.

Hayden lo miró a la cara.

—¿Estás bien?

Él se rio forzadamente.

—Sí, estoy bien.

Ella se encogió de hombros.

—No parecía que estuvieras muy bien la noche del Club Gallagher.

Vaya, ¿por qué había sacado aquello a relucir?

Había vuelto a verlo desde aquella noche y no le había dicho nada. No quería que él se distanciara de ella nuevamente. Sin embargo, era demasiado tarde para retirar la pregunta, y a su padre se le oscureció la mirada.

Pero no de ira, sino de remordimiento.

—Lo siento. Quería hablar contigo de lo que pasó esa noche, pero he estado abrumado por el trabajo. Sé que no es excusa. Siento mucho haberte gritado esa noche. No quería hacerlo.

Ella lo observó atentamente y se fijó en las arrugas de cansancio que tenía en la cara.

—De acuerdo. Voy a preguntártelo otra vez: ¿estás bien? ¿Realmente bien?

Presley tomó su vaso de agua y dio un largo trago. Después, lo dejó sobre la mesa.

—Más o menos —dijo.

Ella lo miró con preocupación.

—¿Más o menos?

—Bueno, no puedo mentir... El divorcio me ha hecho mella. Por no mencionar los rumores que corren sobre el equipo.

Su padre sonrió para tranquilizarla, pero tenía unas ojeras que delataban una preocupación más profunda.

—Aunque lo estoy gestionando bien, cariño. No te agobies por mí.

—Pero... ¿estás seguro de que es solo eso? Porque estabas...

Respiró profundamente antes de continuar. Estaba decidida a abordar la preocupación que la había estado carcomiendo.

—Estabas muy borracho esa noche, papá. Y no es propio de ti. Nunca te había visto beber demasiado en ningún evento.

Él entrecerró ligeramente los ojos y respondió en tono defensivo.

—¿Qué es lo que me estás preguntado? ¿Que si tengo un problema de alcoholismo? Porque te aseguro que no es así. Tienes razón, esa noche bebí demasiado. Había sido una semana muy difícil por los rumores y dejé que me afectara demasiado.

Ella asintió.

—Lo entiendo. No debe ser nada agradable aguantar lo que están diciendo sobre ti y sobre los Warriors en los medios de comunicación.

—No, no lo es. Pero, como te he dicho antes, no tienes que preocuparte por mí. El equipo y yo vamos a capear este temporal.

—Yo siempre me preocuparé por ti. Ya lo sabes.

La expresión de su padre se suavizó.

—Ya lo sé, cariño —dijo, y le apretó la mano por encima de la mesa—. Y te lo agradezco muchísimo.

La camarera volvió en aquel momento a llevarles la cuenta. Mientras su padre sacaba la tarjeta para pagar, ella recibió un mensaje de texto de Darcy.

Darcy: Me voy a tomar el día libre. ¿Te apetece venir de compras conmigo?

Hayden le respondió rápidamente y le dijo que estaba en el centro de la ciudad, muy cerca de su apartamento.

Darcy: ¡Estupendo! No te muevas de ahí. Voy enseguida.

—Bueno, ¿nos vamos, cariño? —le preguntó su padre—. Puedo decirle a mi chófer que te deje en el Ritz.

—No es necesario, pero muchas gracias. Darcy acaba de escribirme diciéndome que va a venir a verme. Vamos a ir de compras.

—Muy bien.

Él se inclinó, le apretó el brazo y le dio un beso en la coronilla. Después de que se fuera, ella pidió otro café y esperó a Darcy, que llegó enseguida y la saludó con una sonrisa. Su amiga se sentó en la silla que había dejado libre su padre.

—Vaya, sí que has llegado rápido —comentó Hayden.

—Ya estaba arreglada cuando te envié el mensaje.

Darcy se alisó la melena pelirroja y se la echó hacia atrás por encima del hombro.

—¿Por qué te has tomado el día libre?

—Anoche salí hasta tarde.

—¿Una buena cita?

—Un buen polvo.

Hayden estuvo a punto de escupir el café.

—Disculpa —dijo.

Su amiga la miró sin remordimiento, con los ojos muy brillantes.

—Acepto tus disculpas. Y no te preocupes, te voy a contar todo sobre él mientras te llevo de tienda en tienda. He quedado con él otra vez esta noche.

Hayden se quedó boquiabierta.

—¿Qué? ¿Vas a repetir con el mismo hombre?

—Sí.

—¿Tan bueno es en la cama?

—Sí.

—¿Vas a casarte con él? —preguntó Hayden, esperanzada.

—No —dijo Darcy, sonriendo de nuevo, y echó hacia atrás la silla para empezar a levantarse—. Venga, vamos. Quiero encontrar un vestido muy escotado para esta noche.

Mientras se incorporaba, tomó el vaso de agua que el padre de Hayden había dejado medio vacío.

—Estoy muerta de sed. ¿Te importa que me acabe el agua?

—No, adelante.

Darcy se llevó el vaso a los labios y tomó un buen trago. Un segundo después empezó a toser y se le llenaron los ojos de lágrimas. Escupió el agua y se mojó la camisa.

—¡Qué es esto!

Su estallido llamó la atención de otros clientes, y Hayden les lanzó una mirada de disculpa.

—¿Qué te pasa? —le preguntó a su amiga.

Darcy hizo una mueca y se secó la boca.

—Esto no es agua, nena. Es vodka.

Hayden miró el vaso con incredulidad.

—¿En serio?

Tomó el vaso de manos de Darcy y dio un sorbito. El alcohol le quemó la lengua.

Su padre había estado fingiendo que bebía agua mientras consumía vodka puro a las ocho y media de la mañana.

¡Y le había dicho que no tenía ningún problema con la bebida!

—Darce —dijo, con el estómago encogido.

—¿Sí?

—¿Te importaría que no te acompañe a ir de compras? Tengo que hablar con mi madrastra.

Capítulo 23

Una hora después, Hayden estaba al lado de la lujosa casa de diez dormitorios que su padre le había comprado a Sheila. Estaba a poca distancia del Club Gallagher, en el centro de uno de los barrios más ricos de Chicago. Después de lo que había pasado en el restaurante, ya no podía seguir ignorando las acusaciones de Sheila. Aunque, en parte, no confiaba en su madrastra, sabía que tenía que mantener aquella conversación. Y, si conseguía más información, tal vez pudiera ayudar a su padre.

Sheila abrió la puerta y se quedó sorprendida al verla, aunque la hubiera llamado para preguntarle si podía ir a su casa.

—Hayden, hola. Eh... Todavía estoy desconcertada por tu llamada. ¿De qué se trata?

—Yo... eh... Como ya te he dicho, creo que deberíamos hablar.

Sheila asintió y abrió de par en par para dejar que pasara. El enorme salón delantero, con su centelleante lámpara de cristal, seguía siendo tan intimidante como la primera vez que lo había visto. Las paredes eran blancas y estaban desprovistas de cuadros y obras de arte, algo que le pareció extraño. Ella le había recomendado a su padre algunas obras que podía comprar

En realidad, creía a Sheila. Aunque no estuviera de acuerdo con lo que intentaba hacer su madrastra respecto al acuerdo prenupcial, no podía negar lo que le había contado.

¿Qué le ocurriría a su padre si había sobornado a jugadores de su equipo? ¿Tendría que pagar una multa, o tendría ella que ir a verlo a la cárcel al año siguiente? Sintió una punzada de miedo que la dejó mareada.

Sheila la miró comprensiva y dijo:

—Las cosas no son siempre lo que parecen. La gente no es como parece. ¿Quieres saber por qué me casé con tu padre?

«¿Por su dinero?».

Se tragó aquel comentario desagradable, pero Sheila debió de leerle el pensamiento, porque dijo:

—El dinero fue parte de todo ello. Sé que no lo entenderás, pero yo no tuve ninguna estabilidad económica mientras crecía. Mis padres eran muy pobres. Y mi padre se fugó con el poco dinero que teníamos, así que tuve que ponerme a trabajar a los trece años —dijo, y se encogió de hombros—. A lo mejor fui egoísta por desear a un hombre que pudiera cuidarme, por querer algo de seguridad.

Sheila hizo una pausa y movió la cabeza, como si se lo estuviera reprochando a sí misma.

—Pero el dinero no fue la única razón. Si lo hubiera sido, me habría casado con alguno de los ricachones que aparecían por el bar en el que yo trabajaba, me pellizcaban el culo e intentaban acostarse conmigo. Pero no me casé con ninguno de esos. Me casé con tu padre.

—¿Por qué? —preguntó Hayden, que, de repente, se sentía fascinada por la historia de su madrastra.

—Porque era uno de los buenos. Malgasté mucho tiempo con los chicos malos, con los chicos que le prenden fuego a tu cuerpo pero luego terminan quemándote. Estaba harta de eso, así que decidí buscarme un señor agradable, un hombre decente, estable, que, aunque no fuera el hombre más excitante del mundo, siempre estaría ahí para mí, siempre me pondría primero a mí. Financiera y emocionalmente.

Hayden sintió un malestar en el estómago, que fue subiendo hasta que se instaló en su garganta. Nunca se le hubiera ocurrido que tenía algo en común con aquella mujer, pero todo lo que estaba diciendo Sheila reflejaba sus pensamientos. Ella había elegido a Doug por esos mismos motivos, porque era decente y estable y siempre la ponía por delante de lo demás.

—Pero los hombres agradables no son necesariamente los buenos. Los hombres agradables también cometen errores —continuó Sheila—. Pueden darte por sentada y pueden jugar con tus emociones como los chicos malos.

—¿Lo querías? —le preguntó Hayden.

—No estaba apasionadamente enamorada de él, pero no es eso lo que quería de nuestra relación. Yo ya no confío en ese sentimiento. Pero sí lo quería mucho, y lo respetaba —dijo Sheila, y se enjugó las lágrimas que habían empezado a caérsele por las mejillas. Alzó la barbilla—. Tu padre me hizo daño, Hayden. Si me hubiera querido de verdad, se habría dado cuenta de que solo estaba intentando ayudarlo, que quería estar ahí para él como creía que él estaría para mí. Pero él no estuvo a mi lado.

Ella suspiró.

—Lo siento.

—Me siento muy mal por no haber podido ayudarle con el problema de la bebida, pero no podía aceptar cómo me estaba tratando. Se acostó con otra mujer, mintió sobre sus delitos y, ahora, me está haciendo quedar como si yo fuera una egoísta y una mezquina —dijo Sheila, y la miró con los ojos llenos de tristeza—. ¿Qué te parece el señor agradable?

* * *

Hayden se marchó de allí sin tener ni idea de cómo podía ayudar a su padre, y más preocupada que antes por los delitos que hubiera podido cometer. Estaba tan confusa y disgustada como cuando había llamado a Sheila.

Cuando se sentó tras el volante, su teléfono sonó. Doug la llamaba. Dios, no podía enfrentarse a él en aquel momento, pero tampoco podía posponer indefinidamente aquella conversación. Aquel día había abierto los ojos y había empezado a aceptar que su padre se había convertido en un alcohólico, un adúltero y un delincuente.

Tal vez fuera hora de lidiar con otro de los hombres de su vida.

La última vez que había hablado con Doug le había dicho que necesitaba espacio, pero ya no era así. Porque durante las últimas semanas, su aventura con Brody había cambiado.

No sabía exactamente cuándo se había producido el cambio. Lo único que sabía era que, desde que habían ido a patinar después de la fiesta del Club Gallagher, Brody y ella se habían divertido mucho no solo dentro del dormitorio, sino también fuera. Habían vuelto al Lakeshore Lounge a cenar. Y Brody la había llevado al Art Institute of Chicago el día anterior, por la mañana, después del entrenamiento de hockey. Allí, él se había pasado todo el día siguiéndola de cuadro en cuadro y escuchándola decir maravillas de las obras. Le había preocupado un poco mostrarse con él en público, pero nadie lo había reconocido, por suerte.

Sin embargo, lo que no era divertido era que él tuviera que irse en avión a otras ciudades un día sí y un día no. Aquello le recordaba demasiado a cómo había sido la vida con su padre. Tenía que despedirse de él todo el tiempo y quedarse en casa sola, valiéndose por sí misma, mientras él le dedicaba toda su atención a su equipo. Cada vez que Brody se marchaba para tomar su vuelo aquella semana, ella había tenido que morderse la lengua y recordarse que, por mucho que estuviera disfrutando del hecho de estar con él, aquello no era más que una aventura.

Y las aventuras siempre terminaban en algún momento.

Mientras el teléfono seguía sonando, ella respiró profundamente. Tenía que responder. Doug le había enviado tres mensajes aquella semana y cada vez parecía más preocupado. Seguramente, pensaba que yacía muerta en alguna zanja, y ella estaba disgustada consigo misma por su incapacidad para enfrentarse a aquello.

No iba a demorarlo más.

—Gracias a Dios —dijo Doug cuando ella respondió—. Estaba empezando a pensar que te había ocurrido algo malo.

Su evidente alivio le produjo una punzada de culpabilidad. Se sintió fatal por causarle aquella preocupación.

—No te preocupes, estoy bien —le dijo, agarrando el teléfono con los dedos temblorosos—. Siento no haber respondido a tus mensajes. Las cosas han estado muy revueltas.

—Me lo imagino —dijo él—. Algunos periódicos de aquí han publicado artículos sobre tu padre, cariño.

—Sí, aquí también. Estoy empezando a preocuparme.

Confiar en él fue algo completamente natural. Siempre había podido hablar con Doug sobre todo, ya fueran problemas en la universidad o un mal corte de pelo. Él siempre estaba dispuesto a escuchar. Era una de las cosas que le gustaban de él.

Que le gustaban.

En realidad, le gustaba todo de aquel hombre. Su paciencia, su ternura, su generosidad. Y estaba segura de que, si alguna vez él decidía que quería pasar a la intimidad, eso también le gustaría.

Y ese era el problema. No estaba segura de que pudiera pasar el resto de su vida con un hombre que solo le gustaba. Claro, algunas veces, el amor tardaba tiempo en desarrollarse, los sentimientos podían crecer, los amigos podían darse cuenta de que eran almas gemelas... Por lo menos, ella siempre lo había creído así.

Pero, después de conocer a Brody, estaba empezando a replanteárselo.

A ella no solo le gustaba acostarse con Brody. Las relaciones sexuales con él eran salvajes, apasionadas, absorbentes. Cuando la besaba, cuando la tomaba entre sus brazos grandes y musculosos, el suelo desaparecía bajo sus pies, su cuerpo chisporroteaba como el asfalto en medio de una ola de calor y su corazón se elevaba hacia lo más alto.

Cuando Doug la besaba... no sucedía ninguna de esas cosas. Sus besos eran dulces y tiernos y a ella le gustaban realmente... Gustar. Demonios, ahí estaba otra vez esa palabra.

—Hayden, ¿estás ahí?

Ella volvió a la conversación.

—Disculpa, me había distraído un momento. ¿Qué estabas diciendo?

—Quiero ir a verte a Chicago.

A ella estuvo a punto de caérsele el teléfono.

—¿Qué? ¿Por qué?

—He estado pensando en lo que me dijiste la última vez que hablamos. Sé que me pediste espacio, pero... —él exhaló un suspiro profundo que resonó al otro lado de la línea—. Creo que el espacio solo va a convertirse en distancia, y lo último que quiero es que haya distancia entre nosotros. A lo mejor, si voy allí y hablamos de esto cara a cara, sentados, podemos averiguar por qué te sientes así.

—Doug... esto es algo que necesito averiguar yo sola.

—Yo también soy parte de esto —dijo él.

—Lo sé, pero...

«Dile lo de Brody».

Vaya, ¿por qué tenía que entrometerse su conciencia en aquel momento? Ya se sentía lo suficientemente mal por acostarse con un hombre pocas semanas después de haberle dicho a su exnovio que necesitaba espacio. ¿Sería capaz de confesar sus pecados justo cuando Doug estaba intentando arreglar las cosas?

«No tienes elección».

Por mucho que quisiera luchar contra su conciencia, sabía que aquella voz severa tenía razón. No podía ocultarle algo tan importante. Él tenía que saberlo. Se merecía saberlo.

—He estado saliendo con alguien —le dijo, de sopetón.

Se hizo un silencio ensordecedor.

—¿Doug?

Él tosió como si se hubiera atragantado.

—¿Disculpa?

—Que estoy saliendo con alguien aquí, en Chicago —repitió ella, y tragó saliva—. No desde hace mucho tiempo, y no es nada serio, pero creo que deberías saberlo.

—¿Quién es?

—Es... No importa. Y quiero que sepas que no fue nada planeado. Cuando te pedí que nos diéramos espacio, no se me había ocurrido nunca que podía empezar otra relación...

—¿Relación? —repitió él, disgustado—. Creía que habías dicho que no era nada serio.

—Es cierto, no lo es —dijo ella, aunque se sintió tan culpable que casi no pudo decir las siguientes palabras—. Es que... ocurrió, sin más.

Él no dijo nada, y a ella se le cayó el alma a los pies.

—¿Sigues ahí?

—Sí, sigo aquí —respondió Doug, con sequedad—. Gracias por decírmelo.

—Doug...

—Tengo que colgar, Hayden —dijo él, después de una larga pausa—. No puedo hablar contigo en este momento. Necesito tiempo para asimilarlo.

—Lo entiendo —dijo ella, y tuvo que tragar saliva—. Llámame cuando estés listo para...

¿Para qué? ¿Para perdonarla? ¿Para gritarle?

—Para hablar —dijo, torpemente.

Él colgó sin despedirse y ella metió el teléfono en el bolso. Después, se pasó las manos por el pelo.

Entre Sheila y Doug, se sentía como si hubiera tenido que enfrentarse a un toro con un trapo rojo.

Por lo menos, nadie podría decir que era cobarde.

Capítulo 24

El ambiente en el vestuario era apagado y no hubo la acostumbrada charla previa al partido mientras los jugadores se ponían el uniforme y el equipamiento. Hablaban entre sí en voz baja.

A Brody le habría gustado achacar aquel estado de ánimo al nerviosismo. La puntuación era de tres a dos y, una vez más, necesitaban ganar para seguir en las eliminatorias. Sin embargo, sabía que no era la presión lo que le pesaba a todo el mundo.

Quince minutos antes, uno de los ejecutivos de la liga había informado al equipo que la investigación sobre las acusaciones de soborno estaba en marcha oficialmente. Los jugadores serían entrevistados en privado a partir del lunes siguiente y, si se demostraba que las acusaciones eran ciertas, se tomarían las medidas disciplinarias adecuadas y, seguramente, habría imputaciones por la vía penal.

Brody se ató los patines y miró discretamente al capitán, que se estaba ajustando las espinilleras. Wyatt no había dicho una palabra desde el anuncio y tenía la preocupación reflejada en el semblante. Mientras se vestía, su gran cuerpo se movía con torpeza. Estaba visiblemente agobiado.

Ganar el partido de aquella noche iba a ser difícil.

La moral del equipo estaba muy baja y sus compañeros se comportaban como si tuvieran una espada de Damocles sobre la cabeza. ¿Cuál de ellos había aceptado un soborno? Y, ¿se trataba de uno solo? Por lo que sabía, más de la mitad de los chicos podían estar implicados.

Aquella idea hizo que le hirviera la sangre. Había que ser un verdadero imbécil para dejarse ganar en un partido. Los medios afirmaban que solo se habían amañado uno o dos partidos, y a principios de la temporada, pero a él no le importaba cuántos ni cuándo. Una sola derrota podía ser la diferencia entre entrar en la fase final o terminar la temporada perdiendo. Al menos había algo positivo, y era que después habían jugado lo suficientemente bien como para compensar aquellas primeras derrotas.

—Vamos a mandarlos al infierno esta noche —dijo Wyatt en voz baja.

¿Mandarlos al infierno? ¿Esa era la charla de preparación de aquella noche?

Por las miradas cautelosas de los otros hombres, Brody se dio cuenta de que las palabras de ánimo del capitán no habían tenido ningún efecto.

—¿Estás bien? —le preguntó Becker, dándole un empujoncito con el hombro, con una expresión seria.

Brody se encogió de hombros.

—En realidad, no. Pero no se puede hacer mucho al respecto. La investigación va a seguir su curso queramos o no.

Sam asintió con tristeza.

—Sí —dijo. Después de vacilar un momento, murmuró—: De verdad, desearía que siguieras mi consejo.

Sabía lo que quería decir su amigo, pero se hizo el tonto.

—¿Qué consejo?

—El consejo sobre la hija de Presley —dijo Becker,

molesto, en voz baja—. La vi saliendo del armario de la limpieza en la gala de recaudación de fondos para el autismo, Brody. Y tú saliste un minuto después.

Vaya. Él pensaba que nadie los había visto aquel día.

—¿En qué demonios estás pensando, tío? Está lo de jugar con fuego y, después, lo que estás haciendo tú. Los periodistas os van a pillar juntos —dijo Becker, con desaprobación—. Tienes que alejarte de ella.

¿Alejarse de Hayden? Sí, claro. Por el momento, estaba haciendo todo lo que podía por permanecer cerca de ella, y lo estaba consiguiendo. No importaba que ella dijera que lo suyo solo era una aventura pasajera. Él no consideraba que nada fuera pasajero ni superficial. Por primera vez en su vida, estaba con una mujer con la que de verdad le gustaba salir. Por supuesto, también le encantaba el sexo, pero había otras cosas de las que disfrutaba igualmente, como ir a un museo o ver documentales. Abrazarla mientras dormía. Enseñarla a patinar aunque no fuera muy buena aprendiz.

Sinceramente, nunca se cansaba de ella. Era divertida e inteligente, y se le iluminaban los ojos cuando hablaba de algo que le gustaba. Y a él le molestaba muchísimo que, aparentemente, quisiera mantenerlo a distancia, al menos a la hora de admitir que tenían una relación. Quería conseguir que se diera cuenta de lo importante que era para él.

—¿Me estás escuchando, por lo menos? —le preguntó Becker con irritación.

Él alzó la cabeza.

—Mira, por mucho que valore tus consejos, no puedo alejarme de ella, tío —dijo, y se encogió de hombros de nuevo—. De hecho, voy a verla esta noche.

Becker frunció el ceño, pero, antes de que pudiera responder, Wyatt les lanzó una orden desde el otro lado de la sala.

—Croft, Becker, ¿qué demonios estáis haciendo ahí susurrando? Salid al hielo de una vez.

Becker, con el ceño todavía fruncido, se dirigió hacia la puerta, pero él no lo siguió inmediatamente. En vez de eso, abordó al capitán del equipo antes de que saliera del vestuario.

—Craig, espera un momento —le dijo.

—Tenemos que jugar un partido, Croft.

—Solo necesito un minuto.

Wyatt se metió el casco debajo del brazo.

—De acuerdo. ¿Qué pasa?

—Te vi con Sheila en el estadio.

Wyatt se quedó pálido. Después, tragó saliva.

—No sé de qué estás hablando.

—No te molestes en negarlo. Os vi —dijo Brody—. ¿Desde cuándo tienes una aventura con la mujer del presidente?

El aire se volvió tenso, asfixiante. Wyatt seguía lívido, pero sus ojos estaban ardiendo de indignación. Se puso el casco y miró a Brody con la frente arrugada.

—Eso no es asunto tuyo.

—Sí es asunto mío si tú eres el jugador que habló y confirmó las acusaciones de Sheila.

Hubo un largo silencio. La expresión de Wyatt era impertérrita, pero no duró demasiado. Después de unos segundos más, su mirada se llenó de cansancio y resignación.

—De acuerdo, tienes razón. Fui yo —dijo Wyatt, y comenzó a colocarse el casco con las manos temblorosas—. Acudí a la liga, Croft. Yo soy el responsable de que se haya puesto en marcha esta investigación.

—¿Y cómo sabías que Sheila estaba diciendo la verdad?

—Tuve sospechas al principio de la temporada, porque perdimos un par de partidos que no teníamos por qué perder. Sheila solo me lo confirmó —dijo

Wyatt, y exhaló lentamente—. No puedo jugar en el mismo equipo que unos imbéciles que nos sabotean por dinero. No puedo jugar para un presidente que está dispuesto a amañar partidos.

Mierda.

Brody lo creyó. No quería creerlo, pero era imposible no percibir la sinceridad y la integridad del tono de voz de Wyatt. Aquel hombre estaba destrozado por todo aquello.

—Entonces, ¿sabes quién aceptó los sobornos?

Wyatt apartó la mirada rápidamente.

—Déjalo, Brody. Que la liga dirija la investigación. Tú no tienes por qué involucrarte en esto.

—Craig...

—Lo digo en serio. Al final, todo se sabrá. Tú... déjalo —le dijo Wyatt, y se fue hacia la puerta—. Vamos, sal a la pista. Tenemos que ganar un partido.

Brody vio alejarse al capitán. Quería seguirlo y conseguir que le diera los nombres de los que se habían dejado sobornar, pero sabía que intentando que Wyatt confiara en él no iba a conseguir nada. El capitán se enojaría aún más y perdería la calma, y eso era lo último que quería que sucediera justo antes de uno de los partidos más importantes de la temporada.

Era cuestión de vida o muerte. Si no ganaban, podían despedirse de la Copa. Necesitaba que su capitán estuviera concentrado en el juego, no en una cuestión personal. Y él también tenía que concentrarse. Últimamente había pasado demasiado tiempo preocupándose, dudando de sus compañeros, preguntándose si su carrera deportiva se iría al traste por culpa de aquel escándalo...

Tenía la verdad de su parte, sabía que él había jugado limpiamente toda la temporada, pero eso no significaba nada. Lo considerarían culpable por asociación.

Sería libre al cabo de unos meses, pero los demás

equipos no lo contratarían sabiendo que había sido investigado por un posible soborno. Solo podía esperar que la investigación fuese rápida y limpia, y que su nombre no se viera arrastrado por el fango por un delito que no había cometido.

Maldijo en voz baja y salió por el túnel. Cuando entró en la pista del Lilcoln Center, los vítores de los aficionados se volvieron atronadores. El estadio estaba lleno aquella noche y en las gradas había un mar de color azul y plateado. Ver a todos los hinchas le alegró el corazón, pero también renovó su ira. Aquella gente que había ido a verlos y a gritar palabras de ánimo se merecían un equipo del que pudieran estar orgullosos.

Por desgracia, hubo muy poco de lo que enorgullecerse, sobre todo durante los diez primeros minutos del primer tiempo, durante los que los Warriors encajaron dos goles. Y fue uno de aquellos partidos en los que todo iba de mal en peor. Los Kodiak limpiaron el hielo con los Warriors. Cuando llegó el segundo tiempo, él estaba empapado en sudor, jadeando. No importaba lo rápido que patinaran, cuántas veces se acercaran a la red, cuántos tiros lanzaran al portero de Colorado. El equipo contrario era más rápido, más astuto, mejor. Tenían la ventaja de una alta moral.

Cuanto llegó el tercer tiempo, se dio cuenta de que sus compañeros se habían rendido.

—Esto va mal —murmuró Becker, cuando se sentaron en el banquillo después de un cambio. Él se tomó un trago de agua y tiró la botella a un lado.

—Dímelo a mí —respondió.

Iban perdiendo por tres goles y quedaban diez minutos de partido. Era el tipo de batalla cuesta arriba que no tendría buen final. El árbitro dio un pitido y él miró para ver a quién le habían hecho un penalti. A Wyatt. Maldición.

No hubo más tiempo para charlar. El entrenador

los envió de vuelta al hielo para lanzar el penalti. Aunque Becker marcó un gol increíble, no fue suficiente.
Sono el pitido final del tercer tiempo y del partido. El
resultado fue de cuatro a dos para los Kodiak.

Los Warriors quedaron fuera de la final.

Capítulo 25

No hacía falta ser un genio para darse cuenta de que los Warriors habían perdido el partido. Hayden lo vio en cada rostro que salió del Lincoln Center. Seguramente, su padre se había quedado hundido.

Tuvo la tentación de acercarse a su palco y ofrecerle algún tipo de apoyo, pero no estaba de humor para ver a su padre en aquel momento. De lo contrario, estaría dentro del estadio en vez de en el aparcamiento, esperando a Brody.

Se apoyó en la parte trasera de su coche de alquiler, que había aparcado un poco más allá del BMW de Brody y observó la entrada trasera del edificio, deseando que saliera.

Le había enviado un mensaje después de que terminara el partido, diciéndole que estaba esperando en el aparcamiento de los jugadores. Él le respondió casi al instante para decirle que saldría lo más rápido que pudiera.

Dios, aquel día había sido un verdadero infierno. Había tenido que escuchar la horrible historia que le había contado Sheila sobre el problema con la bebida que tenía su padre y oír cómo se le rompía el corazón a Doug al otro extremo de la línea. No quería pensar en nada de eso, así que salió del ático y fue conduciendo hasta allí. La necesidad de ver a Brody y perderse entre sus brazos era tan fuerte que había estado dispuesta a esperar casi una hora en el aparcamiento.

Los otros jugadores ya se habían marchado en sus coches. Varios de ellos la habían mirado con extrañeza. Derek Jones fue el único que se acercó a saludar y pareció que se creía la mentira de que estaba esperando a su padre.

En aquel momento, el aparcamiento estaba vacío. Cuando Brody salió del edificio, por fin, ella estuvo a punto de sollozar de alivio. Y cuando sus ojos azules se iluminaron al verla, tuvo ganas de sollozar de alegría. Tal vez sus vidas no encajaran, tal vez sus carreras fueran absolutamente diferentes y sus objetivos no estuviesen alineados, pero ella no recordaba la última vez que un hombre se había alegrado tanto de verla.

No podía apartar los ojos de él. Estaba guapísimo aquella noche. Tenía el pelo húmedo y los labios ligeramente agrietados. Le había confesado que se los humedecía demasiado durante los partidos. Llevaba un traje de lana holgado que no podía ocultar sus músculos definidos, de un color azul marino que destacaba aún más el brillo de sus ojos. Ella sabía que la liga esperaba que los jugadores tuvieran un aspecto profesional dentro y fuera de la pista de hielo, y tenía que admitir que le gustaba tanto verlo con traje como con sus pantalones vaqueros descoloridos y sus camisetas ajustadas.

—Oye, siento haber tardado tanto —le dijo, mientras se acercaba a ella. Tenía una expresión apagada—. El entrenador necesitaba hablar conmigo.

—Lamento lo del partido. ¿Estás bien?

—No precisamente. Esta noche han acabado con nosotros.

—Lo sé. Lo siento.

Incapaz de contenerse, ella se puso de puntillas y le plantó un beso en los labios.

Brody retrocedió sorprendido, con un destello de humor en los ojos.

—¿Qué ha sido eso?

—No sé. Me siento mal porque habéis perdido. Y he tenido un mal día también. Solo quería sentir tu boca sobre la mía.

Su expresión se volvió seria.

—¿Qué te ha pasado?

—Ya te lo contaré todo más tarde. Primero salgamos de aquí, antes de que nos vea alguien.

—¿Quedamos en el hotel?

Estaba a punto de asentir, pero algo la detuvo.

—No. ¿Qué tal si vamos a tu casa esta noche?

Él se quedó desconcertado y ella, sinceramente, no podía decir que lo culpara. Desde que había aceptado explorar aquello... que había entre ellos, habían estado haciendo las cosas siempre a su manera. Brody la había invitado a su casa una docena de veces, pero ella siempre lo convencía de que se quedaran en el ático. Tenía la sensación de que estar en su terreno, aferrarse a un entorno que le resultaba familiar, evitaría que las cosas se pusieran más serias de lo que quería. Sin embargo, de repente, se dio cuenta de que estaba deseando ver la casa de Brody y estar con él en su terreno.

—Está bien —dijo él, y abrió la puerta de su todoterreno—. ¿Quieres seguirme en tu coche?

—¿Por qué no vamos los dos en el tuyo? Mañana puedo llamar a un taxi para volver aquí a recoger el mío.

Él enarcó las cejas.

—Estás llena de sorpresas esta noche, ¿no? ¿Te das cuenta de que tu padre verá tu coche aquí, en el aparcamiento, y se dará cuenta que no te fuiste a casa?

—No vivo mi vida para complacer a mi padre —respondió ella. Su tono de voz sonaba más amargo de lo que había querido, por lo que suavizó la voz—. Prefiero no hablar de él. Esta noche solo quiero pensar en ti y en mí.

Él le metió un mechón de pelo detrás de la oreja.

—Me parece perfecto.

Hayden se puso de puntillas para besarlo de nuevo, y él la hizo reír dándole un apretón firme en el trasero.

—Guárdalo para más tarde —le advirtió.

—Aguafiestas.

El trayecto hasta casa de Brody, que estaba en Hyde Park, fue corto. Al llegar, Hayden se quedó sorprendida, porque era una gran residencia victoriana con un porche que rodeaba todo el perímetro y una balconada en el segundo piso. Las plantas estaban empezando a florecer en los arriates que flanqueaban los escalones de la entrada, y le conferían a la casa un aire alegre y acogedor.

—¿A que no te esperabas algo así? —le preguntó él, mientras apagaba el motor.

—No, en realidad, no —dijo ella, con una sonrisa—. No me digas que has plantado tú mismo todas esas flores.

—No, por Dios. Tampoco elegí la casa. Mi madre vino aquí cuando me contrataron los Warriors y encontró la casa. Ella hizo todo el jardín, y viene una vez al año para asegurarse de que no he destrozado su obra.

Bajaron del coche y entraron en la casa. Allí, la sorpresa de Hayden aumentó. Estaba decorada en tonos rojizos y cálidos y en el amplio salón había una chimenea de piedra. La escalera era de madera de arce y la cocina era enorme y moderna, con dos puertas correderas que daban al jardín trasero.

—¿Te apetece tomar algo? —le preguntó Brody, mientras se dirigía al frigorífico—. No tengo esa infusión floral que te gusta a ti, pero puedo prepararte un Earl Grey.

—¿Y algo un poco más fuerte?

Él sonrió apagadamente.

—Has tenido un mal día de verdad, ¿eh?

Se acercó al botellero de la encimera y sacó una botella de vino tinto. Tomó dos copas del armario y miró a Hayden.

—¿Me lo vas a contar o te lo tengo que sonsacar yo?

—¿Umm? —murmuró ella, y se mordió el labio—. Está bien. Te lo cuento yo.

Brody sirvió las copas de vino y le dio una de ellas. Después, la llevó hacia el jardín trasero. Era muy espacioso y había más flores que debía de haber plantado su madre. La valla que lo rodeaba todo era tan alta que no se veía el resto del vecindario. En el rincón más alejado de la casa había una pérgola de aspecto idílico, rodeada de vegetación espesa.

Salieron al porche, donde corría una brisa cálida. Era una noche maravillosa, la más calurosa que había experimentado desde que había vuelto a casa. Inhaló el aire fresco e inclinó la cabeza hacia atrás para admirar el cielo. Por fin, soltó un largo suspiro.

—Hoy he ido a ver a mi madrastra —dijo.

Le contó los detalles y dejó su conversación con Doug para el final. A Brody se le tensó la mandíbula al oír su nombre, pero no se alteró, tal y como le había prometido. Cuando ella terminó de hablar, él dejó la copa en el pasamanos de la barandilla y le acarició suavemente los hombros.

—No tenías que contarle lo nuestro —le dijo.

—Claro que sí. A ti te hablé de él. ¿No se merece él la misma cortesía?

—Tienes razón. Entonces, ¿las cosas han acabado entre Doug y tú?

—Sí. Me colgó el teléfono, algo muy poco característico de él. Creo que no está muy contento conmigo en este momento.

Brody no respondió. Ella dejó la copa en la barandilla y le tomó la cara con ambas manos.

—¿Tú tampoco estás contento conmigo?

Él la miró a los ojos.

—Yo, sí.

—¿De verdad?

—Me encanta estar contigo, Hayden. Y me alegro de que hayas terminado con Doug. Era muy frustrante para mí saber que había otro hombre en tu vida. Y no solo otro hombre, sino alguien que trabaja en tu campo, que comparte tu pasión por el arte y que, probablemente, es mucho mejor que yo en esas conversaciones intelectuales que siempre intentas mantener conmigo. Yo me siento idiota en comparación con él.

Una expresión de dolor se reflejó en su hermoso rostro, y ella se dio cuenta de que no era dolor, sino vulnerabilidad. Pensar que Brody Croft, el hombre más masculino al que había conocido, pudiera ser vulnerable, le cortaba la respiración. Dios, ¿de verdad se sentía por debajo de alguien? ¿Y había sido ella la que había hecho que se sintiera así?

Al pensarlo, se le encogió el corazón. Le rodeó el cuello con los brazos y lo besó.

—Tú no tienes nada de idiota —le dijo.

—Entonces, no te importará si hago un comentario inteligente y racional sobre lo difícil que estás siendo.

Ella alzó la barbilla.

—¿Por qué diablos estoy siendo difícil? ¿En qué sentido?

Brody exhaló un suspiro.

—Vamos, ¿te crees que no veo la cara que pones cuando tengo que irme en un avión? Cada vez que me marcho fuera a algún partido, te alejas de mí. Lo noto.

Ella se sintió incómoda y bajó los brazos de su cuello.

—¿Lo ves? Lo estás haciendo otra vez —dijo él, sonriendo ligeramente.

—Yo solo... No sé. No veo por qué eso puede ser un problema.

—Si te impide tener una relación conmigo, sí es un problema.

—Nosotros acordamos que lo nuestro sería algo informal.

—Aceptaste tener la mente abierta.

—De verdad, mi mente está muy abierta.

—Pero tu corazón, no —dijo él, en un tono tan suave que, de repente, ella tuvo ganas de echarse a llorar.

Se acercó a la barandilla y se agarró al frío acero. Brody se puso a su lado, pero ella no podía mirarlo. Sabía exactamente hacia dónde iba aquella conversación, y no tenía ni idea de cómo proceder.

—Creo que tenemos algo muy bueno —dijo él, con la voz ronca. Posó una mano sobre la de ella y le acarició los nudillos—. Tienes que admitir que estamos muy bien juntos. En el aspecto sexual, por supuesto, pero también en otras cosas. Nunca se nos terminan los temas de conversación y disfrutamos de la compañía del otro, nos hacemos reír.

Por fin, ella giró la cabeza y lo miró a los ojos.

—Ya sé que estamos bien juntos —dijo.

Le resultó muy difícil admitirlo, pero era la verdad. Brody hacía que su cuerpo cantara, que su corazón volara muy alto, y no se imaginaba que ningún hombre pudiera hacer eso. Sin embargo, tampoco podía imaginarse teniendo con él una vida estable.

—Pero quiero a alguien con quien poder formar un hogar —dijo, con los ojos llorosos—. Quiero tener hijos y un perro. Ya tuve el estilo de vida de un jugador de hockey cuando era pequeña. No quiero estar sentada en un avión durante la mitad del año. Y, cuando tenga hijos, no quiero quedarme sola en casa con ellos mientras su padre está fuera.

Él se quedó callado un momento.

—Yo no voy a seguir jugando al hockey para siempre —dijo, después de unos instantes.

—¿Tienes pensado retirarte pronto?

Brody vaciló un momento.

—No.

Ella sintió una enorme decepción, pero, en realidad, ¿qué esperaba? Que él la abrazara y le dijera «¡Sí, Hayden, me voy a retirar mañana! ¡Ahora! ¡Vamos a formar un hogar juntos!». No era justo pedirle que renunciara a una carrera deportiva que, obviamente, adoraba, pero ella tampoco estaba dispuesta a renunciar a sus sueños y sus objetivos. Sabía lo que quería de una relación y, por mucho que le encantara estar con Brody, él no podía dárselo.

—Me gustaría que lo reconsideraras —dijo él, y volvió a abrazarla y la estrechó contra su cuerpo—. Dios, estamos tan bien juntos...

Ella frotó su pelvis contra la de él. Encajaban perfectamente. Aunque él le sacara una cabeza de estatura, sus cuerpos se fundían del modo más básico y, cuando él estaba dentro de su cuerpo... Dios, nunca se había sentido tan completa.

—Vamos a dejar de hablar —susurró—. Por favor, Brody, no hablemos más.

Él comenzó a bajar las manos por su espalda y le apretó el trasero.

—Tienes una mente unidireccional —refunfuñó.

—Y eso lo dice el hombre que me está acariciando el culo —respondió ella, en un murmullo. Sintió alivio, porque la tensión se había disipado. El gran peso de las dolorosas revelaciones que acababan de hacerse se hizo ligero como una pluma.

Brody inclinó la cabeza y la besó, y exploró su boca con su lengua codiciosa sin apartar la mano de su trasero. Con destreza, le desabotonó la cintura del pantalón y dejó que cayera al suelo. Ella lo apartó con un pie.

En cuanto el aire nocturno le acarició las piernas, a Hayden se le puso la carne de gallina. Llevaba unas bragas negras de las que Brody la liberó rápidamente.

—Pueden vernos tus vecinos —protestó ella, cuando él trató de quitarle el fino jersey que llevaba.

—Donde vamos a ir, no.

Rápidamente, él le quitó el jersey y el sujetador, la tomó en brazos y bajó los escalones de la terraza.

Hayden se echó a reír y se retorció entre sus brazos, avergonzada de verse desnuda en medio de su jardín, pero él la sujetó con fuerza y aceleró los pasos hasta que llegó a la pérgola. Allí la dejó en el suelo.

Sus tacones hicieron clic en el suelo de cedro de la pequeña estructura. Ella miró a su alrededor, admirando el trabajo de carpintería y el lujoso sofá blanco que había en un rincón. Cuando se giró hacia Brody, él ya estaba tan desnudo como ella.

Hayden se rio.

—Deja que lo adivine: tener relaciones sexuales en la pérgola es una de tus fantasías.

—Oh, sí. He querido hacer esto desde que construyeron esta dichosa cosa.

—¿Qué pasa? ¿Es que ninguna de las admiradoras de hockey ha querido adentrarse en la jungla de tu jardín trasero? —bromeó ella.

—Nunca había traído a una mujer a mi casa.

Ella cerró la boca. ¿Lo decía en serio? ¿Nunca había llevado a una mujer a su casa? Las implicaciones de aquella afirmación eran preocupantes, pero no tenía ganas de insistir en aquel tema. Como había dicho antes, prefería que no hablaran más.

En aquel momento, lo único que quería era hacer realidad la fantasía de aquel hombre impresionante.

Capítulo 26

La había dejado asombrada con su confesión. Brody lo vio en los ojos de Hayden en cuanto lo dijo, pero, por suerte, la mirada de recelo había desaparecido. Ahora, sus ojos brillaban de deseo.

Dios, ella lo excitaba de una manera feroz. Había sentido aquella pasión desbocada desde el primer momento en que se conocieron. La había experimentado cuando le hizo el amor en el pasillo del ático la primera noche. Había sido un deleite la noche que ella lo ató a su cama y devoró su cuerpo.

Hayden estaba llena de sorpresas y él las quería todas. Adoraba su frescura, su inteligencia y su irónico sentido del humor, su forma de desafiarlo y de hacer que se sintiera como si fuese algo más que un simple jugador de hockey.

—Entonces, ¿en qué consiste la fantasía? —le preguntó ella, con curiosidad, apoyándose las manos en las caderas.

Él recorrió las curvas de su cuerpo con la mirada e intentó describir con palabras sus necesidades. No tenía ni idea de en qué consistía la fantasía, pero le picaban las manos de ganas de acariciarle el pecho.

La brisa nocturna empezó a soplar con más fuerza,

se metió en el cenador y le excitó aún más. A Hayden también la afectó: sus pezones se endurecieron y exigieron atención.

Sin embargo, en vez de empezar a acariciarla, él carraspeó y dijo:

—Túmbate en el sofá.

No hubo objeción. Ella fue caminando, en tacones, hasta el pequeño asiento, y se tendió entre los cojines. Cuando hizo ademán de quitarse el zapato derecho, él alzó la mano.

—No te descalces.

—¿Por qué los hombres siempre se excitan con una mujer desnuda en tacones?

—Porque es muy excitante —le explicó él, poniendo los ojos en blanco.

—¿Vas a quedarte ahí mirando o vas a venir conmigo? —le preguntó ella.

—Voy a ir contigo. En algún momento.

Él se apoyó en la barandilla de la pérgola y se cruzó de brazos.

—Tienes que darme algún incentivo, nena.

—Ummm... ¿Te gusta este tipo de incentivo?

Se deslizó las manos por los pechos, y a él se le cortó la respiración cuando la vio apretarse los exuberantes montículos con las palmas de las manos. Con una sonrisa de picardía, ella se acarició la parte inferior de los senos y se rodeó los pezones con los dedos.

Él estuvo a punto de caerse de espaldas al ver a Hayden acariciándose. Tenía la boca tan seca que casi no podía tragar. Le permitió jugar un rato. Después, entrecerró los ojos y murmuró:

—Separa las piernas.

Ella lo hizo, y a él se le cortó el aliento de nuevo.

Desde su posición, veía hasta el último centímetro de su sexo tentador. Quería lamer los suaves pliegues rosados y meter la lengua en aquel dulce paraíso, hacer que Hayden gritara de placer, pero se contuvo. Su erección palpitó cuando él curvó los dedos en su eje.

Mientras se acariciaba lenta y perezosamente el miembro, miró a Hayden con los párpados medio cerrados y dijo:

—Acaríciate tú también.

—¿Estás seguro de que no quieres hacerlo tú por mí? —preguntó ella, con la voz enronquecida, tan llena de lujuria, que él estuvo a punto de llegar al orgasmo en aquel mismo instante.

—Compláceme.

—Es tu fantasía —dijo ella y, con una sonrisa, bajó la mano y la colocó entre sus piernas.

Aquella mujer era increíble. A Brody estuvieron a punto de salírsele los ojos de las cuencas al ver que ella se pasaba el dedo índice por los pliegues húmedos.

—Así —dijo, con la voz ronca—. Excítate bien, Hayden.

Ella respondió con un suave gemido. Cuanto más se acariciaba, más se le sonrojaban las mejillas. La mirada borrosa de sus ojos le dio a entender a Brody que estaba cerca, pero ella siguió evitando tocar el lugar que sabía que la llevaría al clímax.

Alzó la mano.

—Brody —murmuró, ansiosamente.

Él se echó a reír.

—Um, um. No vas a conseguir ayuda por mi parte.

En sus ojos se reflejó la agitación, pero, de todos modos, él siguió sin moverse de su sitio. Después de un momento, ella emitió un extraño gemido y su mano volvió a colocarse entre sus piernas. Se frotó el clítoris y aumentó el ritmo, y curvó la palma de la mano sobre su sexo.

Entonces, llegó al orgasmo.

A él se le petrificó la mano alrededor de su miembro. Estaba a un paso del clímax y no quería que sucediera, pero no era capaz de apartar los ojos de la gloriosa mujer que estaba en medio del éxtasis delante de él.

Hayden arqueó la espalda y gritó, y sus gemidos llenaron el aire nocturno. Cualquier vecino que abriera las ventanas la oiría, pero no parecía que a ella le importara, y a él tampoco. Era jugador profesional de hockey y, seguramente, sus vecinos se esperaban gemidos de placer en su casa.

Cuando, por fin, ella se quedó en silencio, él le hizo una señal con el dedo para que se le acercara. A pesar de la expresión saciada de su rostro, se levantó del sofá y se dirigió hacia él.

—¿No te han dicho nunca que eres la mujer más sexy del mundo? —le preguntó Brody, antes de darle un beso en los labios.

Ella respondió con una sonrisa. Los restos del orgasmo que se reflejaban en su rostro lo excitaron aún más.

De repente, sintió tanta impaciencia que se inclinó, sacó un preservativo del bolsillo de sus pantalones y se lo puso. Después, tomó a Hayden por las caderas y la hizo girar hasta que su trasero quedó presionado contra su erección. Hundió el miembro en su cuerpo y ella gimió, se inclinó hacia delante y se agarró a la barandilla. Con aquel movimiento se irguió y le proporcionó mejor acceso a Brody.

Él se retiró lentamente, hizo girar las caderas como a ella le gustaba y volvió a hundirse en su cuerpo.

—Esto va a ser rápido —le advirtió, en tono de disculpa.

Quería que durara por ella, pero, tal y como latía su miembro, sabía que no iba a suceder.

—Me encanta todo lo que me haces —dijo ella—. Rápido, lento, duro... no me importa. Solo hazme el amor.

Aquel murmullo hizo sonreír a Brody, pero fueron

las palabras «hazme el amor» las que le encogieron el pecho. Era la primera vez que ella se refería a lo que hacían como «hacer el amor», y escucharlo le produjo una oleada de placer tan grande que casi se le doblan las rodillas.

De repente, sintió una necesitad primordial de reclamar a aquella mujer como suya. Aceleró el paso, acometió su cuerpo una y otra vez hasta que, por fin, llegó al orgasmo. Respirando con dificultad, la abrazó y metió la nariz en su cuello, e inhaló el olor a vainilla y lavanda de su loción corporal.

Ella exhaló un suspiro entrecortado y murmuró:

—Tus fantasías son casi tan buenas como las mías.

—¿Casi tan buenas? —preguntó él, riéndose—. Espera a que yo te ate. Entonces, ya veremos quién tiene las mejores fantasías.

Ella se giró entre sus brazos y lo besó. Después, fue hacia la salida de la pérgola.

—¿Crees que alguno de tus vecinos me verá paseándome por el jardín desnuda?

—¿Ahora te da vergüenza?

Ella lo miró con consternación.

—Tienes razón. Seguramente, me ha oído todo el vecindario, ¿no?

Él se puso los pantalones y recogió el resto de la ropa. Después, le ofreció un brazo a Hayden.

—¿Me permite que la acompañe a la casa, señora?

—Por lo menos, podías prestarme tu camisa.

—No. Quiero disfrutar del placer de ver tu espléndido cuerpo durante este paseo nocturno.

—¿Paseo? Y un cuerno. Voy a salir corriendo.

Antes de que él pudiera pestañear, ella bajó los pequeños escalones y echó a correr por el jardín. Su trasero firme y blanco relucía bajo la luz de la luna. Él se echó a reír y salió corriendo tras ella, con la esperanza de poder mantenerla desnuda un poco más, pero ella ya se estaba poniendo el jersey cuando la alcanzó en el porche.

—Aguafiestas —refunfuñó.

Hayden se puso las bragas y los pantalones.

—Todavía no me has enseñado la parte de arriba —le recordó.

—¿Te gustaría ver alguna habitación en particular?

—Por supuesto, una en la que haya una cama. O una ducha con el cabezal desmontable.

Él sonrió y recogió sus copas de vino de la barandilla. Entraron en la casa, y le preguntó:

—¿Te apetece un poco más de vino?

—No, gracias.

Mientras dejaba las copas en el fregadero, ella se mantuvo en silencio. Cuando se giró a mirarla, se dio cuenta de que su expresión se había vuelto sombría.

—¿Estás bien?

—Sí, sí. Estaba pensando en mi padre.

Brody hizo un mohín.

—¿Después de lo que acabamos de hacer, que ha sido alucinante, estás pensando en tu padre?

—Es por el vino —dijo ella, y señaló la botella, que aún estaba en la encimera—. Me ha recordado lo que me contó Sheila esta mañana.

—¿Vas a hablar con él de ese tema?

—Sí. No —dijo ella, y exhaló un suspiro—. No quiero enfrentarme a él en este momento, cuando está en mitad de este escándalo.

—Todos estamos en mitad del escándalo en este momento. Hoy nos han dicho que la investigación oficial ya ha comenzado. Eso no ha servido precisamente para que saliéramos a la pista con la moral alta.

Recordó con decepción lo que había ocurrido aquella noche. Había conseguido apartarlo de su cabeza mientras estaba en la pérgola con Hayden, pero, en aquel momento, la derrota volvió a amargarle. Los

Warriors no habían pasado a la siguiente ronda. Para ellos, la temporada había terminado.

Aunque... tal vez eso no fuera tan malo. Por mucho que quisiera volver a tener la copa Stanley en las manos, ya que hacía demasiados años que el equipo no la ganaba, quizá lo mejor fuera que la temporada hubiese terminado ya.

—Si hubiéramos ganado el campeonato este año, todo el mundo se habría preguntado si nos lo merecíamos —dijo.

Hayden asintió lentamente.

—Es posible, sí.

—Hay demasiadas preguntas sobre esta temporada, sobre todos los partidos que hemos jugado, sobre cuáles estaban amañados. Quizá lo mejor sea que el equipo no haya pasado las eliminatorias. Quién sabe lo que va a revelar esta investigación —dijo él, y se mordió el labio—. Nos van a entrevistar a todos la semana que viene. A mí me toca el lunes.

—¿Y qué clase de preguntas os van a hacer?

Él se encogió de hombros.

—Seguramente, nos preguntarán qué sabemos sobre las acusaciones, intentarán hacernos confesar algo, nos interrogarán sobre si sabíamos que había otros jugadores implicados.

—¿Os van a preguntar por mi padre?

—Supongo que sí.

Ella apoyó las manos en la encimera y se quedó callada. Brody sabía que estaba muy preocupada y disgustada por todo aquello y, aunque no tenía intención de hacer que se sintiera peor, lo hizo sin darse cuenta, porque dijo:

—Hoy se han confirmado mis sospechas de que tu padre amañó los partidos.

Ella lo miró a los ojos y se quedó boquiabierta.

—¿Lo dices en serio?

Brody asintió.

—¿Estás diciendo que sabes con seguridad que lo hizo?

Quizá no debería haber soltado aquello como lo había hecho, pero su conversación con Wyatt le había estado carcomiendo toda la noche y esperaba poder hablar con ella antes de que el investigador de la liga lo entrevistara. Sabía que tenía que decir la verdad cuando lo interrogaran, pero quería que ella le diera un consejo, que le dijera cómo podía gestionar aquella bomba sin que pareciera que estaba traicionando a sus compañeros y al dueño del equipo.

Sin embargo, no se había dado cuenta de que el hecho de confiar en Hayden significaba también confirmar las dudas que ella tenía acerca de su padre. Hasta aquel momento, ella solo había sospechado que Presley había amañado los partidos, pero él había transformado sus dudas en realidad, y la expresión de abatimiento de su cara le encogió el corazón. Quería consolarla, pero no sabía cómo.

Así pues, mantuvo las distancias y exhaló un suspiro.

—Estoy un noventa y nueve por ciento seguro de que sí lo hizo.

—Un noventa y nueve por ciento —repitió ella—. Entonces, todavía queda una posibilidad de que mi padre no lo hiciera.

—Es improbable.

—Pero existe esa posibilidad.

—Mira, sé que quieres ver lo mejor de tu padre, pero tendrás que aceptar que, seguramente, es culpable.

Hayden se quedó pálida.

—¿Le vas a decir eso al investigador? ¿Le vas a decir que mi padre es culpable?

—Todavía no sé lo que le voy a decir.

Ella se acercó a él con las piernas temblorosas. Tenía una mirada de pánico. Le tocó el brazo y lo miró a los ojos.

—No puedes hacerlo, Brody. Por favor. No te pongas en contra de mi padre.

Capítulo 27

Hayden no sabía de dónde habían salido aquellas palabras, pero parecía que no tenía el control de sus cuerdas vocales. Sabía que lo que le estaba pidiendo estaba mal, que, si su padre era culpable, tenía que pagar por lo que había hecho. Pero era su padre, el único que tenía, lo único que se había mantenido constante durante toda su vida.

—¿Quieres que mienta? —le preguntó Brody.

Ella tragó saliva.

—No, yo... Quizá, si no dijeras nada...

—Mentir por omisión sigue siendo mentir, Hayden. ¿Y si me preguntan abiertamente si Presley sobornó a alguien? ¿Qué hago entonces?

Hayden sabía que no tenía ningún derecho a pedirle que hiciera algo así por ella, pero no podía ver cómo la vida de su padre se desmoronaba por completo.

—Él es mi única familia —respondió, con desesperación—. Solo quiero protegerlo.

Brody la miró compasivo, pero, enseguida, su expresión reflejó la molestia que sentía.

—¿Y yo? ¿No me merezco protección también?

—Tu carrera no está en juego —protestó ella.

—¡Y un cuerno que no! —exclamó él, y se alejó de Hayden unos cuantos pasos—. Mi integridad y mi reputación están en el punto de mira. No voy a echar por la borda mi carrera para proteger al dueño del equipo, ni siquiera por ti.

A ella se le llenaron los ojos de lágrimas. Su mente estaba funcionando de nuevo y se sentía estúpida. ¿En qué estaba pensando para pedirle que mintiera por su padre? Su única defensa era que no tenía la cabeza clara. Sentía tanto miedo que no podía pensar con lógica. De repente, se sentía como la niña pequeña que había crecido sin madre, y no quería ver a su padre en la cárcel, aunque tuviera que incumplir las normas.

¿Qué le pasaba? Ella no era de las que rompían las reglas del juego. Tampoco perdonaba las mentiras. No podía creer que le hubiera pedido a Brody que sacrificara su honradez y su honor.

Se acercó a él y apretó la cara contra su pecho desnudo. Oyó los latidos fuertes de su corazón.

—Lo siento. No debería haberte pedido que mientas. Ha sido injusto por mi parte. Yo... —musitó, y se le escapó un sollozo—. No puedo creer que haya hecho eso.

Él le acarició la espalda.

—No pasa nada. Sé que estás muy preocupada por él, nena.

—Ojalá... Demonios, Brody, quiero ayudarlo.

—Ya lo sé —dijo él, con suavidad—. Pero tu padre es el que se ha metido en este lío y, aunque odie decir esto, es él quien va a tener que quitárselo de encima.

A la mañana siguiente, el sonido del teléfono despertó a Hayden muy temprano. Salió de un sueño intranquilo y gimió con disgusto. Estaba de lado, con la espalda apretada contra el cuerpo grande y cálido de

Brody. Él tenía uno de los brazos extendido sobre su pecho.

Cerró los ojos con fuerza, esperando a que cesara el zumbido. Hubo un par de segundos de silencio, pero, después, sonó de nuevo. Y otra vez. Y otra vez.

Suspirando, se desenredó de los brazos de Brody y se levantó. Al ver la hora en el reloj, se estremeció. Las seis de la mañana. ¿Quién la llamaba tan temprano?

—Vuelve a la cama —murmuró Brody, con voz somnolienta.

—Ahora mismo, en cuanto asesine al que me sigue llamando —gruñó ella.

Fue hacia la butaca que había debajo de la ventana y miró la pantalla. De inmediato, reconoció el número de Darcy. Seguramente algo no iba bien para que su amiga estuviera llamándola a aquellas horas.

Respondió al instante.

—Darce, hola. ¿Qué ocurre?

—¿Te has conectado a internet esta mañana?

—¿Para eso me despiertas a estas horas? ¡Pues claro que no me he conectado! Son las seis de la mañana. Y ¿qué estás haciendo tú conectada tan temprano?

—Yo no he llegado a acostarme esta noche —dijo Darcy, y Hayden casi pudo ver la sonrisa de su amiga—. Acabo de escaparme del apartamento de Marco y voy a pedir un taxi para...

—¿Quién es Marco?

—O, es mi nuevo entrenador personal.

Hubo una pausa.

—Ligamos anoche.

—Al ritmo que vas, nunca vas a encontrar un gimnasio permanente —le dijo Hayden, y soltó un suspiro—. ¿Vas a decirme por qué me has llamado o puedo volver a la cama?

—Estás por todo internet, cariño.

—¿Qué?

—Va en serio. Ha sido la primera noticia que he visto cuando he abierto el teléfono. Hay fotos tuyas en la primera página de todos los periódicos deportivos, con la lengua de tu jugador de hockey en la boca y sus manos en tu trasero.

Ella se quedó horrorizada.

—Mentira.

—Me temo que no.

Oh, Dios...

—Te vuelvo a llamar dentro de un minuto —le dijo a su amiga, y colgó.

La camiseta que le había prestado Brody para dormir le llegaba hasta las rodillas, pero tenía los brazos desnudos, y se le puso la piel de gallina. Notó el frío del suelo de madera bajo los pies mientras bajaba las escaleras hacia la sala de estar. No quería despertar a Brody.

Se sentó en el sofá y abrió la página web de uno de los periódicos deportivos más importantes. Al ver la primera página, se le escapó un jadeo.

Darcy tenía razón. Había una fotografía de Brody y suya en el aparcamiento de los Warriors. Debieron de tomarla cuando ella se puso de puntillas para besarlo, y no era posible ignorar que él le estaba estrujando el trasero con las dos manos.

El titular rezaba: *El delantero de los Warriors fraterniza con la hija de Houston.*

Sin embargo, fue el artículo lo que hizo que palideciera. Lo leyó dos veces sin perderse una sola palabra. Después, dejó el teléfono en un cojín y se sujetó la cabeza con las manos.

—¿Qué ha ocurrido?

Ella se sobresaltó al oír la voz adormilada de Brody. Alzó la vista y lo vio en la puerta del salón. No llevaba nada puesto, salvo un par de calzoncillos azules, y tenía cara de preocupación.

Hayden le señaló el teléfono. Brody se acercó al sofá y lo tomó. Ella observó su rostro mientras leía el artículo, pero él no dijo nada. Pestañeó un par de veces, frunció el ceño y se levantó.

—Necesito un café —dijo, y se fue a la cocina.

Hayden lo siguió y lo encontró encendiendo la cafetera con una mirada de incredulidad.

—Dicen que yo acepté un soborno —musitó.

Ella se acercó a él y posó una mano en su brazo.

—Son especulaciones. No tienen ninguna prueba.

—¡Tienen una fuente! —estalló él, con ira—. Alguien le dijo a ese imbécil de periodista que yo acepté los sobornos de tu padre. Esto no es un periodicucho donde se inventen las noticias. Greg Michaels es un periodista deportivo que ha ganado premios. ¡Y alguien del equipo le ha dicho que yo acepté sobornos!

A Hayden se le secó la boca. No podía asimilar todas las emociones que se reflejaron en el rostro de Brody. Ira, sentimiento de traición, consternación. Horror, disgusto, miedo. Quería abrazarlo, pero estaba tan tenso que su lenguaje corporal gritaba «¡No te acerques!».

—Alguien está intentando destruirme —dijo él—. ¿Quién puede ser? Sé que Wyatt está metido en este lío, pero no creo que él haya dirigido las sospechas hacia mí. Me dijo que no me metiera en nada.

De repente, la miró fijamente, como si acabara de acordarse de que estaba con él en la habitación.

—Dicen que te estás acostando conmigo para que no hable del papel de tu padre en todo esto —dijo, y se echó a reír sin ganas.

A ella se le encogió el corazón y trató de consolarlo.

—Todo va a ir bien. Todo quedará claro cuando te entrevistes con el investigador.

Él soltó una carcajada seca y amarga.

—Solo hace falta que manchen tu nombre y los

equipos te miran de un modo distinto. Estoy en medio de la negociación de mi contrato. Mi agente ya me advirtió de que las cosas se estaban estancando por culpa de las acusaciones y, ahora, algún imbécil me implica directamente en esta mierda. Estoy jodido, Hayden.

La cafetera hizo clic y Brody se giró rígidamente hacia ella. Llenó una taza hasta el borde y le dio un trago enorme al líquido humeante. Ni siquiera hizo un gesto de dolor al tragar.

Hayden no sabía qué decir. No sabía cómo consolarlo. Se quedó inmóvil, mirándolo a la cara, esperando a que volviera a hablar. Pero no estaba preparada para lo que le dijo.

—Creo que será mejor que dejemos enfriar un poco las cosas.

Ella se quedó espantada.

—¿Cómo?

Brody dejó la taza en la encimera y se frotó la frente.

—No puedo dejarme arrastrar con tu padre —dijo, en voz baja—. Si a ti y a mí nos ven juntos, los rumores y las sospechas no harán más que aumentar. Mi carrera... —añadió, y soltó una ristra de maldiciones—. Me he dejado la piel para llegar donde estoy, Hayden. Cuando era pequeño solo podía tener ropa de segunda mano, y vi a mis padres luchando para llegar a fin de mes. He trabajado mucho para poder apoyarlos. No puedo perder todo eso. No lo voy a perder.

—¿Ya no quieres que nos veamos más?

Él se pasó los dedos por el pelo y la miró con una expresión torturada.

—Solo digo que quizá deberíamos... dejar lo nuestro en suspenso hasta que termine la investigación y pase el escándalo.

—Quieres que lo dejemos en suspenso —repitió ella, con la voz apagada.

—Sí.

Ella se dio la vuelta y apoyó las manos en la encimera para mantener el equilibrio. ¿Estaba acabando con todo? Bueno, decía que quería ponerlo en suspenso... No importaba. No importaba cómo quisiera expresarlo, básicamente, Brody le estaba diciendo que no la quería cerca.

Todo lo que le había dicho la noche anterior sobre lo bien que estaban juntos, sobre lo bien que encajaban... ¿Qué había pasado con todo eso?

Al recordar sus palabras, Hayden sintió una amargura enorme y un resentimiento que conocía muy bien. ¿Cuántas veces había elegido su padre al equipo de hockey por delante de ella? ¿Cuántas veces habían puesto los hombres de su vida sus carreras en el asiento delantero, y a ella, en la parte de atrás a esperar su atención?

—De acuerdo —dijo, con la voz entrecortada—. Si eso es lo que quieres... Supongo que tienes que cuidar de ti mismo.

Él se quedó consternado.

—No hagas que parezca que no me importas nada. Sí me importas. Pero no puedes culparme por preocuparme también de todo lo que he conseguido con mi trabajo.

De repente, tuvo ganas de salir volando. Tal vez, terminar en aquel momento fuera lo mejor. Ya habían llegado a un punto muerto el día anterior, cuando ella le había dicho que su estilo de vida no encajaba con lo que quería de una relación. Lo mejor sería cortar por lo sano enseguida, antes de que las cosas fueran más difíciles.

Sin embargo, aunque eso fuera lo lógico, su corazón lloraba ante la idea de no estar con él.

Se hizo el silencio, hasta que Brody soltó una maldición y se pasó los dedos por el pelo.

—Me importas mucho, Hayden —repitió—. No quiero que esto termine. Y no lo veo como un final. Solo quiero que este desastre pase de una vez. Quiero que mi nombre quede limpio y mi carrera no se vea afectada. Cuando todo termine, podemos seguir donde lo hemos dejado.

Ella se echó a reír.

—Porque las cosas son tan fáciles, ¿no? Bah, no importa. Habría terminado de todos modos, más tarde o más temprano.

—Vamos, no digas eso. Esta ruptura no tiene por qué ser permanente.

—A lo mejor debería —dijo Hayden, conteniendo el sollozo que tenía en la garganta—. Seguramente nos estamos haciendo un favor dejándolo ahora. Creo que nos estamos ahorrando mucho sufrimiento en el futuro.

Él iba a responder, pero ella no le dio la oportunidad. Con los ojos llenos de lágrimas, volvió al dormitorio en busca de su ropa.

Capítulo 28

El trayecto de vuelta hasta su coche fue, posiblemente, la experiencia más mortificante de la vida de Hayden. Mientras se vestía, pedía el taxi y le decía adiós, suavemente, a Brody, consiguió controlar sus emociones. Sin embargo, en cuanto se sentó en el asiento trasero y observó cómo se alejaba de la hermosa casa de Brody, se echó a llorar. El conductor se quedó atónito y le entregó un pequeño paquete de pañuelos de papel. Después, la ignoró rápidamente. A pesar de que las lágrimas le nublaban la vista, se dio cuenta de que el hombre la miraba con extrañeza por el espejo retrovisor. No debía de aparecer a menudo una mujer llorando en su asiento trasero, con el corazón roto.

«El corazón roto» era la única forma que se le ocurría de describir lo que sentía en aquel momento. Aunque le había dicho a Brody que aquella ruptura era lo mejor, le dolía tanto el corazón que tenía la sensación de que alguien se lo había cortado con una cuchilla de afeitar. Solo quería llegar al ático, meterse en la cama y llorar más.

El taxista la dejó en el estadio y, cuando ella se sentó tras el volante, se secó los ojos y respiró profundamente unas cuantas veces.

Al cabo de quince minutos horriblemente largos, entró en el hotel con la esperanza de que nadie le viera la cara llena de manchas. Sin embargo, el recepcionista le hizo una señal para que se acercara. Hayden lo hizo, de mala gana, y se sorprendió al oír que había un hombre esperándola en el bar.

Sintió esperanza y felicidad.

Tenía que ser Brody.

Había tenido tiempo suficiente para llegar allí antes que ella. Quizá se hubiera dado cuenta de que era una tontería acabar con las cosas solo por lo que hubiera escrito un reportero.

Atravesó rápidamente el vestíbulo de camino al bar del hotel. Dentro solo había unos cuantos hombres, pero no vio a Brody. La decepción se apoderó de ella. Claro que no estaba allí. Le había dejado bien claro que no estaba dispuesto a poner en peligro su carrera deportiva por estar con ella.

Miró a su alrededor otra vez y, cuando sus ojos se fijaron en un hombre en concreto, vaciló.

Era Doug.

Oh, Dios. ¿Qué estaba haciendo allí?

—¡Hayden! —exclamó él.

Se levantó del asiento y caminó hacia ella con una sonrisa tímida.

Ella se quedó mirándolo. Era rubio y llevaba un corte de pelo muy sensato. Tenía los ojos de color azul claro y estaba tan serio como siempre. Su cuerpo era delgado y esbelto, puesto que se mantenía en forma en el gimnasio de la universidad. Llevaba unos pantalones color canela y una camisa impecablemente blanca.

En Doug todo era limpio, ordenado e insoportablemente aburrido. Ella buscó alguna señal de desorden, un botón desabrochado, una manchita de café... Pero no la halló en ningún sitio.

—Hola —dijo él, con suavidad—. Me alegro de verte.

Ella quería decirle lo mismo, pero las palabras se negaron a salir de su boca.

Se miraron fijamente unos instantes y, después, él le dio un abrazo. Ella correspondió con desgana y se dio cuenta de que no sentía absolutamente nada entre sus brazos.

—Sé que no debería haber venido —dijo él, mientras la soltaba—. Pero, después de cómo dejamos las cosas... Me pareció que debíamos hablar en persona.

—Tienes razón —dijo ella, y tragó saliva—. ¿Quieres subir?

Él asintió.

Salieron del bar sin decir una palabra y se dirigieron hacia el ascensor. Subieron al ático en silencio. Hayden quería pedirle disculpas de nuevo, aunque ya no estaba arrepentida de nada. Doug y ella se habían dado un descanso cuando Hayden empezó a verse con Brody y, aunque lamentaba haberle hecho daño, no podía sentir arrepentimiento por lo que sentía hacia él.

—Me quedé horrorizado cuando me dijiste que estabas saliendo con otra persona —dijo Doug, cuando entraron a la suite.

—Lo sé —respondió ella, con un sentimiento de culpabilidad—. Siento habértelo dicho así, por teléfono, pero tenía que ser sincera.

—Me alegro de que lo hicieras —le dijo él, y se le acercó con un brillo en los ojos que ella no supo identificar—. Y fue la patada en el culo que necesitaba. Me di cuenta de que no quiero perderte por nada del mundo.

Entonces, alzó una mano y le acarició la mejilla con ternura.

Ella se sintió muy incómoda.

—Te quiero, Hayden —dijo Doug muy serio—. Debería habértelo dicho hace mucho tiempo, pero quería ir despacio. Creo que fui demasiado despacio. Lo siento.

Se acercó un poco más, pero no la tocó ni intentó besarla. Solo le ofreció una sonrisa de afecto.

—He decidido que ya hemos esperado suficiente. Quiero que crucemos ese puente. Quiero que hagamos el amor.

Oh, Dios, el puente de la intimidad, no. Estuvo a punto de echarse a reír con histerismo.

—Doug...

—Por fin ha llegado el momento.

«Tal vez sea el momento para ti», quiso decirle.

Pero, para ella, aquel momento perfecto que podría haber compartido con Doug se había esfumado en el mismo instante en que Brody Croft había aparecido en su vida.

Él trató de acariciarla otra vez, pero ella dio un paso atrás. Al ver un reflejo de dolor en sus ojos, volvió a sentirse culpable.

—No es el momento —le dijo, en voz baja—. Y creo que hay un motivo por el que nunca habíamos llegado a este punto. Creo que... no estaba escrito en el destino.

Él se quedó inmóvil.

—Entiendo —dijo, con sequedad.

Ella lo tomó de la mano y le apretó los dedos.

—Sabes que tengo razón. ¿De verdad estarías diciendo todo esto ahora si yo no hubiera conocido a otra persona?

—Sí —dijo él, pero su voz carecía de convicción.

—Pues yo creo que estábamos juntos por comodidad. Éramos amigos, colegas, dos personas que se querían mucho. Pero no somos almas gemelas, Doug.

Sintió dolor al decirle aquello, pero no había otra opción. Estar con Brody le había abierto los ojos, y sabía que no iba a conformarse con un hombre solo porque fuera amable y encantador. Por salvaje, sexy e impredecible que fuera Brody, también era honrado y tierno. Más inteligente de lo que él mismo creía. Fuerte, divertido y generoso. Había tantas cosas de él que amaba...

Un momento, ¿se había enamorado de Brody? No, no era posible. Lo suyo con Brody solo había sido una aventura. Aunque tuviera algunos rasgos maravillosos, su carrera deportiva siempre iba a mantenerlo alejado de ella.

Quería a alguien seguro, sólido, no a alguien que solo fuera audaz, arrogante, apasionado y temporal y... Mierda.

Lo quería a él. Y, ¿no era irónico que se hubiera dado cuenta el día en que habían roto?

—¿Hayden? Por favor, no llores, cariño.

Ella se secó rápidamente las lágrimas.

—Doug... Lo siento —murmuró.

Él asintió.

—Yo también lo siento —dijo, y ladeó la cabeza algo confuso—. Pero no sé qué tiene de malo lo de sentirte cómodo con alguien.

—No tiene nada de malo, pero yo quiero algo más que eso. Quiero amor, pasión y... Quiero algo trascendental, que haga temblar la tierra.

Él sonrió con pesar.

—Me temo que no tengo mucha experiencia en hacer temblar la tierra para una mujer.

No, pero Brody, sí.

Por desgracia, también tenía mucha experiencia a la hora de destrozarle el corazón a una mujer.

Capítulo 29

—¿De verdad no has sabido nada más de él? ¿Ni siquiera te ha mandado un mensaje? —preguntó Darcy.

Hayden movió los dedos de los pies, que estaban siendo devorados por un banco de peces diminutos. Supuestamente, aquel era un tratamiento de spa infalible para librarse de toda la piel muerta, pero le hacían tantas costillas que tenía miedo de aplastar a las pobrecitas criaturas. Aquello había sido idea de Darcy, la mejor solución, según ella, para superar los tres días de absoluto silencio por parte de Brody, pero Hayden no se sentía mejor.

Lo echaba de menos más aún.

Además, se sentía peor todavía al pensar que Darcy había cerrado la tienda para poder pasar con ella el lunes y apoyarla.

—No, ni siquiera me ha mandado un mensaje —respondió con tristeza.

Al sentir otro cosquilleo en la planta del pie, dio un respingo.

—Ay, Dios mío. ¿No podemos pedirles que empiecen ya con la pedicura?

—¡No! Hay que hacer esto primero. Hazme caso, después se te quedan los pies como el culito de un bebé.

Darcy era un encanto por sugerirle que pasaran el día juntas, pero a ella no le importaba un comino lo suaves que estuvieran sus pies. Solo podía preguntarse qué iba a hacer ahora. Con Brody. Con su padre.

Dios, su padre. Todavía no habían hablado de su posible culpabilidad, pero él la había llamado pocas horas después de que las fotografías de Brody y de ella aparecieran en internet para preguntarle qué demonios estaba sucediendo. Hayden todavía estaba tan anonadada por su ruptura con Brody que se había quedado sentada y había dejado que su padre le echara un sermón.

Pero, justo después de colgar, se había dado cuenta de que debería haber sido ella la que preguntara qué demonios estaba pasando. Su padre había amañado partidos, había hecho trampas en el campo profesional y había engañado a Sheila con otra mujer. Legalmente, Sheila seguía siendo su mujer, y Hayden la creía cuando decía que había sido infiel.

Sin embargo, estaba demasiado angustiada como para presionarlo. Lo único que le había sonsacado era que iban a entrevistarlo los investigadores de la liga aquella misma tarde.

—Vamos, sonríe un poco —le suplicó Darcy—. Sé que la vida es una mierda en este momento, pero va a mejorar, te lo prometo.

—No puedo creer que haya terminado.

—Y yo no puedo creer que te esté afectando tanto —dijo Darcy—. Tú eres la que te empeñaste en que solo fuera una aventura y nada más.

—Ya lo sé —gruñó Hayden—. ¿Qué demonios me pasa?

Su amiga le acarició el brazo.

—No te pasa nada, cariño.

Ella cerró los ojos y echó la cabeza hacia atrás, pero volvió a abrirlos cuando la empleada del spa se les acercó con una bandeja llena de mimosas.

—¿Les apetece tomar un cóctel, señoras?

—Yo tomaré dos —dijo Hayden, descaradamente.

Se hizo con dos de las copas y las puso en la mesita de bambú que había a su lado.

—Ha tenido una semana muy larga —le explicó Darcy a la empleada, conteniendo la risa, porque la muchacha se había quedado mirando a Hayden con los ojos muy abiertos.

Cuando se fue, Darcy dio un resoplido.

—Qué elegante —dijo.

Hayden se tragó casi la mitad de la primera mimosa.

—No me importa —gruñó—. Necesito esto.

Se había despertado muy confusa las tres últimas mañanas, hundida y enfadada. La ira era sorprendente para ella, pero, de todos modos, iba dirigida sobre todo contra sí misma. Por las noches no dejaba de dar vueltas por la cama, pensando en el lío en que se había metido desde que había vuelto a Chicago. Le había hecho una proposición a un desconocido y, al final, se había enamorado de él. Le había hecho daño a Doug. Había descubierto que su padre tenía un problema con el alcohol y que, probablemente, era un delincuente.

«¿Y qué estás haciendo para solucionarlo?», le preguntó la voz de su conciencia.

Buena observación. ¿Beberse dos mimosas iba a servir de ayuda? Ella no era de las que dejaban que se acumularan los problemas sin buscar soluciones y, aunque tal vez no pudiera arreglar el corazón roto de Doug o revertir la decisión de Brody de mantenerse alejado de ella, seguro que podía hacer algo acerca de su padre.

—Tengo que hablar con mi padre —dijo, rotundamente.

Darcy asintió.

—Sí. Es hora de que te quites esa tirita.

—¿Con lo de la tirita te refieres a que seguramente es un delincuente y un alcohólico? —preguntó, con un deje de tristeza.

—No he dicho que no fuera a doler. Pero tienes que hacerlo.

Darcy sacó los pies de la bañera. Parecía que los peces habían terminado con ella. Hayden hizo lo mismo rápidamente y sintió un gran alivio cuando dejó de sentir las cosquillas.

—¿Te importaría que te abandonara en mitad de la pedicura? —le preguntó a su amiga, mordiéndose el labio—. No creo que pueda quedarme aquí sentada toda la mañana. Quiero ir a verlo para que me explique ciertas cosas.

Porque ya era suficiente. Tenía que conseguir que su padre le dijera la verdad. Aquel escándalo también la estaba afectando a ella y se merecía saber si la confianza y la fe que había depositado en él estaban justificadas. Era la situación de Presley lo que la había llevado a Chicago y la había separado de Doug. Era, también, lo que había provocado su ruptura con Brody.

Y ya era hora de entender todo lo que había sucedido.

Fue al Lincoln Center apesadumbrada. Sabía que el investigador de la liga iba a entrevistar a Brody aquella tarde, y esperaba que no se cruzaran. Si lo veía, sentiría la tentación de echarse a sus brazos y no tenía ganas de sufrir otro rechazo.

Aparcó y se dirigió hacia la entrada del edificio. Después de saludar a la recepcionista, subió en ascensor al segundo piso, donde estaban las oficinas.

El despacho de su padre estaba al final del pasillo, detrás de un par de puertas de madera imponentes que eran más indicadas para el presidente de la nación que para el dueño de un equipo de hockey. El escritorio de la secretaria de su padre estaba a la derecha. La secretaria era una mujer muy agradable llamada Kathy, pero no estaba allí.

Hayden se acercó a la entrada del despacho y se detuvo en seco al oír el tono furioso de su padre, que estaba al teléfono. Su voz retumbaba por las paredes.

Lentamente, giró el pomo de la puerta, pero se quedó helada al oír la conversación.

—Sé que te prometí que iba a cubrirte, Becker, pero esto se está descontrolando.

¿Becker? ¿El mejor amigo de Brody?

Aquello la horrorizó. Sabía que no debería escuchar a escondidas, pero no fue capaz de anunciar su presencia.

—Eso me importa un bledo... No van a poder seguir el rastro del dinero...

Ya había oído suficiente. Con el estómago revuelto, abrió la puerta de par en par y se dirigió hacia su padre, que estaba detrás de su escritorio con el auricular en la oreja. Estuvo a punto de caérsele de la mano cuando la vio.

—Tengo que dejarte —dijo, y colgó sin darle a la otra persona la oportunidad de responder.

Hayden se acercó y se dio cuenta de que él se había puesto muy pálido. Le temblaban las manos.

—Así que es cierto —le dijo, mirándolo fijamente a los ojos.

Él tuvo la frescura de hacerse de nuevas.

—No sé de qué estás hablando, cariño.

—¡Mentira! —exclamó ella, furiosa—. ¡He oído lo que acabas de decir!

Se hizo el silencio en el despacho. Su padre se había quedado atónito ante aquella demostración de ira. Después de un momento, se dejó caer en su butaca, la miró con arrepentimiento y suspiró.

—No deberías haber escuchado la conversación, Hayden. No quería que te vieras involucrada en nada de esto.

—¿Ah, no? ¿Por eso me pediste que viniera a casa? ¿Por eso me obligaste a hacer una declaración para el proceso de tu divorcio? ¿Para que no me involucrara? Demasiado tarde, papá.

Las piernas apenas la sostenían cuando fue a sentarse en una de las lujosas sillas de color granate que estaban reservadas para las visitas. Era difícil pensar con el ruido estruendoso que invadía sus oídos. Tenía una mezcla de ira, disgusto y tristeza que formaban un cóctel venenoso por sus venas.

No podía creerlo. Los indicios y las sospechas estaban ahí desde el principio, pero el hecho de oír a su padre confirmando sus delitos era como un navajazo en las entrañas.

—Cariño... —dijo él, y tragó saliva—. Por lo menos, deja que te lo explique.

—Has cometido un delito. ¿Qué hay que explicar?

—He cometido un error —dijo él, con desesperación—. Hice algunas inversiones fallidas... Yo... Solo fueron dos partidos, Hayden. Solo dos. Necesitaba recuperarme de las pérdidas y... Lo estropeé todo.

Su fe en él comenzó a desmoronarse lentamente. ¿Cómo podía haber hecho algo así? Y, ¿por qué ella no se había dado cuenta, demonios?

—¿Por qué no me llamaste? —le preguntó.

—Me daba vergüenza. No quería que supieras que había destruido todo lo que construí. Yo nunca volví a enamorarme de otra mujer después de que muriera tu madre. Ninguna de las que conocí podían compararse con ella. Así que me concentré en el trabajo, primero, de entrenador y, después, de propietario del club. El dinero era algo tangible, ¿sabes? Algo que pensaba que no podía perder. Pero lo perdí. Lo perdí y me asusté.

Pensé que perdería también a Sheila —dijo, y se enjugó las lágrimas que se le estaban cayendo por las mejillas—. Sé que, en parte, se casó conmigo por el dinero. No soy tonto, Hayden. Pero ella y yo también nos queríamos. Algunas veces pienso que todavía la quiero. Y, después de tantos años sintiéndome muerto, necesitaba eso. Empecé a beber demasiado para olvidar todo lo que estaba pasando. Ella intentó ayudarme, pero yo no le hice caso. No quería que pensara que era débil...

Él se quedó callado y siguió llorando. A Hayden también se le llenaron los ojos de lágrimas. Nunca había visto llorar a su padre, y se le partía el corazón. Y le dolía aún más pensar que no se había enterado de que su vida se estuviera desmoronando. Sabía lo mucho que le importaba su trabajo, su reputación y, sí, su riqueza.

La amenaza de perderlo todo lo había empujado a tomar decisiones espantosas. Y ella estaba tan ocupada con su propia vida que no había estado a su lado.

Se levantó lentamente y se acercó a él. Le puso una mano en el hombro y él alzó la cabeza.

—Lo siento —dijo.

Ella lo abrazó.

—Sé que lo sientes. No te preocupes. Vamos a conseguir ayuda para ti —le dijo, y tragó saliva—. Y tú... vas a tener que decir la verdad hoy, ¿de acuerdo?

Bajó los brazos y miró a su padre a los ojos. Allí se reflejaban todo su remordimiento y su culpabilidad. Después de un momento, él asintió.

—Tienes razón. Sé que tengo que enfrentarme a las consecuencias de mis actos.

—Voy a estar a tu lado, papá. Y, si quieres que vaya a la entrevista contigo, lo haré.

Él hizo un gesto negativo.

—No, esto es algo que tengo que hacer solo —dijo, con un suspiro—. Croft está en el edificio, por si te lo estabas preguntando.

Ella se ruborizó.

—No. No me lo estaba preguntando, quiero decir.

—Y vuestra aventura... ¿crees que es buena idea?

—No es una aventura. Estoy enamorada de él. Quiero estar con él, papá.

Hizo una pausa mientras las palabras se asentaban entre ellos. Entonces, pensó en lo que le había dicho a su padre hacía un momento: «Voy a estar a tu lado». ¿Por qué le resultaba tan fácil decírselo a él, pero no a Brody? Aunque no tuviera la vida estable que ella había deseado siempre, sí tenía otras muchas cualidades que compensaban más que de sobra el hecho de que tuviera que viajar de vez en cuando.

De repente, se dio cuenta de que lo había tratado de manera injusta, porque siempre había querido que todo se hiciera de acuerdo con sus condiciones. Había luchado contra él cuando él quería que se diera cuenta de que eran buenos el uno para el otro. Pues tenía razón, lo eran.

Brody era el primer hombre con el que había sido ella misma. Él la hacía reír y la volvía loca en la cama. Sabía escuchar.

No lo merecía. Lo único que había hecho desde que se habían conocido era poner límites, tener expectativas, encontrar motivos por los que él no era adecuado para ella. Y, sin embargo, él había permanecido a su lado incluso cuando ella imponía reglas tontas o se empeñaba en que aquello no era más que una aventura. ¿Acaso no era eso lo que decía que quería en un hombre? ¿Que fuera alguien sólido y que permaneciera a su lado?

Brody se merecía lo mismo, una mujer que estuviera a su lado. Ella sabía que le importaba y, si él pensaba que era mejor dejar su relación en suspenso hasta que amainara el escándalo, tal vez tuviera que darle un voto de confianza.

Se apartó del escritorio. De repente, supo lo que tenía que hacer.

—¿Hayden? —dijo su padre, en voz baja.

—Tengo que ocuparme de una cosa —respondió ella—. Hablamos después de tu entrevista, ¿de acuerdo? Vamos a hablar de todo.

Su padre asintió.

Estaba a medio camino de la salida cuando se giró hacia él de nuevo.

—Y, papá, espero que te acuerdes de hacer lo que está bien.

Brody estaba esperando para entrar a la sala de juntas, tirándose ansiosamente de la corbata. Dios, cuánto odiaba aquella corbata. Se estaba ahogando con ella. O, tal vez, le resultaba difícil respirar porque dentro de unos minutos iba a estar sentado frente a tres personas que podían destruir su carrera.

Aunque aquellas dos razones podían ser la explicación para la agitación que sentía, sabía que solo había un motivo verdadero: Hayden.

No había pensado nunca que se pudiera echar tanto de menos a alguien. No había dejado de pensar en ella desde hacía tres días, cuando se había ido de su casa. Su ausencia le molestaba mil veces más que el hecho de haber sido eliminado de las finales. No le importaba que la temporada hubiera terminado para su equipo. ¿Cómo iba a importarle, si todo su cuerpo estaba dolido de deseo por Hayden?

Aunque su parte racional le decía que había hecho lo mejor al distanciarse de ella, su corazón no aceptaba esa decisión. De hecho, llevaba todos esos días gritándole que era el mayor idiota del planeta.

Él no quería romper con ella, solo una pausa para dejar que se llevara a cabo la investigación y el escándalo terminara. Pero, Hayden... Bueno, ella se había ido y la pausa se había convertido en algo permanente. Volvía a creer que una relación entre ellos no podría haber durado.

Brody sabía que estaba equivocada. Si bajara la guardia y abriera su corazón, vería que podían estar muy bien juntos para siempre. No solo en la cama, sino en la vida. ¿Qué importaba que él tuviera que viajar con frecuencia y su vida no fuese tan estable como la de otros hombres? Tendría que retirarse del hockey profesional más tarde o más temprano y, cuando lo hiciera, su plan era afincarse en algún sitio. Tal vez, abrir una pista de hielo en la que no hubiera que pagar cuota para que los niños de familias pobres pudieran acceder a las mismas oportunidades que tenían los niños más privilegiados. Incluso podría entrenar a un equipo infantil. Llevaba años dándole vueltas a aquella idea.

Sin embargo, en vez de planificar un futuro con Hayden, la había perdido.

—Croft.

Levantó la cabeza y frunció el ceño al ver a Craig Wyatt, que caminaba hacia él. Llevaba un traje a medida de color negro y sus zapatos brillantes chirriaban contra el suelo.

—¿Qué pasa? —preguntó Brody, con un deje de amargura en la voz.

Wyatt apretó la mandíbula.

—Vi el artículo sobre ti y la hija de Houston. Espero que sepas que no tienes motivos para estar nervioso. Los dos sabemos que tú no hiciste nada malo.

—Tienes razón, no lo he hecho —dijo Brody, y enarcó una ceja—. Pero siento curiosidad por saber por qué estás tan seguro de eso.

Wyatt hizo un gesto con la cabeza, señalando hacia la izquierda, y dijo:

—Ven conmigo. Tenemos que hablar.

Brody miró el reloj. Todavía quedaban veinte minutos para que le hicieran pasar a la entrevista. Wyatt y él fueron en silencio hacia el vestíbulo y salieron por la puerta principal al aire fresco de la mañana.

Frente al estadio pasaban los coches, y los peatones que caminaban por la acera ni siquiera se fijaron en ellos. Todo el mundo iba a cumplir con su jornada de trabajo mientras que él estaba allí, esperando a que lo interrogaran sobre algo de lo que no quería saber nada.

A Wyatt se le escapó un gemido ahogado antes de empezar a hablar.

—Mira, no voy a mentir. He estado saliendo con Sheila —dijo, con la voz temblorosa—. Sé que está mal. Sé que no tiene sentido acostarse con una mujer casada, pero me enamoré en cuanto la vi. La quiero, tío.

—Sheila te dijo quiénes habían aceptado los sobornos, ¿verdad?

Wyatt desvió la mirada.

—Sí.

—Entonces, ¿quiénes fueron? ¿Quién nos ha puesto en esta situación, Craig?

Hubo un silencio.

—No sé si vas a querer saberlo.

Otra pausa, en aquella ocasión, más larga.

Brody se dio cuenta de que Wyatt no quería decirle los nombres.

Pero lo hizo.

—Uno fue Nicklaus. Y... —Wyatt tomó aire—. Lo siento, Brody, pero el otro fue Sam Becker.

Capítulo 30

El mundo se hundió bajo sus pies. Brody se inclinó hacia delante y apoyó las manos en los muslos para estabilizarse. Respiró profundamente varias veces y esperó a que se le calmara el pulso.

—Esos son los dos únicos que Sheila conoce —dijo Wyatt—, pero puede que haya más.

Brody alzó la vista.

—Estás mintiendo. Puede que Nicklaus lo hiciera, pero Sam, no. Él no haría eso.

—Lo hizo.

No. Becker no. Se imaginó su cara mientras recordaba que Becker lo había tomado bajo su protección desde que era un novato y le había ayudado a convertirse en el jugador que era hoy día. Becker era su mejor amigo del equipo. Era un tipo cabal, un campeón. Una leyenda. ¿Por qué iba a poner en peligro su carrera a cambio de dinero?

—Se retira al final de la temporada —le dijo Wyatt, como si le hubiera leído el pensamiento, y se encogió de hombros— . Tal vez necesitara ahorros.

Brody cerró los ojos. Cuando volvió a abrirlos, se encontró con la expresión de simpatía de Wyatt.

—Sé que estáis unidos —dijo Craig.

—Puede que estés equivocado. Puede que Sheila no haya dicho la verdad.

Brody sabía que estaba agarrándose a un clavo ardiendo, pero cualquier cosa era mejor que aceptar que Becker hubiera hecho algo así.

—Es la verdad.

Se quedaron allí un momento, callados, hasta que, al final, Wyatt carraspeó y dijo:

—Deberíamos entrar.

—Ve tú. Yo entro ahora mismo.

Después de que Wyatt se marchara, Brody se colocó la corbata, preguntándose si alguna vez iba a ser capaz de volver a respirar. Le daba vueltas la cabeza después de aquella revelación de Craig. Sin embargo, no podía creerlo...

Tenía que hablar con Becker, mirarlo a la cara y exigirle que le dijera la verdad. Y, cuando se irguió, se dio cuenta de que sus deseos iban a cumplirse antes de lo que esperaba, porque Sam Becker estaba saliendo del estadio.

Al verlo, Sam se dirigió hacia él.

—¿Ya has terminado? —le preguntó.

—Ni siquiera he entrado —dijo él, tratando de disimular sus emociones—. ¿Y tú? ¿También tenías hoy la entrevista?

—Sí —dijo Becker—. Y, como premio, después tengo que llevar a Mary de compras.

Brody sonrió débilmente.

Becker frunció los labios.

—¿Estás bien? —le preguntó.

—Eh... Sí. Estoy bien.

—¿Seguro?

—Sí, sí. Solo estaba pensando en una cosa.

—No me digas que sigues obsesionado con la hija de Houston. Ya te lo dije, tío, no deberías salir con ella.

Sí, se lo había dicho. Y, ahora, él se preguntaba de dónde había salido aquel consejo. ¿Sam estaba intentando protegerlo, o quería que se alejara de Hayden por si acaso su padre le hacía alguna confidencia y él se enteraba de toda la verdad?

Aquel pensamiento le heló la sangre.

—No quiero hablar sobre Hayden —dijo, bruscamente.

—De acuerdo —dijo Sam, en un tono de cautela—. Entonces, ¿de qué quieres hablar?

Él exhaló un suspiro.

—¿Y si me cuentas por qué te dejaste sobornar por Presley?

Becker apretó la mandíbula.

—¿Disculpa?

—Ya me has oído.

Becker frunció el ceño.

—Ya te he dicho que yo no tengo nada que ver con eso.

—Pues hay otra persona que dice lo contrario.

—¿Ah, sí? ¿Quién?

Brody decidió tirarse un farol. Se sintió muy mal, pero lo hizo.

—Presley.

La mentira se extendió entre ellos dos, y Brody vio muchas emociones pasando por el semblante de su amigo. Sorpresa, enojo, culpabilidad... y, finalmente, sentimiento de traición.

Y eso era todo lo que él necesitaba saber. Asintió con rigidez y pasó por delante de su antiguo mentor.

—Lo entiendo. Me esperan dentro.

—Brody, vamos —dijo Becker, con un tono de tristeza—. Vamos, no fue así.

Brody se dio la vuelta.

—Entonces, ¿no vendiste al equipo?

Becker vaciló durante un momento demasiado largo.

—Eso es lo que pensaba.

—Lo hice por Mary, ¿de acuerdo? —explotó Sam, con tanta angustia, que Brody casi sintió lástima por él—. No sabes lo que es vivir con una mujer como ella. Dinero y poder. Es lo único que le importa. Siempre me está diciendo que sea mejor, más rico, más ambicioso. Y ahora que voy a retirarme, se está volviendo loca. Se casó conmigo por mi carrera deportiva, porque yo estaba en la cima, había ganado dos copas, era un campeón.

—Y podías haberte retirado sabiendo que habías ganado dos copas y que eras un campeón. Ahora lo harás como un delincuente. ¿Le va a gustar eso a Mary?

Becker no dijo nada. Estaba hundido.

—Lo he echado todo a perder, chaval.

—Tú lo has dicho, Sam.

Brody agitó la cabeza. No podía mirar a su amigo por miedo a darle un puñetazo en la barbilla. Apretó los dientes y se preguntó por qué se molestaba en mantener aquella conversación. Sam Becker era la última persona de la que hubiera esperado algo así. La última.

—Lo siento —dijo Becker, después de unos instantes—. Siento lo de los partidos y lo del artículo, y...

Brody apretó los dientes.

—¿El artículo? ¿Tú fuiste el que le mintió al periodista sobre mí? —gruñó.

Becker lo miró a los ojos con una expresión de culpabilidad.

—Lo siento.

—¿Por qué? ¿Por qué has hecho eso? Ya lo entiendo. Para desviar de ti las sospechas. Estabas a punto de que te pillaran, ¿verdad, Sam? Y pensaste que mi relación con Hayden le interesaría más a la prensa y me presionarían a mí, en vez de a ti.

Dios Santo. Tenía tantas ganas de pegarle que le picaban los puños. Y sentía una devastación que le provocó náuseas.

—Lo siento —volvió a decir Becker.

Sin embargo, Brody se había cansado de las disculpas de quien, supuestamente, había sido su amigo. Sin decir una palabra más, pasó por delante de él y se dirigió a las puertas del estadio.

Tenía ganas de darle un puñetazo a algo. Su mejor amigo lo había traicionado. Becker, el mejor jugador de la liga, había hecho trampas. ¿Y por qué? Por dinero, poder, ambición.

De repente, se detuvo al entender su propia idiotez. Él había alejado a la mujer a la que quería por proteger su carrera. Porque le asustaba que el hecho de que la asociaran con él pudiera manchar su imagen y perjudicar la negociación de su contrato.

¿A quién le importaba una mierda un contrato pudiendo tener a Hayden?

La quería. No sabía exactamente cuándo se había enamorado de ella, pero había sucedido. Tal vez, en el mismo momento en que ella se había acercado a él en el bar y le había dado una paliza al billar. O, quizá, la primera vez que se habían besado. O la primera vez que se habían acostado, o cuando habían patinado, o cuando habían ido al museo y ella le había explicado todos los cuadros con verdadera pasión. No sabía cuándo había sucedido.

Y él, en vez de aferrarse a una mujer cuya inteligencia le asombraba, cuya pasión lo excitaba y cuyas sonrisas hacían que se sintiera más contento que nunca, la había apartado. ¿Por qué? ¿Porque lo habían implicado en un delito que no había cometido? ¿Porque su familia nunca había tenido dinero cuando él era pequeño? ¿Y qué? Sus padres se querían y su matrimonio siempre había sido feliz a pesar de las dificultades económicas. ¿Qué importancia tenían el dinero y el poder cuando uno no tenía a nadie con quien compartirlos?

De repente, se le escapó una carcajada, y la recepcionista lo miró con extrañeza. Él continuó caminando por el vestíbulo hasta que llegó a la sala de juntas. Mierda, era un idiota. Había estado buscando a una mujer que viera más allá de su faceta de deportista y, por fin, la había encontrado. A Hayden no le importaba si era o no una estrella del hockey, ni cuánto dinero ganaba, siempre y cuando estuviera a su lado. Él no estaba dispuesto a mentir para proteger a su padre, pero debería haberle dicho que estaría con ella pasara lo que pasara. Tal vez su relación con la hija del dueño del equipo le afectara de un modo negativo, pero valía la pena con tal de que Hayden estuviera en su vida.

—¿Brody?

Estuvo a punto de tropezarse al verla al final del pasillo, justo enfrente de la puerta de la sala de juntas.

—Hola. ¿Qué estás haciendo aquí? —le preguntó él, acelerando el paso.

Ella caminó hacia él, y él se dio cuenta de que tenía los ojos enrojecidos. ¿Había estado llorando?

—He venido a hablar con mi padre —respondió—. Y, entonces, me acordé de que tú estabas citado hoy para la entrevista, así que pensé en venir a verte antes de que entraras...

Se quedó callada y carraspeó. El dolor que se reflejaba en sus ojos le desgarró las entrañas. Detestaba verla así. La apartó con suavidad de la puerta y la llevó al final del pasillo.

—No voy a mentir —dijo, con la voz ronca—, pero quiero que sepas que voy a estar contigo. No me importa lo que escriban sobre nosotros. No me importa cómo afecte a mi carrera. Estaré a tu lado. Te prometo que estaré a tu lado siempre que me necesites.

Dejó escapar un suspiro y esperó su respuesta, rezando para que no le dijera que no lo necesitaba y que lo suyo solo había sido una aventura pasajera. Pero ella no dijo nada de eso. De hecho, empezó a reírse.

—¿En serio? ¿Te parece divertido? —le preguntó él, pasándose las manos por el pelo—. Recuérdame que no vuelva a hacer un discurso romántico.

Ella se echó a reír de nuevo.

—Lo siento. Es que creo que es gracioso, porque yo he venido a decirte que me mantendré apartada de ti hasta que termine la investigación, que estoy dispuesta a hacer cualquier cosa porque sigas conmigo, aunque para eso tenga que estar separada de ti durante un tiempo.

—¿Cómo?

—Respeto tu decisión. Así que, si quieres que seamos discretos hasta que todo esto pase, lo acepto. Pero no quiero que lo nuestro termine, Brody.

Él se suavizó.

—Yo tampoco. Y tampoco quiero que nos escondamos.

—¿Estás seguro?

Entonces, él se acercó y la besó en los labios, allí mismo, en el pasillo. No le importaba nada que los vieran. Solo le importaba besarla. Porque llevaba días sin besarla y tenía hambre de ella. Los dos hicieron un ruido cuando él pasó la lengua por la abertura de sus labios y jugó con la de ella. Se excitó en segundos y sintió desesperación por acariciarle hasta el último centímetro del cuerpo.

Ella, ruborizada, interrumpió el beso y dio un paso atrás antes de que él se la llevara a los baños más cercanos y le hiciera el amor hasta dejarla sin sentido.

—¿Vas a venir al hotel cuando hayas terminado? —le preguntó, con la voz entrecortada.

Él sonrió.

—Allí estaré con mis mejores galas.

—No es necesario que vengas con tus mejores galas. Desnudo estás mejor.

Su sonrisa era tan preciosa que él estuvo a punto de desmayarse.

—Y no me tengas mucho tiempo esperando. Todavía me quedan cosas por decirte.

Capítulo 31

Un par de horas más tarde, Brody entró en el ascensor del Ritz y esperó a que el botones girara la llave que daba acceso al ático. Cuando el chico se fue, él se apoyó en la pared de la cabina. Se sentía como si acabara de correr el maratón de Boston y, después, subir al Everest.

La entrevista con los investigadores de la liga había sido una verdadera tortura. Había tenido que vender al hombre a quien había considerado su amigo y al hombre a quien había respetado como jefe...

Gracias a Dios que aquel día infernal había terminado. No sabía cuál iba a ser el resultado de aquella investigación ni cómo terminaría todo, pero se había quitado un peso de encima, aunque todavía no hubiera podido aceptar la traición de Becker. Sabía que, para eso, habría de pasar más que una tarde.

Sin embargo, había salido de la entrevista con la conciencia tranquila y, a partir de aquel momento, podía arrojarse a los brazos de Hayden y olvidarlo todo, salvo el amor que sentía por ella.

—¿Nena? —dijo al entrar.

Su voz le llegó desde el pasillo.

—Aquí.

La encontró en el dormitorio, tendida en la cama,

con las piernas cruzadas, todavía vestida con la falda verde y la blusa amarilla que llevaba antes. Vaya... él esperaba encontrársela desnuda. Sin embargo, eso tenía muy fácil arreglo.

Ella bajó de la cama y la falda se arremolinó alrededor de sus muslos firmes mientras caminaba hacia él.

—¿Cómo ha ido la entrevista?

—Ha sido horrible. Pero creo que les he convencido de que yo no soy culpable de ningún delito.

Ella se quedó aliviada.

—Bien —dijo. Después, con una expresión sombría, añadió—: Me enteré de algo sobre Sam Becker que no te va a gustar.

Él tragó saliva.

—Ya lo sé. Pero ¿quién te lo dijo a ti?

—Oí a mi padre hablar con él por teléfono esta mañana —le dijo Hayden, y se mordió el labio—. Entonces, ¿es cierto? ¿Lo hizo de verdad?

—Sí. Y Nicklaus también. Nuestro portero, Hayden —dijo él, y volvió a sentir ira—. No puedo creer que hayan hecho algo así. Sobre todo, Sam.

—Lo siento —dijo ella, y le acarició la barbilla—. Pero creo que, con el tiempo, llegará el perdón. Si yo puedo perdonar a mi padre, tú podrás perdonar a tu mejor amigo.

Brody vaciló.

—¿Y si no puedo?

—Yo te ayudaré —dijo ella, sonriendo—. Se me da bien perdonar. Es decir, ¿no te he perdonado a ti que me dejaras?

Él dio un suave resoplido.

—Me entró pánico. Y solo te pedí que lo dejáramos en suspenso...

Se quedó callado al ver su mirada de diversión.

—No estás enfadada —dijo.

—Por supuesto que no —respondió Hayden, y le

pasó un dedo por la barbilla—. No puedo estar enfadada con el hombre del que me he enamorado.

Él contuvo la respiración sin atreverse a mostrar
toda la emoción que sentía.

—¿Lo dices en serio?

—Sí. Te quiero, Brody. Sé que he estado resistiéndo-
me cada vez que tú decías que éramos perfectos el uno
para el otro, pero... ya no voy a luchar más. Me he enamorado de ti. La tierra tiembla cuando estamos juntos, y me encanta.

Él sintió una alegría que le invadió todo el pecho y
le aceleró el pulso.

—Estoy dispuesta a ser parte del estilo de vida del
hockey, dure lo que dure —añadió ella, con un brillo
de certidumbre en la mirada—. Incluso iré a tus partidos —dijo, y se mordió el labio—. Aunque, seguramente, me llevaré algo de trabajo para trabajar allí. Porque
aún no me gusta especialmente el hockey, pero haré
un esfuerzo por...

Él la acalló con un beso, pero se separó justo cuando ella abría los labios para dejar que entrara en su
boca.

—No voy a jugar al hockey para siempre —respondió, con la voz ronca—. Y existe la posibilidad de que
me contraten en un equipo de la costa oeste para la
próxima temporada. Así, podrás seguir dando clases
en Berkeley, y podríamos... no sé... empezar a construir nuestra vida en común. Y un hogar.

Mientras lo decía, Brody supo con certeza que
aquello era lo que quería. Un hogar con Hayden. Una
vida con la mujer que había mirado más allá de su uniforme y había visto al hombre que había debajo.

—Te quiero —le dijo—. Te quiero más que al hockey
y más que al éxito. Quiero despertarme viendo tu sonrisa todas las mañanas, e irme a la cama contigo entre
mis brazos. Quiero oír el ruido que haces cuando te

corres. Quiero tener hijos contigo, algún día —añadió.
Posó las manos en sus caderas y la atrajo hacia sí—.
¿Me vas a permitir todo eso?

Ella le rodeó el cuello con los brazos y le dio un
beso largo que prometía amor y risa. Y sexo, sexo excitante e interminable.

—Sí —susurró.

Mientras se besaban de nuevo, él le desabrochó la
falda y metió la mano por la cintura para acariciarle
la piel sedosa. Su lengua buscó la de ella mientras sus
manos encontraban sus pechos.

Hayden gimió.

—No, aquí no —dijo.

Se acercó rápidamente a la mesilla de noche y sacó
un preservativo. Lo tomó de la mano y lo llevó al pasillo.

—Aquí —dijo, con una mirada juguetona.

Él observó el lugar que ella había elegido y se rio
suavemente. Allí era donde habían hecho el amor por
primera vez, en el suelo, sobre la alfombra.

—Aquí es perfecto —respondió con brusquedad.

La tomó entre sus brazos y la besó, y ambos se habían quedado sin aliento cuando aquel beso terminó.
Él comenzó a quitarle la ropa; primero, la blusa, después, el sujetador, después, la falda y las bragas, hasta
que quedó desnuda ante él. Era una visión perfecta.
Brody se maravilló de nuevo con sus curvas y su piel
perfecta, con sus preciosos pechos y sus piernas tor-
neadas... Dios, no podía creer que fuera suya.

—Te quiero —dijo, con un nudo de emoción en la
garganta—. Adoro todo lo que eres.

Ella exhaló un suspiro de placer cuando él le acarició el pecho. Después, rápidamente, Brody se despojó
de toda la ropa y comenzó a regar de besos su abdo-
men antes de mordisquearle el interior de los muslos.
Le encantó el gemido suave con el que ella respondió,

le encantó cómo entrelazó los dedos en su pelo y guio su cabeza hacia su sexo.

Él se lo besó y pasó la lengua por encima de su dulzura. Aunque pasara toda la vida intentándolo, nunca se cansaría de ella.

Con un gruñido ahogado, le dio un último beso y la tendió en el suelo. Ella se dejó manipular con una cara de pura satisfacción. Separó las piernas y le lanzó una sonrisa llena de picardía.

—No me hagas esperar —le pidió, con una pizca de desafío en el tono de voz.

—No se preocupe, profesora. No tengo intención de hacerlo.

Se tendió sobre su cuerpo y presionó su miembro duro y caliente contra su vientre, y se movió para que el extremo le rozara el sexo húmedo. Sin embargo, no entró en su cuerpo todavía. Primero volvió a besarla y le dijo:

—Esta vez no hay reglas.

Ella abrió los ojos.

—¿Eh?

—Cuando empezamos a salir, había unas reglas básicas —respondió él, y le mordisqueó el cuello—. Esta vez, no. Esta vez vas a conseguir mi cuerpo, mi corazón y mi alma. Todas las noches, para el resto de tu vida. O, por lo menos, durante todo el tiempo que quieras. ¿Entendido?

Ella enarcó las cejas.

—¿Otra vez con exigencias?

—Sí. ¿Algún problema?

Hayden se echó a reír y lo agarró del pelo para que bajara la cabeza. Metió la lengua en su boca y lo besó hasta que él casi perdió la visión. Después, metió la mano entre sus cuerpos, encontró su miembro y lo guio hacia su abertura. Alzó las caderas justo cuando él se hundía en su calor, y los dos emitieron un gruñido de felicidad.

—No tengo... —gimió ella, mientras lo acogía en lo más profundo de su cuerpo— ningún problema con eso. Te quiero.

Él se retiró lentamente y volvió a hundirse, llenándola por completo.

—Me vuelve loco que digas eso —murmuró.

—¿Qué? ¿Que te quiero?

—Sí, eso.

Hayden le rodeó las caderas con las piernas para mantenerlo prisionero.

—Bien, porque tengo pensado decírtelo muchas veces.

Y, para cumplir su promesa, pasó los labios por su oreja y volvió a decírselo al oído. Una y otra vez. Él gruñó y escondió la cara en el hueco de su cuello, inhaló su olor dulce y los llevó a los dos al cielo.

Y, cuando estaban saciados, felices y exhaustos, tendidos en aquella alfombra, Brody pudo jurar que la tierra había temblado.

Epílogo

Un año después

—En serio, nena, tenemos que hacer algo con esa ducha —dijo Brody, quejándose, mientras salía del baño.

Hayden se rio al verle la cara de irritación.

—El fontanero viene el lunes, cariño. Deja de preocuparte.

Él entró en su dormitorio de la casa de Santa Mónica, que habían pintado recientemente, y frunció el ceño de nuevo.

—¿De verdad no te molesta?

—No, Brody, no me molesta. Solo es un cabezal de ducha desmontable, por el amor de Dios. Podemos vivir sin él un par de días más.

Hayden puso los ojos en blanco y se levantó de la cama. Habían comprado la casa hacía dos meses, a precio de ganga, porque aquel edificio victoriano necesitaba muchas reformas. Hasta el momento, habían pintado todas las habitaciones, destrozado el salón, alicatado la cocina... y a Brody le preocupaba el cabezal de la ducha. Claramente, su marido tenía tendencia a obsesionarse, aunque ella ya lo sabía al casarse con él.

—Deberíamos irnos ya al restaurante —dijo con rapidez, para acabar con el tema que Brody se negaba a olvidar.

—Seguramente, Darcy se está tirando al camarero mientras hablamos —comentó él con un resoplido.

Ella movió un dedo en señal de advertencia.

—Sé bueno. Ha hecho un voto de castidad, ¿no te acuerdas?

Otro resoplido.

—Sí, seguro que dura mucho, diez segundos. Bueno, no tanto, cinco.

Hayden se echó a reír, porque sabía que él tenía razón. Los leopardos no podían deshacerse de sus manchas, a los leones no les salían cuernos y Darcy no iba a poder dejar a los hombres. Pero ella se alegraba mucho de que su amiga hubiera encontrado el momento para ir a visitarlos. Incluso estaba pensando en ir a vivir a la costa oeste, y Hayden la estaba animando ávidamente. Le encantaría estar a menudo con Darcy, sobre todo porque ya no iba a poder viajar tanto con Brody.

Aunque los Warriors no habían llegado muy lejos durante la temporada anterior, las estadísticas de Brody habían impresionado al director general de Los Angeles Vipers, que le había hecho una oferta, para alivio suyo y de Hayden. Eso había terminado con el dilema de «dónde vamos a vivir» que los tenía en ascuas desde su compromiso. Brody había firmado por los Vipers y, como los viajes diarios a San Francisco eran demasiado para ella, había aceptado dar clases online en Berkeley. Echaba de menos las grandes salas de conferencias, pero aquella nueva organización funcionaba para ellos dos. Los seminarios online le dejaban tiempo para preparar el doctorado en la Universidad de California. Llegar a Los Ángeles desde su zona residencial era más fácil para Brody.

Sin embargo, se habían casado en Chicago, porque los dos pensaban que lo mejor era hacer sus votos en la ciudad donde se habían conocido y se habían enamorado. Los padres de Brody habían ido en avión a la ceremonia; Darcy había oficiado de dama de honor, y los invitados habían sido una mezcla de académicos y de atletas, incluyendo al anterior capitán de Brody, Craig Wyatt, que había acudido con Sheila. Curiosamente, Craig y Sheila se habían comprometido, y ella estaba feliz organizando la boda y disfrutando del dinero que había conseguido durante el divorcio. Finalmente, se había quedado con la mitad de la fortuna de Presley.

Su padre también había ido a la boda, aunque había sido muy discreto. Le había preguntado a Hayden si le parecía bien que no hiciera ningún discurso, pero la había llevado hasta el altar y la había hecho llorar antes de la ceremonia al darle una carta preciosa en la que le explicaba que era muy feliz por el hecho de que Brody y ella se hubieran enamorado. También le daba las gracias por haberlo apoyado durante aquella época tan difícil para él, cuando había entrado en un programa de rehabilitación y después, al vaciar algunas de sus casas en el momento en que se hizo firme la sentencia de divorcio.

—Eh, ¿estás bien? —le preguntó Brody con preocupación.

Ella asintió.

—Sí. Solo estaba pensando en mi padre.

Brody se le acercó y la abrazó.

—Sé que querrías que él también viniera a vivir aquí, pero no puedes vigilar todos sus movimientos, cariño. Ahora no bebe, está sobrio. Debes tener fe en que va a seguir así.

—Ya lo sé. Por lo menos, no está en la cárcel.

La investigación que había llevado a cabo la liga el

año anterior había derivado en cargos penales contra su padre y contra los jugadores implicados en el amaño de partidos. El juez había condenado a Presley al pago de una multa y a cuatro años de libertad vigilada. Como no había participado en ninguna red de apuestas ni en el crimen organizado, había tenido suerte con la sentencia. Sin embargo, la junta directiva le había obligado a dejar el cargo de presidente de su club, y Hayden sabía que eso había sido un gran golpe para él. Ahora, los Chicago Warriors eran propiedad de Jonas Quade, el hombre de las múltiples amantes y el infame bronceado.

Sam Becker también estaba en libertad condicional e inhabilitado para volver a jugar en la liga. Brody todavía no había perdonado a su antiguo amigo. Hayden esperaba que, con el tiempo, los dos pudieran reconciliarse.

—La última vez que llamó, mencionó que estaba pensando en comprarse una casa cerca del lago Michigan —dijo Brody, refiriéndose al padre de Hayden—. ¿Te lo dijo a ti?

—No, a mí no me lo comentó —dijo ella.

De repente, sonrió, preguntándose si, tal vez, había esperanzas para su padre. Aunque hubiera perdido el equipo, últimamente parecía que era mucho más feliz, y los dos estaban recuperando la relación estrecha que tenían cuando ella era pequeña.

—Te conté que me llevaba a pescar de niña, ¿verdad?

—Sí. Tal vez, si se compra ese sitio del que ha hablado, podréis pescar de nuevo —dijo su marido, y le dio un beso en la mejilla—. Vamos, tenemos que irnos ya.

—Tienes razón. Darce se asustará si no aparecemos pronto. Últimamente ha estado de mal humor. Ya sabes, la falta de sexo y todo eso.

—En realidad, creo que se va a asustar más cuando

vea esto —dijo Brody, y le frotó el vientre prominente con la palma de la mano.

Hayden suspiró. Estaba embarazada tan solo de cinco meses, pero ya sentía algo enorme.

—Recuérdame otra vez cómo me dejaste embarazada si habíamos decidido esperar un par de años.

Él sonrió con arrogancia.

—Te lo dije. Yo nunca fallo. Es mi peor defecto.

—No, tu peor defecto es que no me trajeras el helado que te pedí anoche.

Salieron del dormitorio y bajaron por la flamante escalera de caracol. Todavía no habían pavimentado el suelo del vestíbulo, pero a ella no le importaba, siempre y cuando la reforma acabara antes del nacimiento del bebé. Tomó su bolso y se puso unas sandalias planas. Después, salió con Brody al porche y alzó la cabeza hacia el sol vespertino. Respiró el aire cálido. Estaba tan ocupada mirando al cielo que casi se tropezó con el último escalón. Brody la agarró rápidamente.

—Cuidado, profesora —le dijo—. Llevas a un futuro campeón en el vientre.

Oh, no. Otra vez, no.

—Solo necesito un campeón en mi vida, muchas gracias —dijo ella, con una dulce sonrisa—. Tal vez lleve a un futuro premio nobel en el vientre.

—No. Sea niño o niña, nuestro bebé va a ser una leyenda del deporte —respondió él, con otra sonrisita encantadora—. ¿Es que todavía no sabes que siempre consigo lo que quiero?

—Dios, qué arrogante eres.

—Sí, pero te gusta —respondió él, sin dejar de sonreír—. Y, si no fuera por mí, todavía estarías esperando para cruzar el puente de la intimidad...

—¡No tenía que haberte contado eso!

—¿Y privarme de una inagotable fuente de chistes?

Ella intentó poner cara de pocos amigos, pero acabó por echarse a reír.

—Bueno, me rindo. El puente de la intimidad es algo gracioso. Venga, vamos antes de que Darcy se tire de verdad al camarero.

Brody la tomó del brazo para ir hasta el coche. Le abrió la puerta y, después, se sentó al volante.

Ella se puso el cinturón de seguridad por debajo del vientre y se metió un mechón de pelo detrás de la oreja. De repente, se dio cuenta de que Brody la estaba mirando y, cuando giró la cabeza, se le cortó la respiración, porque la estaba mirando con reverencia.

—¿Te he dicho ya hoy lo preciosa que eres? —le preguntó, con la voz ronca.

—Dos veces, en realidad —dijo ella—. Pero puedes decírmelo todas las veces que quieras.

—Lo voy a hacer —respondió él, y le acarició la mejilla—. ¿Sabes? El día más feliz de mi vida fue aquel en el que te acercaste a la mesa de billar y me pediste que fuéramos a tu hotel.

Ella suspiró.

—No le irás a contar eso a nuestro hijo, ¿verdad?

—No. Le diré que nos conocimos en un museo y que fue amor a primera vista.

Brody le acarició el labio con el dedo pulgar, y solo aquel gesto provocó una corriente de calor y deseo que le recorrió todo el cuerpo.

—Vamos a saltarnos la cena —murmuró él, y la besó.

—No podemos —respondió ella, con el pulso acelerado—. Vamos, es solo una pequeña cena. Después te compenso.

—¿Cómo?

Hayden se echó a reír.

—Vas a tener que esperar para verlo.

—Por ti estoy dispuesto a esperar siempre. De hecho,

estoy dispuesto a hacer cualquier cosa que me pidas. La quiero mucho, señora Croft.

—Yo también te quiero... Así que vamos a terminar con la cena para poder volver a casa y que te demuestre, exactamente, hasta qué punto.

ÚLTIMOS TÍTULOS PUBLICADOS EN HQN